威廉·戈尔丁涉海小说的现代社会主题研究

On the Themes of Modern Society in William Golding's Sea-related Novels

蒋坎帅 著

吉林大学出版社

·长春·

图书在版编目（CIP）数据

威廉·戈尔丁涉海小说的现代社会主题研究 / 蒋坎帅著. — 长春：吉林大学出版社，2025.3. — ISBN 978-7-5768-3446-8

Ⅰ.I561.074

中国国家版本馆 CIP 数据核字第 2024QF1196 号

书　　名　威廉·戈尔丁涉海小说的现代社会主题研究
　　　　　WEILIAN GE'ERDING SHEHAI XIAOSHUO DE XIANDAI
　　　　　SHEHUI ZHUTI YANJIU

作　　者　蒋坎帅
策划编辑　李承章
责任编辑　赵　莹
责任校对　周　鑫
装帧设计　朗宁文化
出版发行　吉林大学出版社
社　　址　长春市人民大街 4059 号
邮政编码　130021
发行电话　0431-89580036/58
网　　址　http://www.jlup.com.cn
电子邮箱　jldxcbs@sina.com
印　　刷　湖南省众鑫印务有限公司
开　　本　880mm×1230mm　1/32
印　　张　9.25
字　　数　220 千字
版　　次　2025 年 3 月　第 1 版
印　　次　2025 年 3 月　第 1 次
书　　号　ISBN 978-7-5768-3446-8
定　　价　78.00 元

版权所有　翻印必究

蒋坎帅 河北沧州人，中共党员，湘潭大学比较文学与世界文学专业博士，湖南人文科技学院外国语学院讲师。湖南省普通话测试员，双师型教师，曾在英国巴斯斯巴大学访学，主要从事翻译及英国文学与文化研究。在国内外学术期刊发表 CSSCI、SSCI 等论文10余篇。主持教育部课题2项，湖南省教育厅课题1项，校级课题多项，参与省级课题多项。

前　言

威廉·戈尔丁（William Gerald Golding，1911—1993）是20世纪最伟大、最具影响力的英国小说家之一。他的成名作《蝇王》(Lord of the Flies)在叙事模式上承袭英国荒岛小说传统，在世界范围内产生了重要影响，也奠定了他在世界文坛的地位。1980年，他凭借航海小说《启蒙之旅》(Rites of Passage)摘得英国小说布克奖（The Man Booker Prize），1983年，戈尔丁凭借《蝇王》获得诺贝尔文学奖。他的人生经历及文学创作与海洋结下了不解之缘，体现了鲜明的海洋元素。

海洋是戈尔丁文学创作的潜台词，是地球上一切生命之源，也是近现代人类社会生活与历史剧变的文化空间。英国人的文化身份中有着深刻的海洋烙印，海洋是英国人施展才华的舞台，是真正的"国家梦工厂"。海洋是他们御敌的天然武器，同时也曾使他们成就世界霸权。英国有着悠久而深厚的海洋文化与相关文学传统，英国历史上一大批作家都有着割舍不去的海洋情结。因此，海洋小说是英国文学之林中的一大景观，是英国文学的重要组成部分，在其经典作品中占有不可或缺的地位。

戈尔丁的涉海小说《蝇王》《品彻·马丁》(Pincher Martin)和《航海三部曲》是作者"诺亚方舟"情结的写照，暗指了人类堕落及救赎的母题,在体量与质量上都在其总体创作中占有突出位置。目前,对戈尔丁涉海小说仅有单部作品的孤立研究,未见从整体上对其涉海小说现代社会主题的全面研究,此即本书的意义所在。这几部作品主要涉及追忆逝去的辉煌的国家主题、寄托未来希望的成长主题、隐含救赎意识的人性主题和蕴含海洋基因的男性气概主题。戈尔丁涉海小说现代社会主题的创作成因、主要类型、艺术呈现及价值意义是本书着力分析的问题。

二战期间,戈尔丁曾在英国皇家海军服役,退役后酷爱海上航行,他的文学创作受到了西方文学传统与时代思潮的双重影响。《蝇王》中所呈现的海洋既给人以自由与希望又令人受困与敬畏,承载着集体无意识的混沌意象,是小说叙事的重要推动力,其中的海洋空间与荒岛空间象征着截然对立的政治理想与精神诉求,鲜明的生态批判意义也在两种空间的切换与对照中产生;《品彻·马丁》中的海洋是人物为生存而抗争的对象,也是主人公以自我意识编织的幻化空间,蕴含了人性表征与镜鉴的寓意,见证了人性的自私、贪婪、虚妄与执迷。《航海三部曲》中的航船承载着英帝国昔日的荣光,是英国等级社会与人性欲望的空间表征,作者借此针砭英国等级制度的痼疾,揭示航海经历在主人公身体磨炼、心智成长与道德提升中的作用,也折射了整个民族精神进步的历程和作者的海洋战略意识,展现了作者对通过个体的全方位进步与社会担当使国家走出困境的希冀。威廉·戈尔丁不仅以海洋镜鉴真实的人性,描绘纷繁的社会,而且利用海洋的深厚意蕴及其在西方海洋文学传统中丰富的互文意象建构文学形象。他笔下的海洋空间作为一种现代性的社会与文化建构,通过与传统作品的互文指涉回应当代英国的社会关切，映射当今人类的生存困境。从某种意义上说，他的涉海小说是以海洋为依托，对人类自我与当代社会进行的历史性反思。戈尔丁区别于同时代其他作家的显著特征是其以人物在某一时刻的顿悟而非物质上的获得作为成功的标志，这对人类精神世界本质的探寻具有一定的启示意义。

在涉海小说现代社会主题的艺术呈现上，作者以二元对立建构叙事矛盾，以体系化的象征增强物象与情感联系，在推动叙事的同时也丰富了作品的思想蕴含。在叙事艺术上，戈尔丁以不同个体对生命的独特感觉为出发点，鲜明的生态伦理意识、社会批判思想和家国情怀贯穿始终。小说通过有意味的空间布局呈现表征人类生存困境和人性欲望的实体空间、心理空间与社会空间，充分彰显了小说空间艺术的舞台属性。小说运用借代、戏仿、讽喻等修辞艺术增强语言表现力，意象的现实关联得以强化，在提升小说阅读趣味的同时也使作品更具思想深度与现实意义。

从《蝇王》到《品彻·马丁》再到《航海三部曲》，戈尔丁所开启的是人类自我发现与救赎的航程。三部小说中的荒岛、海中礁石和行进中的航船象征着人类自我的小宇宙，也是人类社会极端状态的典型写照。涉海小说中的海洋不仅为主人公展示自我品性与意志提供自由舞台，也充斥着作者对人性、欲望、身份焦虑、斗争、生存困境等现代社会问题的思考。戈尔丁涉海小说现代社会主题蕴含着开放包容、自由探索、开拓进取、勤勉务实、知行合一的海洋精神和同舟共济的命运共同体意识，是在新的历史语境下对希腊文学精神的继承和对英国海洋文学叙事传统的延续。威廉·戈尔丁涉海小说现代社会主题是以海洋为独特切入点对人与自我、人与人、人与社会、人与国家以及人与自然关系的重新审视。将威廉·戈尔丁的涉海小说放到整个英国文学史进行考察可以发现，文学能为衡量海洋文化及社会思想变迁提供最好的标尺。

　　戈尔丁涉海小说现代社会主题的审美意义依托海洋的丰富意蕴而建构，因人物身体、心理的极致行为而生发，展现了表征人物心理变化的自然美、向上与向善的社会美和体现生命本然的哲理美。以海洋为切入点对威廉·戈尔丁这位伟大作家的小说作品进行全面深入的分析，有助于丰富戈尔丁小说本体的研究，拓展其小说研究的边界，也能深化对英国涉海小说内涵、英国社会与文化，尤其是"英国性"中突出的海洋属性的认知。在较为全面地梳理威廉·戈尔丁涉海小说创作的基础上，本书以西方文学传统为参照，回归20世纪英国历史，结合当时的政治、思想与社会文化语境，着重分析戈尔丁涉海小说现代社会主题中的具有恒久艺术价值的思想文化遗产，或可丰富学界对20世纪英国文学与文化的认知。东西方文明相互借鉴是增强全民海洋意识与弘扬海洋精神的必由之路。提升海洋意识是构建海洋强国的起点，国家和民族的海洋意识与海洋精神是以海强国的根基。在国家实施"海洋强国"战略的大背景下，对威廉·戈尔丁涉海小说现代社会主题的研究有助于丰富以海洋意识和海洋精神为内核的海洋文化。

蒋坎帅

2024年6月

目　录

绪论……………………………………………………………… 1
　一、研究目的及意义………………………………………… 2
　二、威廉·戈尔丁涉海小说国内外研究现状…………… 10
　　（一）国内研究现状…………………………………… 10
　　（二）国外研究现状…………………………………… 18
　三、选题价值及研究思路………………………………… 22
　　（一）选题价值………………………………………… 23
　　（二）研究思路………………………………………… 28
　四、研究方法……………………………………………… 29

第一章　威廉·戈尔丁涉海小说现代社会主题的创作成因…… 31
　一、文学传统的赓续……………………………………… 32
　　（一）对希腊文学精神的承继………………………… 34
　　（二）对英国文学叙事模式的发展…………………… 39
　二、海洋开拓的时代背景………………………………… 53
　　（一）引发涉海小说阅读兴趣的历史海洋争夺……… 54
　　（二）增进涉海文学情感认同的当代海洋开拓……… 58
　三、独特的个人经历……………………………………… 63
　　（一）造就其"诺亚方舟"情结的宗教语境生活经历　63

（二）改变戈尔丁人性观的二战经历 …………… 69
（三）赋予涉海小说细节真实的海上旅行经历及其他 75

第二章　威廉·戈尔丁涉海小说现代社会主题的主要类型……84
一、追忆逝去辉煌的国家主题 ………………………… 85
（一）殖民意识在国家层面的建构 ………………… 85
（二）逝去辉煌的反思 ……………………………… 90
（三）重振国家精神之出路 ………………………… 98
二、寄托未来希望的成长主题 ………………………… 108
（一）身体的磨炼 …………………………………… 111
（二）心智的成长 …………………………………… 117
（三）道德的提升 …………………………………… 122
三、隐含救赎意识的人性主题 ………………………… 128
（一）具有后现代色彩的人性书写 ………………… 129
（二）对人性恶根源的揭示 ………………………… 135
（三）人类救赎之路的探寻 ………………………… 138
四、蕴含海洋基因的男性气概主题 …………………… 143
（一）男性气概的传统价值取向 …………………… 144
（二）男性气概无畏、务实与担当的精神内核 …… 152
（三）男性气概的全方位建构 ……………………… 158

第三章　威廉·戈尔丁涉海小说现代社会主题的艺术呈现……164
一、以理为经以情为纬的结构艺术 …………………… 165
（一）建构叙事矛盾的二元对立 …………………… 165

（二）增强物象与情感联系的体系化象征 …………… 172
二、凸显人类生存困境的叙事艺术 ……………………… 181
　　（一）以个体生命感觉为依托的伦理叙事艺术 ……… 181
　　（二）具有舞台意蕴的空间叙事艺术 ………………… 192
三、匠心独运的修辞艺术 ………………………………… 208
　　（一）表征人物心理状态的借代 ……………………… 208
　　（二）"消费"历史的戏仿 …………………………… 216

第四章　威廉·戈尔丁涉海小说现代社会主题的意义 …… 223
一、审美意义 ……………………………………………… 223
　　（一）因人物心境而变幻的自然美 …………………… 224
　　（二）蕴含向上与向善意识的社会美 ………………… 237
　　（三）展现生命本然的哲理美 ………………………… 244
二、现实意义 ……………………………………………… 256
　　（一）海洋视角下英国社会文化的认知意义 ………… 257
　　（二）丰富以海洋意识和海洋精神为内核的海洋文化 264

结语 ……………………………………………………… 278

绪　　论

在概念界定上，威廉·戈尔丁的涉海小说是指以海洋为基本叙事背景且海洋在其中蕴含丰富意象的三部小说：《蝇王》《品彻·马丁》和《航海三部曲》。从字面含义来看，涉海小说较之于海洋小说或荒岛小说含义更广，叙事空间上指向了更为广阔的海洋与陆地。严格按海洋文学的定义来说，戈尔丁的这几部小说不能笼统地冠以海洋小说的名头。《航海三部曲》是典型的航海小说，而《蝇王》与《品彻·马丁》则更接近英国荒岛小说的范畴，因此，用"涉海小说"更为合适。在戈尔丁这些与海洋相关的小说创作中，海洋、荒岛、海中礁石与航船等具有鲜明的舞台意象，受作者"诺亚方舟"情结的影响，都暗指了人类救赎的母题。这几部小说无论在体量还是质量上都在作者的总体创作中占据非常突出的位置，代表了作者较高的创作水准，蕴含着深刻的思想洞见。这几部小说的主题思想中充斥着人性、身份、欲望、救赎、成长、焦虑、等级、困境等现代社会问题，也蕴含着自由包容、开拓进取、知行合一、担当作为的人文精神，是认识英国社会与历史的重要素材和解读英国海洋文化基因的独特视角。威廉·戈尔丁的涉海小说的创作时间跨度长达30多年（1954—1989）。在二战后西方社会普遍面临信仰危机、英帝国全方位衰落以及怀旧风潮盛行的历史背景下，戈尔丁通过其涉海小说将人物置于海洋极端环境来展现人性、揭示深层社会问题，其主题折射了对人性本质、帝国衰落、男性气概和青少年成长等问题的反思与批判，揭示了海洋精神的内在价值和深远意义。忧患意识贯穿威廉·戈尔丁涉海小说创作的始终，其涉海小说现代社会主题所蕴含的"海是真正的世界"[①]的思想理念有助于突破传统以陆地为中心的思维方式，以海洋为切入点审视现代社会问题，对英国社会与文化具有一定的认识意义，对丰富戈尔丁及其作品的研究具有一定的拓展意义。在海洋世纪的社会历史语境下，其中的海洋文化、海洋战略意识和海洋精神对我国建设海洋强国具有一定的启示意义。目前，国内外学界对戈尔丁及其作品的研究呈现多层次、多维度的繁荣态势，然而，以海洋为切入点对其进行系统研究的成果并不多见，这正是本书的价值所在。

一、研究目的及意义

威廉·戈尔丁是英国20世纪最具创造性和影响力的作家之一。1954年，他凭借处女作《蝇王》的出版和传播声名大振，为日后成为文坛经典作家奠定了基础。这部小说运用寓言、象征、戏仿、讽喻等艺术手法，以人性为视角，站在人类历史发展的高度审视现代社会问题，是一部可读性与哲理性俱佳的小说。其一经发表便在西方世界获得巨大成功，成为校园必读书目，被戏称为"校园之

[①] 约瑟夫·康拉德.康拉德小说选[M].袁家骅，等，译.上海：上海译文出版社，1985：629.

王"("Lord of the Campus"),至今已被译为几十种语言,发行量达上千万册。然而,颇为遗憾的是,大多数中国读者对这位富于独创性作家的了解主要局限于《蝇王》一部作品。实际上,戈尔丁一生著述颇丰,他的创作可分为前期和后期两个阶段。在前期,继《蝇王》之后,他相继发表了《继承者》(The Inheritors)、《品彻·马丁》、《自由坠落》(Free Fall)、《教堂尖塔》(The Spire)、《金字塔》(The Pyramid)。在后期,1971年他发表短篇小说集《天蝎神》(The Scorpion God)后,又在1979年发表了小说《黑暗昭昭》(Darkness Visible),并借此获得了在英国声望颇佳的詹姆斯·泰特·布莱克纪念奖。1980年,69岁的戈尔丁发表了其《航海三部曲》的第一部《启蒙之旅》①,并借此赢得了英国小说界公认的最高奖项:英国小说布克奖。随后又有《纸人》(The Paper Men)《近方位》(Close Quarters)和《甲板下的火》(Fire Down Below)等作品相继问世。1983年,戈尔丁因其"具有清晰的现实主义叙事技巧以及虚构故事的多样性与普遍性,阐述了今日世界人类的状况"②而赢得诺贝尔文学奖。1991年,戈尔丁集结《启蒙之旅》《近方位》和《甲板下的火》三部小说发表了《直至世界尽头:航海三部曲》(To the Ends of the Earth: A Sea Trilogy)(以下简称《航海三部曲》)。2005年,这部航海小说由BBC(英国广播公司)拍成微型电视剧《直到世界尽头》,由著名演员本尼迪克特·康伯巴奇(Benedict Cumberbatch)担任主

---

① 又译为《航程祭典》《越界仪式》《通过仪式》等。
② 上海外国语学院,外国语言文学研究所.当代英国文学词典[M].南京:江苏人民出版社,1986:113.

演，获得2006年英国电影和电视艺术学院奖（BAFTA）最佳电视剧等三项提名，在全球广为传播，在一定程度上提升了戈尔丁的知名度，也扩大了小说的传播范围。

戈尔丁不属于同时代的任何作家流派，其创作呈现不拘一格的高度自由，作品具有从不同角度解读的思想空间和超越年代的持久吸引力。其小说题材包罗万象，在时间上从远古蒙昧时期到未来的核战争，跨越千年；空间上，从荒岛、海中礁石到英国小镇和中世纪教堂，再到穿越南北半球的海上航船，具有极强的包容性。《蝇王》发表后不久，戈尔丁声名鹊起，受到学界关注。1964年，法国著名文学评论家乔治·斯坦纳（George Steiner）在《语言与沉默》一书中以"建构一座丰碑"为题对戈尔丁进行专文评价，在分析其小说创作特色的同时也承认其小说的当代价值。而当时的戈尔丁仅有5部作品（《蝇王》《继承者》《品彻·马丁》《自由坠落》《教堂尖塔》）问世，还并未被普通读者所熟知。随着戈尔丁更多作品的问世，其创造力得到了较为广泛的认可，"英国著名批评家泼列却特（V S Prichett）当时把戈尔丁称扬为我们近年作家中最有想象力、最有独创性者之一"[1]。其作品在世界读者中有一定的流行度："截至1993年戈尔丁去世前，其作品就已在32个国家和地区被翻译出版"[2]，引发了读者的强烈反响和学界的普遍关注。

戈尔丁小说广博的时空跨度、深刻的思想蕴含、精湛的艺术手

---

[1] 董鼎山.一九八三年诺贝尔文学奖的风波[J].读书，1984（1）：93-97.
[2] GEKOSKI R A, GROGAN P A. William Golding: A Bibliography 1934-1993[C]//London: André Deutsch Limited, 1994: 66-77.

法以及丰富的美学意蕴都是其具有较高学术研究价值的基础。1983年，瑞典文学院对戈尔丁获得诺贝尔文学奖的评语是："他的小说既有娱乐性，又能引起文学界学者的兴趣，学者们可以在他的作品中发现深沉的暧昧和复杂性"[①]。虽然当年对戈尔丁获得诺贝尔文学奖在评委会内部都出现了不一致的声音，但这无法否认戈尔丁作品的价值。1993年的《泰晤士报》给出较为客观的评价，认为虽然对于戈尔丁的诸多作品会有见仁见智的看法，但没有人会怀疑他确实写出过传世之作。研究者对戈尔丁作品的青睐缘于其深沉隽永的内涵及不拘一格的艺术形式。作为一位极富哲思的小说家，其作品往往触及人类生存的本质状态和深层的人性。不仅如此，对戈尔丁小说的研究还具有深沉而持久的时代价值。李维屏教授曾经指出戈尔丁小说的研究意义："对这样一位充满智慧、才华横溢的小说家进行全面深入的研究必定会给我们的读者带来可贵的启示，激发对于当今社会一些重大命题的思考。"[②]

以海洋为切入点对戈尔丁小说进行研究具有一定的文化审美意义和现实意义。海洋是一切生命之源，人类生存的地球近四分之三的面积被海洋所覆盖，从某种意义上说："人类生活的陆地简直就是浩瀚海洋中的几个孤岛"[③]。烟波浩渺的海洋激荡着人类无数梦幻与诗意想象，是人类文化与审美中不可或缺的元素，"从古到今，大海

[①] 蒋承勇，项晓敏，李家宝.20世纪欧美文学史[M].武汉：武汉大学出版社，2007：128.

[②] 沈雁.威廉·戈尔丁小说研究[M].苏州：苏州大学出版社，2014：2（序言）.

[③] 钟燕.蓝色批评：生态批评新视野[J].国外文学，2005（3）：18-28.

的波涛激荡着中西方无数诗人作家的生命情怀。除了经济、交通等实用价值,它还融汇与延伸着不同的文化意识、审美情趣与想象"①。

海洋文明与人类的发展休戚相关,人类发展至近现代社会,可以毫不夸张地说,海洋文明的发展史决定了人类文明的发展史,人与海洋的关系在很大程度上决定了人类社会的发展状况。海洋镜鉴人类发展,激发人类反思:"海洋就像一面镜子,反映出人类追求文明的心路历程与精神成长的过程,诱发着人类对生命、对历史、对民族兴衰、对时代更替的理性思考和探究。"②

英国是一个历史悠久的岛国,居于西方蓝色文明较为核心的位置。英国人的文化身份中也因此有着深刻的海洋烙印。从某种意义上来说,海洋文化元素是英国文化中不可或缺的基因,代代传承。近现代以来,海洋日益成为英国乃至世界政治经济剧变的历史文化空间,是英国人施展才华的舞台,是真正的"国家梦工厂"。海洋不仅是英国人抵御外敌入侵的天然屏障,同时也造就了他们以海上霸权为基础的世界霸权。英国有着悠久而深厚的海洋文化与文学传统,丹尼尔·迪福(Daniel Defoe)、约瑟夫·鲁德亚德·吉卜林(Joseph Rudyard Kipling)、罗伯特·路易斯·史蒂文森(Robert Louis Stevenson)、乔森纳·斯威夫特(Jonathan Swift)、托比亚斯·斯莫莱特(Tobias Smollett)、约瑟夫·康拉德(Joseph Conrad)

---

① 王立.大海与中西文学:中西方民族文化精神比较[J].青海社会科学,1989(5):70-75.
② 焦小婷.人类学视域下的海洋文学探究[J].河南大学学报(社会科学版),2010(4):108-112.

绪　论

等一大批作家都有着割舍不下的海洋情结，创作了大量传世的海洋文学经典作品。海洋小说是英国乃至世界文学之林中的一大景观，是英国文学中最具特色的组成部分，在其经典作品中占有不可或缺的地位。

戈尔丁的人生经历及文学创作与海洋结下不解之缘，他酷爱大海，也热衷思考。他曾写过一篇名为《将思考作为嗜好》(Thinking as a Hobby)的散文，并入选我国的大学英语教材[①]。据BBC为其拍摄的纪录片《威廉·戈尔丁的梦》(The Dream of William Golding)记载，他空闲时在海边一坐就是数小时，在凝视海洋中思考。丰富的海洋经历不仅激发了戈尔丁无限的创作灵感，也使其在文学创作中留下了鲜明的海洋印记，在其诗歌、散文与小说中不时出现的荒岛、礁石、航船、流落、溺亡、远航就是例证。

混沌的无意识（unconsciousness）是小说中海洋意象与人物心理的共同阶段性特征，反映了当今人类生存困境的社会思想根源。戈尔丁小说中的海洋空间不仅为主人公的表演提供了具有隔离特质的自由舞台，也具有十分丰富的象征意义，承载多重文化意蕴。《蝇王》中的海洋既给人自由与希望又令人心生敬畏和难以摆脱，既是孩子们身体、心智与道德成长的大环境，也是小说叙事动力的重要来源，其中的海洋空间与荒岛山林空间象征着不同的政治理念与精神诉求，兼具鲜明的生态批判意义；《品彻·马丁》中的海洋具有人性表征与社会镜鉴的意义，展现人类在生理与心理极限状态下诸

---

① 徐克荣. 现代大学英语精读（4）（第二版）[M]. 北京：外语教学与研究出版社，2012：6.

多侧面的相互关联与作用，揭示人性阴暗的深层动因。正如段波教授所说："在作家笔下，海洋成为映照人类与自然、人类与自我以及人性的一面镜子，往往在伦理、道德、精神、文化、宗教等方面赋予人类深刻的启示和教育。"[①] 国家如船，《航海三部曲》中的航船空间是人类欲望和等级社会的表征，作者借此揭示人性、批判英国等级社会制度的弊病。航程如人生，英国社会的复杂景观和同舟共济的命运共同体意识在航海叙事中得以呈现。主人公海上航行的丰富经历对其身体、心智与道德的成长起到了巨大的促进作用。航海书写在反映作者怀旧心态的同时也寄托了其对弘扬优秀传统与提升国家海洋统治力的希冀。在其涉海小说现代社会主题中，戈尔丁对传统的男性气概的认识比同时代的其他作家更具批判性。威廉·戈尔丁不仅以海洋镜鉴真实的人性，而且利用海洋深邃而丰富的互文意蕴建构文学形象。他笔下的海洋空间是一种充满现代性悖论的社会与文化建构，旨在回应当代人类的社会与文化关切，映射当今人类的生存困境，并为摆脱困境提供有益的启示与借鉴。

戈尔丁涉海小说蕴含着自由、开放、包容、务实、探索和开拓进取的海洋文化精神，是以海洋为切入点对"英国性"的全方位生动诠释，也是对西方，特别是英国海洋文学传统的创造性继承与发展。将威廉·戈尔丁涉海小说现代社会主题放到整个英国文学的历史进程中进行考察可以发现：文学是衡量海洋文化与社会变迁的最好标尺。

目前，国内外对戈尔丁小说的研究呈现多角度、全方位、更有

---

① 段波."海洋文学"的概念及美学特征[J].宁波大学学报（人文科学版），2018（4）：109-117.

深度的发展趋势，成果喜人。然而，鲜有学者以海洋为切入点对戈尔丁的小说进行全面、系统、深入的研究。本书以海洋为切入点与线索统领戈尔丁小说创作的前期与后期，不仅有助于拓展其小说的研究视域，也能丰富与深化对英国社会与文化问题的认知。本书在较为全面地梳理威廉·戈尔丁涉海小说创作的基础上，以西方文学为参照系，回归20世纪英国历史语境，结合当时的政治、思想与社会文化语境，着重分析戈尔丁涉海小说现代社会主题的书写背景、主要类型、艺术呈现及主要意义。

海洋为认识西方社会与文化提供了重要窗口。美国学者玛格丽特·科恩（Margaret Cohen）在其专著《小说与海洋》中指出了海洋升华的意义："但是从海洋升华的角度来看，看似来自自然的海洋，实际上是一种社会建构的海洋，剔除了手工技艺的知识，也去除了舱底的污水和工作的水手。"[①] 戈尔丁涉海小说现代社会主题思想意蕴丰富深邃、创作技法精湛多元，具有较高美学价值和社会文化认知意义。对威廉·戈尔丁涉海小说现代社会主题进行全面系统的研究有助于更深刻和全面地领悟作品的思想内涵与精神价值，认识西方文化的地缘特征及蓝色文明基因赓续的意义，揭示西方作家对世界的情感认知方式、蓝色文明下人类的生命体验与思想动态特征，获取有益于人类文明持续发展的深层启示，因此具有重要的研究意义。对其中具有恒久艺术价值的思想文化遗产进行研究或可深化学界对西方海洋文学与文化的认知，对我国海洋文化建设也有一定的

[①] 玛格丽特·科恩.小说与海洋[M].陈橙，杨春燕，倪敏，译.上海：上海译文出版社，2018：202.

启示与借鉴意义。

文学即人学，东西方文明相互借鉴是弘扬海洋文化与增强海洋意识的必由之路。一个民族的海洋意识是建设海洋强国的根基与起点。在我国实施"一带一路"倡议和"海洋强国"战略的大背景下，对威廉·戈尔丁涉海小说的现代社会主题的研究有助于深化对西方蓝色文明扩张属性的认知，加深对知行合一、开拓进取等精神意识的认识，有助于丰富我国的海洋文化和提升全民的海洋意识，对提升我国海洋文化软实力，建设海洋强国有一定的现实意义。

二、威廉·戈尔丁涉海小说国内外研究现状

相较于国外对戈尔丁及其作品的研究，国内的研究起步较晚，且研究覆盖面基本局限在已有中译本的几部作品，近年来向其他作品扩展的趋势明显，研究水平总体呈上升趋势，跨学科研究趋势明显，视角日益多元。国外对戈尔丁及其作品的研究始于其处女作《蝇王》出版后的几年间，在戈尔丁获得诺贝尔文学奖后达到了高峰。国外的研究视角十分多元，总体上达到了很高的水平，涉及了戈尔丁的全部作品。

（一）国内研究现状

国内学界对戈尔丁小说的研究起步较晚，主要是在其1983年获得诺贝尔文学奖之后。研究对象较为单一，主要集中于其代表作《蝇王》。近年来，对戈尔丁小说的研究有向《品彻·马丁》《继承者》《黑暗昭昭》《启蒙之旅》等有中译本的作品扩展的趋势，国内研究对

尚未翻译的作品涉及不多，研究不够深入透彻，视角较为单一。国内对《蝇王》的研究视角日益多元，主要有以下几种。

（1）主题研究主要涉及对《蝇王》中的人性恶、荒岛传统、反乌托邦、女性（缺席）、"英国性"与现代性等的研究。代表性研究成果如下，薛家宝提出了戈尔丁在对传统荒岛小说传承的基础上所进行的包括小说主题、写作技法等方面的创新及时代意义建构①。陈彦旭认为《蝇王》是一部有关"英国性"的作品，以儿童的邪恶表现特定历史背景下的"英国性"并以此为视角分析了作品的独特意义②。管建明认为《蝇王》中的救赎主题隐含于人性恶的主题之中，"人性恶主题的揭示又在辩证的意义上逆向地指明了人性趋向至善、人类精神获得拯救的道路"③。肖霞以《圣经》为蓝本，综合分析了戈尔丁小说中的各种"恶"，认为这一主题既有基督教原罪的宗教底色，又具有鲜明的时代色彩，是作者对所处时代的哲思④。这些研究的意义在于能从小说的创作背景出发深刻揭示作品的突出主题，是小说时代精神的反映。

（2）原型批评研究。众多学者从戈尔丁小说人物形象中提炼

---

① 薛家宝.荒岛：人类文明的"透视镜"——论《蝇王》对传统荒岛小说的突破[J].南京师大学报（社会科学版），1999（6）：96-101.

② 陈彦旭.《蝇王》中的"邪恶"与"英国性"问题[J].当代外国文学，2019（3）：102-111.

③ 管建明.《蝇王》人性恶主题中隐含的救赎主题[J].广西社会科学，2007（6）：121-124.

④ 肖霞.《圣经》语境中的原罪与威廉·戈尔丁小说中的恶[J].文学与文化，2019（2）：87-92.

出日神与酒神、耶稣、英雄、魔鬼等原型,并试图分析这些原型形象产生的原因、架构技巧以及对叙事效果的影响,如王晓梅、李晓灵在《试论〈蝇王〉神话原型体系的建构》一文中认为《蝇王》是作者精心构建的具有典型神话原型特质的文本,小说中的神话原型体系是其真正的魅力与价值所在。

（3）艺术手法的探讨：寓言、象征、戏仿、反讽、隐喻等。如,张新生的《神话与现实——戈尔丁〈蝇王〉浅析》论述了小说中人物的象征性及其时代特征,并指出了戈尔丁性恶论的局限性[1]。初良龙认为小说的"背景、叙事顺序、细节和道具等几个方面可以详细阐释作品完整的象征体系"[2],借助这一体系,人类可以对人性与理性的对抗以及如何构建和谐稳定的社会进行深刻反思。

（4）比较研究。如将其与早期英国荒岛小说进行的纵向比较,与同时期的英美现代派作家进行的横向比较,与新时期中国先锋小说的跨文化比较等。

（5）从跨学科研究的视角解读戈尔丁的作品。如文化、生态批评、心理分析、社会学理论、科学学说等。肖明文以饮食文化的独特视角切入,认为作品中对立两派的矛盾实质上是乌托邦与恶托

---

[1] 张新生.神话与现实:戈尔丁《蝇王》浅析[J].山东外语教学,1988(2):30-34.
[2] 初良龙.《蝇王》中象征体系的运用新探[J].河南社会科学,2012(9):89-90.

邦的较量，是时代思想的反映[1]。杨国静从二战后欧洲的政治历史背景出发，认为《蝇王》是作者对"共同体重建"采取的审慎姿态的呈现[2]；姜峰以小说中人与自然的关系为切入点，从后现代生态伦理视角进行文本分析[3]。周彦渝、王爱菊以混沌学说为理论视角切入，探讨了戈尔丁作品中蕴含的混沌思想，从混沌中有序与无序的交互、混沌对一致性的打破、混沌的非线性复杂效应等几个方面深入分析了戈尔丁作品中的混沌书写，并提出其中的启示："与其将规律强加于自然，拒绝自然所带来的不确定性，不如展开与自然的'新对话'，接纳不确定、偶然、无序中所蕴含的更多可能。"[4] 以上对《蝇王》的跨学科解读立意深刻、新颖，同时也揭示了这部经典作品可以从不同学科视角解读的非凡艺术魅力。

（6）综合性研究：对以往研究或总体作品研究的总结。代表性成果有：王卫新《中国的〈蝇王〉研究：回顾与前瞻》[5]。总之，国内关于《蝇王》的研究从早期的介绍性评述到后期全方位、多角

---

[1] 肖明文.乌托邦与恶托邦:《蝇王》中的饮食冲突[J].外国文学,2018(3):124-132.

[2] 杨国静.共同体的绝境时刻:论《蝇王》中现世民主与猎猪部落的双重崩塌[J].国外文学,2020(3):107-116.

[3] 姜峰.《蝇王》中的后现代生态伦理意识[J].南华大学学报（社会科学版）,2021(5):103-109.

[4] 周彦渝,王爱菊.论威廉·戈尔丁作品中的混沌书写[J].西北民族大学学报（哲学社会科学版）,2022(3):180-188.

[5] 王卫新.中国的《蝇王》研究：回顾与前瞻[J].外语研究,2003(4):51-54.

度地深入分析，研究成果较为卓著，深度和广度在不断扩展。但研究中也存在明显问题：重复研究、理论与文本阐释的牵强附会、与国外研究脱节、出色的专著成果较少等。

国内关于《品彻·马丁》的研究相对较少，主要集中于作品的人性主题、叙事结构、后现代小说艺术、语言研究、伦理层面的解读以及作品的比较研究。具有代表性的成果，如王卫新从叙事学角度对困扰读者的马丁二度死亡的分析[1]、肖霞从伦理学视角的解读[2]以及林骊珠从伊格尔顿小说批评的"伦理—政治"视角进行的解析[3]等。这些成果以小说中隐含的关键问题为切入点，结合文学批评的前沿理论，具有鲜明的问题意识和一定的理论深度，凸显了作品的教育意义。

由于《航海三部曲》中后两部作品的中译本尚未问世，目前国内的研究主要集中于其中的第一部《启蒙之旅》，对《航海三部曲》的整体研究较少。这些研究主要涉及作品的介绍性评述、叙事技巧分析、空间批评、文体风格、互文性、符号学意义、后现代创作特征、成长及阶级主题意义等方面，以及伦理批评和主题评述，对其整体关注不够，对其中涉及的海权思想及与之关联的帝国想象主题

---

[1] 王卫新. 从叙述学角度谈品彻·马丁的二度死亡[J]. 解放军外国语学院学报，2005（2）：81-85.

[2] 肖霞. 扭曲的个体生存意志力的悲歌：论《品彻·马丁》中的现代伦理困境[J]. 天津外国语大学学报，2011（1）：50-55.

[3] 林骊珠. 邪恶与罪恶：伊格尔顿的文学"伦理—政治"批评探析[J]. 英美文学研究论丛，2014（2）：313-321.

鲜有涉及。代表性成果包括《因何而死——〈航程祭典〉中双重叙述的伦理悲剧》[1]《威廉·戈尔丁的〈启蒙之旅〉》[2]，以及《空间批评视域下的〈启蒙之旅〉》[3]以空间批评理论为视角，从物理空间、社会空间和心理空间对小说空间与主题的关联所作的解析等。

对戈尔丁作品进行的综合性研究主要涉及作品主题综述、创作思想评析、相关人物访谈及对国内译介与研究状况的阶段性总结等，代表性成果有：《半个世纪的呼唤——谈威廉·戈尔丁小说作品的主题》[4]《书写戈尔丁——约翰·凯瑞访谈录》[5]《戈尔丁的小说"神话"观》[6]《国内威廉·戈尔丁研究30年回眸》[7]《从"悲恸"到"给予"：威廉·戈尔丁小说中"我""你"关系的衍变》[8]《"移动的靶子"：

---

[1] 肖霞.因何而死：《航程祭典》中双重叙述的伦理悲剧[J].当代外国文学，2011（1）：5-11.

[2] 许志强.威廉·戈尔丁的《启蒙之旅》[J].书城，2016（12）：90-97.

[3] 王雨，赵凤姣.空间批评视域下的《启蒙之旅》[J].散文百家，2020（6）：17-18,127.

[4] 张鄂民.半个世纪的呼唤：谈威廉·戈尔丁小说作品的主题[J].当代外国文学，1999（3）：131-136.

[5] 沈雁.书写戈尔丁：约翰凯瑞访谈录[J].外国文学，2011（6）：144-153.

[6] 沈雁.戈尔丁的小说"神话"观[J].外国文学，2016（1）：53-62.

[7] 陈光明，李洋.国内威廉·戈尔丁研究30年回眸[J].当代外国文学，2013（3）：41-51.

[8] 肖霞.从"悲恸"到"给予"：威廉·戈尔丁小说中"我""你"关系的衍变[J].语文学刊，2020（6）：76-83.

英美戈尔丁研究六十年概观及启示》[1]等。总体来看，对于戈尔丁作品的综合性研究一般从某一视角切入，大都能较为准确地把握其作品的显著特色与前人研究中的薄弱环节，对以后的戈尔丁研究有一定的启示意义。

国内关于戈尔丁作品研究的学位论文成果较为丰硕，但较多围绕其代表作《蝇王》展开，近年来，研究的广度与深度都有较大幅度的拓展。截止2022年10月，在中国知网检索题名"威廉·戈尔丁"，所得相关博士论文3篇。沈雁聚焦戈尔丁后期小说的喜剧模式，指出作家后期创作中的喜剧转向，在阐明戈尔丁前后期小说存在的差异及其成因的基础上，分析了其后期作品中的社会喜剧模式、模仿讽刺剧模式、闹剧模式和悲喜剧模式，为戈尔丁小说研究提供了独特视角[2]。侯静华聚焦戈尔丁早期小说中的悲观意识，认为其早期小说植根于西方人性恶的土壤，深受二战的影响，其中蕴含着对西方文明及人类前景的困惑与悲观的情绪。侯静华博士探讨了悲观意识的主题表达、艺术呈现、成因及隐含的希望等，揭示了戈尔丁作品中所蕴含的时代精神的底色[3]。韦虹以列维·施特劳斯（Claude Levi-Strauss）的解构人类学理论为视角，系统地分析了戈尔丁小说中的洪水神话、堕落神话和巴别塔神话，揭示其神话叙事的框架、

---

[1] 杜飞."移动的靶子"：英美戈尔丁研究六十年概观及启示[J].外国语言文学，2022（1）：61-74.

[2] 沈雁.威廉·戈尔丁后期小说的喜剧模式[D]上海：上海外国语大学，2009.

[3] 侯静华.威廉·戈尔丁早期小说中的悲观意识[D].济南：山东大学，2014.

内涵及意义，不失为戈尔丁小说研究的新视角，是对戈尔丁与西方叙事传统关系的深刻揭示①。在笔者可以查阅的国内74篇硕士论文中，55篇是关于《蝇王》的解读或是与其相关，3篇与《品彻·马丁》相关，2篇分别是对《航海三部曲》中海权与帝国以及现代性悖论的阐释，分别是2019年苏州大学易薇的《威廉·戈尔丁〈航海三部曲〉中的海权与帝国》和2021年四川师范大学罗琦祥玉的《新维多利亚小说视域下〈直至世界的尽头〉中的现代性悖论研究》），其他分别涉及《金字塔》《继承者》《黑暗昭昭》等作品。

除此之外，2014年沈雁出版的专著《威廉·戈尔丁小说研究》是国内对戈尔丁小说进行全面研究的第一部力作。此专著以作者的博士论文《威廉·戈尔丁后期小说的喜剧模式》为基础延伸至戈尔丁的全部重要作品的研究，涵盖了《蝇王》《继承者》《教堂尖塔》《越界仪式》等11部小说。此专著从戈尔丁小说创作的整体风貌和精神底蕴出发，立足于深入的文本细读，同时融合文学理论，放眼作家创作的文学渊源和时代背景，对戈尔丁小说的思想内容与形式美学进行了集中提炼和深度研究，对戈尔丁创作思想的研究有一定的借鉴意义。

另外，促使笔者将戈尔丁涉海小说的现代社会主题作为研究对象的重要原因之一是近年来国内海洋文学与文化研究的蓬勃发展。具有代表性的事件是截至2023年12月共召开了六届的海洋文学与文化国际学术研讨会。海洋文化的繁荣是海洋强国的根基，在当今建

---

① 韦虹.威廉·戈尔丁小说的神话叙事研究[D].南京：南京大学，2020.

设海洋强国与弘扬海洋命运共同体理念的时代语境下，海洋文学的相关研究日益受到国内外学者的重视。海洋文学研究及相关的学术交流不仅对海洋文学与文化研究具有重要的学术意义，对促进海洋文学教学与提升全民海洋意识也有重要的现实意义。

（二）国外研究现状

国外，特别是英美学界对戈尔丁及其涉海作品的研究起步较早，总体上经历了由热至冷再到重新焕发生机的过程，研究视角呈多元发展的态势，在广度和深度上都达到了很高水平，成果丰硕。研究阶段随其创作的发展可分为20世纪50至60年代的起步期、70至80年代的发展繁荣期、90年代的成熟期和21世纪以来的稳定期。

20世纪50至60年代是国外对戈尔丁及其作品研究的起步期。1954年，戈尔丁的处女作，也是后来其影响最大的代表作《蝇王》在被出版社拒绝21次后终于在费伯出版社（Faber & Faber）出版。此后十年间，戈尔丁又相继发表了《继承者》和《品彻·马丁》等4部小说，是其创作的第一个巅峰时期。《蝇王》出版后首先成为美国校园的畅销书，也成为学术界的新宠儿。英国小说家、评论家福斯特（E. M. Foster）称其为当年最优秀的小说。乔治·斯坦纳这样写道："现在，戈尔丁在美国的地位甚至比在英国还高。一度，他取代了加缪和塞林格，成为大学书店的新偶像。《蝇王》成为年轻人的接头暗号。许多学术论文开始将这本小说鲜活的肉体压制成没有生气的粉末，戈尔丁触摸到了美国人一根特别的神经。"[①] 在英国，直到60年代，《蝇王》才逐渐成为大学校园里的畅销书。随着戈尔丁作品影响的显现，对其人其作的研究也逐渐展开。这一时期出现了一批具有代表性的研究成果。约翰·皮特（John Peter）的《威廉·戈尔丁的寓言》较为全面地探讨了戈尔丁这一时期小说创作寓言模式的成因、机制和影响。皮特·格林（Peter Green）的《威廉·戈尔丁的世界》、詹姆斯·贝克（James Baker）的《威廉·戈尔丁：小说的批评性研究》、弗兰克·科莫德（Frank Kermode）的《威廉·戈尔丁小说研究》等专著不仅对戈尔丁的小说进行了评述性的介绍，也对其主题选择、叙事手法和艺术特点进行了详尽的点评。伯纳德·迪克（Bernard F Dick）的《威廉·戈尔丁》认为戈尔丁这一时期的创作受到了希腊悲剧的深刻影响，而且其创作中有巴兰坦（Robert Michael Ballantyne）和威尔斯的影子，是对戈尔丁研究的阶段性总结。

20世纪70至80年代，随着戈尔丁创作新高峰的到来，学界对其人其作的研究进入快速发展与繁荣的时期。这一时期，戈尔丁经历了自1967年至1978年的创作瓶颈期后，在1979年至1989年相继发表了《黑暗昭昭》(1979)、《启蒙之旅》(1980)、《近距离》(1987)和《甲板下的火》(1989)等4部小说。其中前两部分别获得当年英国最古老的文学奖：布莱克纪念奖（The James Tait Black Memorial Prize）和英国小说布克奖，其中的后三部小说组成《直至世界尽头：航海

[①] 乔治·斯坦纳.语言与沉默：论语言、文学与非人道[M].李小均，译.上海：上海人民出版社，2013：333.

三部曲》。1983年，戈尔丁凭借其代表作《蝇王》获得诺贝尔文学奖，达到了人生和事业的巅峰，学界对其人其作展开的研究也日益多元和深入。霍华德·巴布（Howard Babb）的《威廉·戈尔丁小说研究》通过一系列"形式上的分析"加深了读者对戈尔丁小说意义与结构的理解；弗吉尼亚·泰格（Virginia Tiger）的《威廉·戈尔丁：发现黑暗世界》从批评反映、黑暗主题、冲突场景等视角较为全面地分析了戈尔丁最初创作的5部小说，进一步深化了其前期创作的研究。其中也涉及对《品彻·马丁》人物形象的评价，认为这部小说是一部关于人性的现代普罗米修斯寓言，小说人物形象的塑造是对英雄主义主题的嘲讽，从故事情节中可见作者对海洋的熟悉以及对溺水者的模仿。阿诺德·约翰斯顿（Arnold Johnston）的《地球与黑暗：威廉·戈尔丁小说研究》在分析了戈尔丁8部小说的主题后得出结论，认为其创作有回归传统的趋势。詹姆斯·贝克的《采访威廉·戈尔丁》和《威廉·戈尔丁批评性研究》是这一时期有关戈尔丁小说批评的论文集。唐·康普顿的《从〈教堂尖塔〉看威廉·戈尔丁后期小说》、约翰·凯瑞的《威廉·戈尔丁：其人其书》、菲利普·雷德帕斯的《威廉·戈尔丁小说的结构主义解读》、斯蒂芬·博伊德的《威廉·戈尔丁小说研究》和詹姆斯·金丁的《威廉·戈尔丁》等分别从戈尔丁后期小说主题、作者经历与创作关系、结构艺术、叙事艺术以及小说主题与作者创作状态关系等角度对戈尔丁的人生经历及其后期小说创作进行了研究。

20世纪90年代，国外学者对戈尔丁及其作品的研究进入成果丰硕、研究方法多样化的成熟期，这一时期的研究成果彰显了戈尔研究的新高度与新视域。1993年，戈尔丁逝世，英国成立了戈尔丁研究协会，为戈尔丁研究建立了机制化的研究平台。拉里·迪克森的《威廉·戈尔丁的现代寓言》全面审视了戈尔丁小说的寓言与神话模式，戈尔甘（P. A. Grogan）等编著的《威廉·戈尔丁文献目录：1934—1993》详尽地梳理了戈尔丁的创作与重要文献，在戈尔丁研究中具有里程碑意义。

21世纪以来，进入戈尔丁研究的稳定期，国外对戈尔丁研究的热情有所减弱，面临如何将戈尔丁研究向纵深推进的难题。这一时期的学者从更加宏阔的视角审视戈尔丁的作品。保罗·克劳福德的《威廉·戈尔丁的政治与历史观：一个天翻地覆的世界》重点分析了戈尔丁小说中的战争主题；弗吉尼亚·泰格的《威廉·戈尔丁：固定的靶子》、古哈（Guha）的《威廉·戈尔丁小说中的传统与现代性》、衫村泰典（Yasunori Sigimura）的《空白与隐喻：威廉·戈尔丁小说的全新阅读》以专业、严谨的学术态度，全面、立体地展现了戈尔丁小说的艺术魅力，深入挖掘了其中深沉的复杂性与哲理性。在这一阶段，约翰·凯瑞的《威廉·戈尔丁：〈蝇王〉著者》是全面记述戈尔丁生活和创作经历的传记，对戈尔丁作品的考据性研究具有重要的参考价值。

概而言之，国外学界对戈尔丁小说的研究主要有以下几个角度。

（1）影响研究。主要涉及希腊文化、存在主义哲学以及西方经典作品对戈尔丁创作的影响分析。

（2）寓言、神话主题研究。主要包括戈尔丁作品的寓言特色、神话元素及故事建构等。

（3）社会学研究。包括戈尔丁小说创作的社会学契机及社会影响等。

（4）艺术形式研究。包括戈尔丁作品中的寓言、象征、戏仿等艺术手法的分析。

（5）宗教（哲学）意蕴研究。主要是从宗教（哲学）视角对戈尔丁小说中的人物、背景及意义进行分析。

国外对戈尔丁小说的分析主要采用了精神分析和原型批评、现象学、存在主义理论、接受理论、结构主义和后结构主义阅读、符号学、叙述学等几种解读方法。

在国外的研究中，将戈尔丁作品与其他作品进行比较研究也较为普遍，如对《蝇王》和《鲁滨孙漂流记》（*The adventures of Robinson Crusoe*）、《珊瑚岛》（*The coral island*）、《黑暗的心》（*Heart of darkness*）、《一九八四》（*Nineteen eighty-four*）的比较研究以及对《启蒙之旅》（*Rites of passage*）与《法国中尉的女人》（*The French lieutenant's woman*）的比较研究等。

综上所述，国外学界对戈尔丁其人其作的研究视角广泛而多元，研究的深度和广度都达到了很高的水平，对国内相关研究很具启示与借鉴意义。

三、选题价值及研究思路

近年来，国内外海洋文学研究总体上呈蓬勃发展的态势。对戈尔丁涉海小说现代社会主题的研究不仅具有较高的审美价值，对西方蓝色文明具有一定的认知意义，对丰富以海洋意识和海洋精神为内核的海洋文化也具有一定的现实意义。本书将以戈尔丁涉海小说为整体，从传统、社会与哲学层面分析其现代社会主题的创作成因、主要类型、艺术表现和价值意义。

（一）选题价值

"海洋不仅是地球表面最大的公共空间，也是人类的第二生存空间。"[①] 近现代以来，西方主要国家的民族兴衰和时代更迭都与海洋密切相关。海洋锻造了蓝色文明的民族品格，海洋精神成为其文化精神中永葆活力的基因传承。海洋在西方文明的发展历程中扮演着十分重要的角色，在西方文化精神和人格的形成与发展中起着关键的作用，是西方文学的重要主题之一。郭海霞认为："海洋，无论作为一种生产、生活、交通、殖民扩张的地理场景，还是作为神秘、财富、力量、征服和期许的文化象征，都是支撑和充实英国文学的建构性元素"[②]。海洋文学是为提升海洋意识和弘扬海洋精神服务的。21世纪，海洋这一人类生存的第二空间在国家发展战略中的重要意义愈发凸显，因此，海洋及海洋文化事关国运兴衰。

古今中外，文学与海洋有着天然的亲密关系，如易建红认为："文学作为特定历史时期政治、经济和文化的产物自诞生之日起就与海洋密切关联……海洋在各种体裁的文学作品中一直是人类依存

[①] 杨震.论全球海洋治理与海洋命运共同体[J].云梦学刊，2022（3）：11-18.

[②] 郭海霞.论英国海洋小说中女性形象的嬗变[J].外语教学，2013（2）：85-88.

的主体。"[1] 坦纳（Tanner Tony）指出的文学与航行的必然联系中包含了人与人之间的某种共通的情感联系："文学和航行可以说是同时产生的，因为没有离别，没有出发，就没有文学"[2]。

虽然有学者认为"戈尔丁小说的复杂性和多面性使之无法归结为某一主题和结论"[3]，但不可否认的是，海洋是戈尔丁作品突出的主题之一。国外学界以海洋为视角对戈尔丁小说进行研究的成果并不多见，具有代表性的是安德鲁·辛克莱尔（Andrew Sinclair）于1982年发表的论文《威廉·戈尔丁"海"的主题》。文章指出戈尔丁的小说中具有鲜明的海洋元素，是作者海洋经历的反映，海洋甚至可以被认为是戈尔丁小说创作的潜台词。《蝇王》《品彻·马丁》和《航海三部曲》中的海洋既是叙事的主要场景，又是建构作品主题与生发思想意蕴不可或缺的因素。英语中的"sea"（海洋）和"see"（看见）发音相同，戈尔丁巧妙地利用了这两个单词的谐音双关将海洋作为见证人类与社会各种问题的主体，也使其中的海洋有了独特的意象内涵。戈尔丁将其海上经历融入小说创作，其小说创作体现了他对海洋的热爱以及对海洋精神与时代症候的精确把握。戈尔丁对荒岛、海洋及航程的书写所映射的核心主题总体而言是当今人

---

[1] 易建红. 人·大海·启示：以《白鲸》《海狼》和《老人与海》为例 [J]. 北京第二外国语学院学报，2012（6）：48-53.

[2] TANNER T. The oxford book of sea stories[M]. New York: Oxford University Press, 1994:XV.

[3] GREGOR I, KINKEAD-WEEKES M. William Golding: A critical study of the novels[M].London: Faber & Faber, 2002:6.

绪 论

类的生存困境，这已成为国内外学界的共识。

历年来国内海洋文学研究所取得的丰硕成果可以从侧面印证本书的研究价值。1991年，吕伟民以《"海是真正的世界"——谈康拉德笔下的大海》[1]为题论述了康拉德小说中的海洋观以及其中的人海关系主题，是国内较早关于西方涉海小说现代社会主题的论述。近年来，国内海洋文学研究成果斐然。华东师范大学周峰博士的论文《"渔"行为与海明威》[2]属于西方海洋文学与文化研究的范畴。文章以"渔"这一行为作为切入点，认为海明威之"渔"行为具有男性英雄文化性属，在海明威的现实生活与文本世界中，"渔"行为被用来表征男性气概以及探寻男性身份认同问题。文章以文化人类学为切入点，以西方文化中的"渔"行为为线索，深入挖掘其中所承载的文化记忆，从性别研究角度入手，以作者海明威的人生经历以及其文本中的角色为典型，从整体上剖析了"渔"行为的文化内涵，为海洋文学研究提供了独特的文化视角。另外，段波博士的论文《詹姆斯·库伯的海洋书写与国家想象》[3]全面而深入地论述了库伯的海洋书写与国家想象之间的紧密关系，认为库柏的海洋书写是在19世纪美国大国诉求强烈、海洋活动兴盛、民族主义高涨以及创建独立民族文学的呼声高昂的背景下产生的。在从国家意识、

---

[1] 吕伟民."海是真正的世界"：谈康拉德笔下的大海[J].郑州大学学报.1991（6）：101-105.

[2] 周峰."渔"行为与海明威[D].上海：华东师范大学，2010.

[3] 段波.詹姆斯·库伯的海洋书写与国家想象[D].武汉：华中师范大学，2014.

国家形象建构、海洋文化等视角分析了这位美国海洋文学早期代表人物的海洋小说后，他认为库伯海洋小说中所宣扬的美国海洋文化在本质上具有掠夺、商业与竞争的属性。其海洋小说的突出功能在于为整个民族的海洋文化认同和海洋大国形象建构进行思想文化宣传，进而使其海疆的拓展显得顺理成章。在19世纪的特殊历史背景下，库伯的海洋小说蕴含了浓厚的帝国意识，在建构美国以海洋为属性的文化身份方面起到了先行者的作用。浙江大学张陟博士的论文系统地梳理了美国内战之前的航海叙事，认为："航海叙事又因其独特的文类特点，为再现国家想象中被压制和遗忘的声音提供了绝佳的素材"[①]。此文对航海叙事与国家建构关系的阐释启发读者对文本、国族意识与殖民历史的关联进行深入思考。此外，克莱恩（Bernhard Klein）的《海洋小说批评：英国文学与文化中的海洋》："从跨学科的视域'勾勒文化想象中的海洋与英国社会、政治、历史之间的隐喻性关联及其物质联系'，分析'海洋对英国文化特征形成的影响'，因此具有一定的学术深度。"[②]以上海洋文学与文化方面的研究成果是本书的研究的重要参照，从侧面反映了海洋文学的研究价值，其宏阔的视野与深刻的文本分析对本书有十分重要的启示和借鉴意义。

另外，2017年成功立项的国家社科基金重点项目"'海洋强国'

----

① 张陟.国家如船：美国内战之前的航海叙事与国家想象[D].杭州：浙江大学，2017.
② 段波."新海洋学"视阈下欧美海洋文学的研究现状及趋势[J].外国语文研究，2019（4）：20-30.

语境下英国19世纪海洋文学与国家"与"'海洋强国'语境下的英美海洋文学流变研究"充分说明了西方海洋文学研究的学术价值与现实意义。21世纪以来,中外文学研究领域出现了"海洋转向"的热潮。西方学界已然呈现"新海洋学"的学术新气象,其显著特点是从跨学科的视阈出发,研究海洋相关的流动、联通、网络和人们之间的关系。新海洋学把海洋看作一个自身独立的主体进行研究,而不单纯是一个供人们跨越的通道或客体。如今,海洋已从边缘走到了学术视野的中心,从新海洋学的视角来理解东西方历史、文化和文学的生成与交流,可以改变传统的、以陆地为基准的历史观、文化观和文学观。近年来,国内海洋文学研究呈现新的局面,"全国哲学社会科学工作办公室发布的《国家社科基金项目2019年度课题指南》中,'外国海洋文学研究'首次列入外国文学研究学科的选题范围。"[①]上述研究成果与现状不仅反映了国内海洋文学研究呈现的蓬勃发展的态势,表明了海洋文学研究的学术价值,也从一个侧面反映了戈尔丁涉海小说现代社会主题研究的意义与价值。

相较国内海洋文学研究方兴未艾的现状,当今国外学界对海洋文学的研究已较为深入和全面,主要体现在以下几个方面。

(1) 从社会学、历史学、伦理学、文化学、文学地理学、叙事学等学科的视角出发对海洋文学经典作品进行阐释。

(2) 对某一国家或地区特定历史时期的海洋文学作品的历史发展做整体分析。

[①] 段波."新海洋学"视阈下欧美海洋文学的研究现状及趋势[J].外国语文研究,2019(4):20-30.

（3）从特定视角出发对某一作家的海洋文学作品做系统整理及分析。

（4）从跨学科的视角对涉及某一特定区域的海洋文学作品进行总体的梳理与分析。

虽然国内外学术界对戈尔丁及其作品展开了多层次和多维度的研究，做出了种种解读，但以海洋为切入点对戈尔丁小说进行全面系统研究的还很少见。海洋不仅是戈尔丁涉海小说现代社会主题建构的重要元素，也承载了丰富意象。戈尔丁笔下的海洋是一种复杂的象征性的存在，具有丰富而又十分复杂深刻的意象。小说中的海洋空间兼具叙事场景、小说结构和叙事动力的功能。海洋是戈尔丁为其人物精心设计的"人性试验场"和社会大舞台，从中展现文明的衰落、人性的本质、人类精神世界的复杂性以及各种社会历史问题与矛盾。

（二）研究思路

本书将戈尔丁的五部涉海小说作为一个整体进行研究，拟从文学传统、时代背景和个人经历层面分析戈尔丁涉海小说现代社会主题的创作成因，分别从追忆逝去辉煌的国家主题、寄托未来希望的成长主题、隐含救赎意识的人性主题和承载海洋基因的男性气概主题等几个方面分析其涉海小说现代社会主题的内涵，从结构艺术、叙事艺术和修辞艺术三个方面探讨其海洋主题的艺术表现，并从审美和现实的视角探析其海洋主题的主要意义。本书将以海洋为切入点丰富戈尔丁小说研究的理论维度。对威廉·戈尔丁涉海小说现代社会主题进行研究不仅可以丰富和深化英国作家作品的研究，还能够洞悉西方作家对世界的情感认知方式，揭示西方文化的地缘特征，反映西方社会的人类生存状态，展现海洋文化内在的精神价值，同时能为我国的海洋文学及文化研究提供有益借鉴，有利于提升全民的海洋意识，有助于弘扬以自由、开放、乐观、包容、顽强与探索等为特色的海洋精神。在构建人类"海洋命运共同体"的时代语境下，对戈尔丁涉海小说现代社会主题的研究有助于我国的海洋文化强国建设。

四、研究方法

本书以文献细读与文本细读为基础，综合运用传统的文学文本研究方法及跨学科研究等方法，在选题、观点、方法、理论方面进行了一定的创新。

本书采用了文献细读法、文本细读法、跨学科研究法、影响研究法和理论演绎法。

（1）文献细读法。批判性阅读、反思国内外戈尔丁小说研究、海洋文学研究、英国社会史、小说叙事及"英国性"研究的经典文献，并对文献进行分析、归纳，从文化与文学关系的视角探讨戈尔丁涉海小说现代社会主题。

（2）文本细读法。细读戈尔丁的五部涉海小说，尤其是其中涉及海洋书写的内容，理解其作品主题和叙事艺术。

（3）跨学科研究方法。戈尔丁的涉海小说以英国岛国地理环境为依托，植根于西方海洋文明和深厚的海洋文学传统，其创作受到了存在主义哲学、乌托邦思潮和后现代创作思潮等的深刻影响。这些复杂因素需要借助文学、地理学、社会学、哲学、心理学等学科理论进行综合分析，用跨学科的视角加以审视。

（4）影响研究法。分析戈尔丁所处时代、个人经历、西方文学，尤其是海洋（航海）文学经典作品等对戈尔丁涉海小说现代社会主题和叙事艺术的影响。

（5）理论演绎法。采用空间及伦理叙事理论、成长小说理论、男性气概理论、文本分析理论、后现代叙事理论等建构本书的理论基础，并在论述中丰富相关理论。

第一章 威廉·戈尔丁涉海小说现代社会主题的创作成因

海洋是戈尔丁小说创作的重要元素，不仅是其涉海小说叙事得以建构的基础与媒介，也是其小说创作的重要母题，精神内涵十分丰富。目前，国内学界对其涉海小说现代社会主题的创作成因未给予充分关注。对此进行深入分析可以洞悉作者的创作动机，更加深刻地把握作品的内涵意蕴，有效地拓展作家作品的研究视域，对英国文化、文学传统基因与社会思想衍变都具有一定的认知意义。

西方文学传统中，众多作家选择海洋作为小说叙事背景最直接的原因在于海洋环境本身所具有的封闭性。海洋的封闭环境在小说叙事方面的优势在于可以排除某些因素的干扰，将涉及人类自身的问题放大。海洋环境下法律约束的缺失，社会习俗与规约效力的衰减使得《蝇王》中的孩子们的作恶之心蠢蠢欲动，就连《品彻·马丁》和《航海三部曲》中的成年人也有了更多塑造自我心境与社会秩序的可能。海洋环境的封闭属性割裂了人们与外界的联系，使社会秩序不得不重构，矛盾与冲突因此而产生，人性在这种矛盾与冲突中得以彰显，在这个封闭的小社会，外界因素介入的可能性很小，为身处其中的人物展现本性提供了理想的舞台。从某种意义上说，海洋环境与非海洋环境在激发真实人性上的作用是一致的，只是海洋环境便于作者更清晰地呈现人性。从某种意义上说，荒岛是寄托作家希望与理想的空间："荒岛这一叙事空间既拓展了作品人物的生存空间和心理空间，又表现了作家内心的自我诉求，寄托了作家对理想生存状态的渴望"[①]。戈尔丁依托海洋这一西方传统叙事载体，书写人物在远离常规生活环境下的生存状态，为反思人性本质与各种社会问题创造条件。

一、文学传统的赓续

西方海洋小说有着十分深厚而又悠远的叙事传统。海洋环境在小说叙事中的优势在于因其相对封闭性而具有了某些超越时代与社会规制的特质。荒岛上的罪与人性光辉其实都是作者以超越时代的审美眼光，捕捉社会的微小变化，将其放大到荒岛上，从而让人们认识到罪恶，让人性之美战胜人性之恶。戈尔丁以海洋极端环境为背景展现了人类对自我命运的孜孜探寻。海洋环境的极致性使隐藏于主人公内心深处的某些欲望与潜质得到更为充分的激发与无限扩大，如《蝇王》中野蛮派孩子们心中的控制与杀戮欲、《品彻·马丁》中主人公顽强的求生欲与强烈的占有欲、《航海三部曲》中科利灵魂深处对向社会上层攀登的渴望以及对同性情感认同的热望、航船乘客面对想象中的敌舰时展现出的向死而生的勇气等。由此可见，

[①] 薛家宝. 现代性视野下英国荒岛文学叙事的自然图式 [J]. 外国文学研究，2014（5）：110-116.

较之于陆地上常规的社会环境，海洋的极端环境更能展现人性中的深层潜质与极致属性。海洋作为展现典型人物典型性格的独特文学介质，以更强的代入感引发读者思考，平添了文学的魅力。以《蝇王》为代表的涉海作品是这方面成功的典范，在呈现独特求生方式的同时实现了对失衡自然生态与社会生态的批判。戈尔丁涉海小说的持久艺术魅力与英国的地理环境密切关联，也源于对现代人类衰败精神世界的关怀。

  一个国家的地理环境与文化，与历史发展和国民性格的形成有着千丝万缕的联系。从某种意义上说，英国的岛国地理环境和昔日的海洋霸权是其文化形成的重要物质基础，也是其文学建构的必要条件。戈尔丁是一位具有鲜明历史意识的作家，他认为，无论是否尊重历史，小说家必须重视史实，书写历史要注重作品的趣味性："谦恭的历史学家通常会承认，由于没有人能完全准确地描述历史事件，书面历史因此成为小说的一个分支。同样，无论是否尊重历史，书写'过去'的小说家必须注重历史。小说家面对的是光谱，历史位于一端——也许是红外线——而被认为是小说的东西则位于另一端——紫外线……他必须承认，他写历史的幽默感，就像一个历史学家承认他写小说时表现出来的那样好。"[①] 戈尔丁的文学创作与英国思想文化的历史语境密不可分，同时深受希腊文学的影响，与希腊文学传统密不可分。

---

① GOLDING W. To the ends of the earth[M]. London: Faber & Faber, 1991（Forward）.

（一）对希腊文学精神的承继

人是大自然的有机组成部分，有学者指出："人的生态本性决定了人具有一定的回归与亲近自然的本性"[①]。西方蓝色文明的属性决定了海洋是其生产生活及文学艺术中不可或缺的元素。古希腊哲学家苏格拉底曾把"认识你自己"作为哲学的核心命题，戈尔丁涉海小说的主题是对这一哲学思想的生动诠释。最为显著的就是他将揭示人性本质作为涉海小说的核心主题。《蝇王》通过将童心未泯的孩子置于热带海岛展现人类由文明向野蛮的衍变、社会从有序向失序的转变，旨在揭示人性的本质；《品彻·马丁》通过个体在极端环境下的生存抗争与此过程中不断闪现的回忆展现了人性中极度自私、贪婪与执迷的一面；《航海三部曲》通过对漫长航程中航船社会的书写展现人性复杂的同时也暗示人性中存在向上与向善的可能性。

众多研究者认为戈尔丁受到了希腊文化，尤其是希腊悲剧的影响。持这种观点的代表是伯纳德·迪克和詹姆斯·贝克。希腊文学奠定了戈尔丁涉海小说的情感基调，使他以冷峻的眼光审视这个光怪陆离的世界，以对人类本质的探寻作为小说创作的宗旨，甚至因此被贴上了"悲观主义者"的标签。赵凤娇认为："戈尔丁在小说《蝇王》《黑暗昭昭》《启蒙之旅》中按照冲突—痛苦—揭示这样的模式来构建，这其实模仿的正是埃斯库罗斯的悲剧结构。"[②] 戈尔丁

[①] 汪汉利，王建娟. 外国海洋文学十六讲 [M]. 北京：海洋出版社，2016：180.

[②] 赵凤娇. 威廉·戈尔丁小说中的"死亡"研究 [D]. 长春：长春理工大学，2021：7.

在某些小说的叙事中甚至模仿了希腊文学原著的模式："他在小说《品彻·马丁》中描写了现代版的'普罗米修斯'的双重死亡,这可以说是埃斯库罗斯的《被缚的普罗米修斯》的20世纪翻版"[①]。伯纳德·迪克认为戈尔丁涉海小说的现代社会主题可归结为人的自我发现与自我救赎,实质上就是对人类行为及生活本质意义的探寻。戈尔丁这种叙事模式的精神理念在古希腊文学中有迹可循。詹姆斯·贝克分别在其专著《威廉·戈尔丁》(*William Golding*)和《威廉·戈尔丁评论集》(*Critical Essays on William Golding*)中提到了希腊文化,特别是希腊悲剧对戈尔丁产生的重大影响。小说《品彻·马丁》的故事情节设置有十分明显的希腊神话痕迹。迪克森(Dicken-Fuller)认为其中的很多情节都与古典神话有关,特别是普罗米修斯传说。

古希腊哲学家亚里士多德(Aristotle)提出了第一个关于悲剧的完整定义:"悲剧是对于一个严肃、完整、有一定长度的行动的摹仿……借引起怜悯与恐惧来使这种情感得到陶冶。"[②] 戈尔丁的涉海小说深刻地体现了希腊悲剧的精神理念,是对这一定义的生动阐释。《蝇王》中流落荒岛的孩子们的行为是戈尔丁教学中对英国青少年长期观察后的文学想象,是一种模仿。孩子们在荒岛上的遭遇让人怜悯,同时读者也会感受到荒岛环境和野蛮杀戮带来的恐惧;

[①] 沈美华.论戈尔丁对人类境况的悲剧性意识[D].上海:华东师范大学,2006.

[②] 亚里士多德.诗学修辞学[M].罗念生,译.上海:上海人民出版社,2015:36.

《品彻·马丁》中展现了一个极度自私贪婪而又充满顽强生命力的灵魂坠海后奋力求生的经历，是作者对自己亲身经历的文学想象。故事进程中，戈尔丁戏仿上帝七日造人的典故，通过揭示马丁获救只不过是其自我编织的美梦来对英雄主义进行了嘲讽。从表象来看，主人公面对威力无比的海洋进行了异常坚忍的生死抗争，既让人怜悯同时也会感同身受，产生对溺海和死亡的恐惧。《航海三部曲》中无法调和的等级矛盾使人物充满宿命论色彩，航船上接二连三上演的神秘死亡事件（科利因"羞愧而死"、惠勒在塔尔博特面前吞枪自尽、萨默斯葬身火海等）使人恐惧，同时也会对科利、惠勒和萨默斯等人物的悲剧命运心生怜悯。读者在阅读戈尔丁涉海小说时所产生的恐惧与怜悯的情感无疑会使其心灵得到净化，希腊悲剧的精神理念在这一过程中发挥了重要作用。

在希腊剧作家中，最受戈尔丁崇拜的是欧里庇德斯（Euripides）和埃斯库罗斯（Aeschylus）。希腊文学对戈尔丁的影响体现在其作品中的希腊悲剧原型：日神与酒神、盗火的杰克等。其小说中不时闪现古希腊文化中人类童年时期理性与光明的影子。倘若不去探索海洋与文学、文化的密切关系，我们就很难深入理解世界文学甚至人类文明发展中的全部要素。希腊神话是西方文学的滥觞，英国海洋文学中以艰险环境考验主人公的基因在《奥德赛》这部西方海洋文学的开山之作中有迹可循。戈尔丁的涉海小说创作承袭了西方海洋及航海叙事的传统，这一传统始于古希腊游吟诗人荷马（Homer）在公元前931年创作的史诗《奥德赛》。这部伟大史诗主要讲述了希腊英雄奥德修斯历经十年海上漂泊，返回伊塔卡岛上的家乡、夺回王位并与妻子团聚的故事。《奥德赛》这部经典作品的主题意义在于磨难会使人类的心灵得到净化,艰难险阻会促进社会个体实现全面成长。"漂流"是从《奥德赛》流传下来的一种叙事定式,作为一种重要的文学原型,影响着众多欧美作家建构小说的方式。水是一切生命之源,自《奥德赛》以来,大海就成为文化想象的丰富源泉和凭借,中外作家也从未停止探索和思考大海的浩瀚、博大、深邃与神秘。"水"这种自然物质的流动性是这一文学原型得以建构的基础。正是基于这一自然属性,与水有关的丰富意象:生命、变形、净化、救赎、智慧等在文学作品中应运而生。正如邓颖玲教授所说:"不同的意象叠加在一起,形成了新的意象群,营造了一个开放的、纵深的意义空间,给读者以解读和阐释的多种可能性。"[1]古希腊,伊阿颂智取金羊毛的故事为欧洲人对海洋以及海洋之外所能给他们带来的财富、幸运和冒险的思想传统埋下了伏笔,也在某种程度上激发了人类对海洋的探索。

戈尔丁涉海小说现代社会主题的精神理念深受希腊文学的影响。他曾将希腊文学视为自己创作的渊源:"若是我真的有什么文学源头的话,我将列出欧里庇得斯、索福克勒斯(Sophocles),也许还有希罗多德(Herodotus)这样大名鼎鼎的人物。"[2]他之所以欣赏希腊文学就在于其探究人类行为及生活的本质意义。"古希腊戏剧是我写作的范本。欧里庇得斯虽不完美却很伟大,他写就的神奇

---

[1] 邓颖玲.二十世纪英美小说的空间诗学研究[M].北京:商务印书馆,2018:128.

[2] 戈尔丁.蝇王[M].龚志成,译.上海:上海译文出版社,2018:2(译本序).

剧作、伟岸诗篇以及对人类困境的揭示至今值得我们深思。我觉得我们之间存在着亲缘关系。"[1]戈尔丁在一次采访中曾表达过对希腊文学经典情有独钟："除了希腊经典作品外，其他书籍我一概不读，这并非势力，也非高兴之举，实在是因为那是精华之所在。"[2]戈尔丁的这种说法虽不无偏激，但由此可见希腊文学对他影响之深。戈尔丁在航海小说中所展现的人类本质力量与索福克勒斯在悲剧《安提戈涅》中所表达的航海人化解海上风险的才能如出一辙。《航海三部曲》对漫长航程中水手们克服海上风暴、冰山、航线偏离等重重艰险成功抵达新世界的书写即是对航海人本质力量的诠释，印证了航海人的技能，彰显了可贵的人本力量。

戈尔丁涉海小说中海洋的意象十分丰富且具有很强的审美意蕴，意象地运用展现了他对古希腊文学精髓的传承。希腊神话中的海神波塞冬作为十二主神之一，既有神性的一面又有狂暴的一面，代表了远古人类对海洋的朴素观念。这一形象与戈尔丁涉海小说中的海洋意象有着某种契合。正如高奋所说："古希腊文学的直观性和活力来自意象的运用。大海、死亡……所激发的联想既是形象的，可以让我们看见天地万物之美；又是意会的，可以让我们领悟死亡的残酷和生命的脆弱。"[3]以地理环境为依托的物质与精神积淀是作

[1] 侯静华.威廉·戈尔丁早期小说中的悲观意识[D].济南：山东大学，2014.

[2] DOUGLAS M D. A conversation with Golding[J]. The New Republic, 1963（4）：.

[3] 高奋.弗吉尼亚·伍尔夫论古希腊文学[J].外国文学，2013（5）：41-48.

家进行文学艺术生产的灵感源泉。纵观西方海洋文学发展的历史，以《荷马史诗》中的《奥德赛》这部开山之作为代表的早期海洋文学作品呈现了西方海洋神话赋予海洋的文化原型意义，海洋的神秘莫测正是检验人类力量与智慧的试验场，海洋是实现所有欲望的领域——包括财富、土地与荣誉，反映了处于童年时期的西方人对海洋的好奇心与征服欲望，奠定了欧洲文化中海洋作为英雄舞台的文化底色。

在戈尔丁所建构的海洋舞台上，身体的磨炼和心灵的净化是实现自我认知的前提，走出被感觉和欲望所缚的困境和群体无意识的混沌是实现自我认知的必要条件。这也是戈尔丁涉海小说成长主题在个体层面所呈现的核心思想。因此，在戈尔丁的涉海小说中，以拉尔夫为代表的孩子们经历身心考验而收获成长，以塔尔博特为代表的主人公们所经历的人生的奥德赛之旅，都印证了古希腊哲学中朴素的知行合一人生观，也是对希腊文学精神理念的承继。

（二）对英国文学叙事模式的发展

世界史视角下的海洋是不同文明相互交流的桥梁与纽带，也是英国文学建构的重要元素。独特的海洋地理环境所孕育的外向型文化使英国人富于想象并善于开拓，对英国文学创作的影响从未间断。从中世纪的英雄史诗《贝奥武甫》(*Beowulf*)到长篇叙事诗《坎特伯雷故事集》(*The Canterbury Tales*)，从《暴风雨》(*The Tempest*)到《鲁滨孙漂流记》以及《辛格顿船长》(*Captain Singleton*)，从《古舟子咏》(*The rime of the Ancient Mariner*)，再到查理·金斯莱的《水孩子》(The water babies)、罗伯特·路易斯·史蒂文森的《金银岛》(Treasure island)、巴兰坦的《珊瑚岛》和约瑟夫·鲁德亚德·吉卜林的《勇敢的船长们》(Captains courageous)，再到康拉德的《水仙号上的黑水手》(The nigger of the "Narcissus")《黑暗的心》《青春》(Youth)，英国海洋文学呈现绵延不绝的壮丽景观。作为西方文学重要传统的海洋小说有着鲜明的地理与时代印记。《坎特伯雷故事集》中关于英国早期航海及商贸活动的记录是英国荒岛文学的开端。英国荒岛文学的代表作《暴风雨》《鲁滨孙漂流记》《珊瑚岛》《金银岛》等以极端环境作为人物展现自我的舞台和人性试验场，深刻影响了戈尔丁涉海小说的叙事模式，戈尔丁的涉海小说创作是其在特定时代背景下对英国海洋文学传统的传承。

　　英国的岛国环境和四周的海洋资源是"日不落帝国"神话建构的基础，帝国意识至今还萦绕在许多英国人的心头。岛国情结成长与成熟于不断地扩张与殖民中，逐渐衍变为民族意识中的一种自觉，延续至今，并投射到英国社会的方方面面。地理环境决定民族性格的观点虽不免偏颇，但西方文明中的海洋地理环境对西方文学传统影响深远却是不争的事实。海洋或荒岛是西方文学的常见主题，承载着丰富的意蕴。在诗人笔下，大海是充满诱惑与魅力的象征性符号，它对人类的生存构成了极大的威胁与挑战，因此成为考验人类意志力的场所，人类渴望在与大海的搏斗中展现坚忍、勇敢与顽强；在特定文化语境下，作家将大海与自由联系在一起，或是以大海的崇高壮美反衬社会现实的丑恶，表达作家对现实的鄙视与不满；在某种情境下，大海甚至成为作者的自我隐喻。大海的广阔，是他可以容忍所有污秽而不会污染自己，正因如此，拜伦（George Byron）对大海有一种崇拜，一种出淤泥而不染的崇拜，他崇尚灵魂的高洁，也做到了自我灵魂的高洁。然而，海洋并非总是高洁的象征，在《牛津海洋之书》中，拉班（Johnathan Raban）指出"英国所发生的同类相食的、惊悚的伟大故事（人类由于与不受限制的自然接触过多而变得野蛮），就像米尼奥内特号船员的命运一样，都发生在海上。"[1]而《蝇王》中的海洋与荒岛就具有这种荒野的意象内涵，是无拘无束的，既是阻隔他们回家的障碍，也是孩子们回归文明的希望，象征着使人类从现代文明蜕变为野蛮原型的无形力量。

  英国海洋文学传统对戈尔丁的涉海小说创作产生的深刻影响直接体现在其成名作《蝇王》中。作为发源于欧洲临海诸国的一种独特文类，荒岛文学一般通过对由于不可抗力被放逐荒岛的人类原始生活状态的描绘来展现人类与命运抗争、团结协作的勇气与力量。戈尔丁的《蝇王》是对《珊瑚岛》的颠覆性戏仿，两部小说的互文性特征十分明显。《蝇王》中的场景设置、主要人物名称及故事情节安排等都有《珊瑚岛》的影子。戴维·洛奇（David Rocky）认为互文性是英国小说家关联历史与现实和提升小说文化底蕴的重要方式："互文性是英语小说的根基，而在时间坐标的另一端，小说家们倾向于利用而不是抵制它，他们任意重塑文学中的神话和早期

---

[1] JOHNATHAN R. The Oxford book of the sea[M]. Oxford: Oxford University Press, 1992:186.

作品，来再现当代生活，或者为再现现代生活加添共鸣。"[1]《蝇王》与《珊瑚岛》的创作背景与主题大相径庭，但充分利用与《珊瑚岛》形成的互文性对战争与人性进行深刻反思。换句话说，《蝇王》是对《珊瑚岛》的重写，是融入传统的重要方式。黄大宏指出了这种方式的多重复杂性质及其功能实质："重写具有集接受、创作、传播、阐释与投机于一体的复杂性质，是文学文本生成、文学意义积累与引申、文学文体转化，以及形成文学传统的重要途径与方式。"[2]戈尔丁通过对《珊瑚岛》的重写实现了与传统经典的对话，从某种意义上说，也实现了其成功的"投机"——《蝇王》沿用了英国荒岛文学的经典叙事模式，在世界图书市场的流行使戈尔丁名利双收。两部作品虽有诸多相似之处，却承载了近乎相反的主题，是戈尔丁以传统叙事文学的形式对时代思想的诠释以及对时代问题的思考。戈尔丁的成功就在于他将传统荒岛小说"荒岛变乐园"的模式进行了具有时代意义的延伸，在对人类前途与命运的忧虑中对人性的反思更加深刻。

小说《蝇王》的创作与戈尔丁童年时期就表现出的对文学的热爱密切相关。《格列佛游记》(*Gulliver's travels*)《天路历程》(*The pilgrim's progress*)《鲁滨孙漂流记》都曾令他着迷。在谈及《蝇王》的创作初衷时，戈尔丁坦言其受到了传统荒岛小说的影响："当时我和妻子住在一套由维多利亚式房屋改造而成的公寓内。我们刚刚

---

[1] 戴维·洛奇.小说的艺术[M].王峻岩，译.北京：作家出版社，1998：110.

[2] 黄大宏.唐代小说重写研究[M].重庆：重庆出版社，2004：79.

哄孩子们上床睡觉，这是相当累人的事情。我一直读得很好，我们俩都是随口读给他们听，食人岛、金银岛、珊瑚岛、任何人的岛、海盗岛、这岛、那岛，群岛合并，真的。我对她说：'写一本关于孩子们独自在岛上会发生什么的书不是一个好主意吗？'妻子回答说：'很棒的想法，你写吧！'"[1]

可见，促使戈尔丁创作《蝇王》的动因是他认为传统荒岛小说对儿童流落荒岛上的所作所为的描写并非真实可信，或者说时过境迁，如果现在的孩子流落荒岛，根本不会出现传统荒岛小说中那样的举动，因此他才以戏仿《珊瑚岛》的方式完成对荒岛母题的独特文学想象。戈尔丁之所以产生这样的文学想象至少有两重原因：一是二战后随着英国国际影响力的衰微与国内社会问题日益严重，英国人对其帝国体制不再抱有维多利亚式的自信与乐观；二是由于戈尔丁的个人经历，特别是作为海军军官亲历了第二次世界大战从根本上改变了他对社会和人性的乐观看法。正如他自己所说的那样："经历过那些岁月的人如果还不了解'恶'出于人犹如'蜜'产于蜂，那他不是瞎了眼，就是脑子出了毛病"[2]。

不可否认的是，海洋与荒岛是包括《珊瑚岛》与《蝇王》在内的所有荒岛小说的重要叙事元素，是其主题得以建构和叙事得以展开必不可少的支点。然而，并非所有荒岛小说都有相似的主题，作家的经历和创作的时代背景是形塑这类小说主题的决定性因素，每

---

[1] ANTHONY WALL . The dreams of William Golding[EB/OL].(2012-03-17) [2024-10-16]. http://www.bbc.co.uk/programmes/b01dw5kb.
[2] 戈尔丁. 蝇王 [M]. 龚志成，译. 上海：上海译文出版社，2018：2（译本序）.

一部荒岛小说都有深刻的时代印记和作家的个人印记。就《珊瑚岛》与《蝇王》的主题思想来说，前者的主题体现出对当时具有进步意义的帝国体制的盲目乐观，后者却是在20世纪下半叶西方传统价值观念瓦解、信仰崩塌的状况下，对战争进行深刻反思后对人性与社会制度极度悲观态度的真实写照。戈尔丁的这种叙事的悲观基调明显是受到希腊悲剧的影响，而在叙事上则承袭了英国荒岛文学"流落—历险—归家"的模式。

《蝇王》对于荒岛小说叙事模式的继承还体现在主人公的命运安排上基本采取了以陆地为中心的机制与模式，即主人公大多是由于不可控因素被迫流落荒岛或坠入海洋，经历各种风险考验后，最终基本上都能重回陆地或始终将回归陆地作为奋斗目标，以主人公收获身心的双重成长或是获得启示作为故事的终结。如果将这种以陆地为出发点和落脚点对主人公进行命运安排的模式视作英国荒岛文学的基因，戈尔丁则是这一基因的忠实传承者。

戈尔丁涉海小说创作还受到了迪福小说的直接影响。《品彻·马丁》中在海中礁石上顽强抗争的主人公马丁有鲁滨孙的影子，《航海三部曲》中塔尔博特在思想困顿中的自省精神与迪福笔下的人物精神一脉相承，实质上都是清教道德严苛的自省与忏悔精神的反映。罗伯特·E. 库恩在《芝加哥论坛报图书世界》中在评价戈尔丁的《启蒙之旅》时强调了其对西方戏剧化叙事模式的传承："《启蒙之旅》是一部可列入伟大传统的短小精悍的小说。它通过叙事风格揭示人物性格，对自然符号的处理驾轻就熟，形式上的优雅，以及对西方小说中最宏大、最持久的主题——虚幻与现实的大胆戏剧化，使其与亨利·詹姆斯、梅尔维尔和康拉德的作品一脉相承。"有学者认为："(《航海三部曲》)这些以传统海上游记为框架的航海关系小说，因其广泛的事实内容和有意义的阐释而成为历史史诗。"① 戈尔丁的《航海三部曲》以史诗般的庞杂叙事融入英国小说传统，或者其航海小说本身就是这一传统的有机组成部分。

为时代而创作是包括英国海洋文学在内的世界优秀文学作品的突出特点。纵观戈尔丁的几部涉海小说的叙事，在文类及主题选择上的转变深刻体现了文学活动受历史及文化环境制约的规律。《航海三部曲》创作于1980年至1989年，当时戈尔丁已近古稀之年，思想已不像年轻时那样冷峻与犀利。然而，他对评论界冠以他的"寓言家"称号心存芥蒂是促使他创作这一系列作品的重要原因之一。很多评论家认为戈尔丁创作前期以其成名作《蝇王》为代表的作品是以寓言的形式阐明对当今世界的看法，因此冠以他"寓言家"的称号。然而，戈尔丁对这一称号并不认同，并尝试在小说形式上做出改变，一改评论界对他的成见。这种改变在其小说《金字塔》《黑暗昭昭》《航海三部曲》中体现得十分显著。《航海三部曲》在形式和语言上的转变突出体现在其对于语域与叙事声音的选择上，是对英国19世纪早期维多利亚时代浪漫主义风格的模仿。叙事模式上的转变也深刻影响了《航海三部曲》的主题，反映了作者对历史问题的关注，这也迎合了20世纪80年代英国文化界对维多利亚时代追捧

① ISLAMOVA A K. The pattern of the poetic palimpsest "The rime of the ancient mariner" by S. T. Coleridge in William Golding's epic "to the ends of the earth. a sea trilogy" [J]. Russian Linguistic Bulletin, 2020,4(24): 160-165.

的热潮,"这场'历史复归'现象背后隐含着深刻的文化、政治及心理因素"[1]。《航海三部曲》的创作意图与撒切尔夫人执政时期大力倡导维多利亚时代的价值观并意图以此重振昔日的帝国辉煌直接相关。因此,《航海三部曲》从某种意义上说是迎合时代思想意识潮流之作,彰显了小说创作的时代内涵。

此外,与传统经典形成的互文性是戈尔丁受英国文学影响的鲜明体现。《航海三部曲》与英国诗人塞缪尔·泰勒·柯勒律治(Samuel Taylor Coleridge)创作的海洋叙事长诗《古舟子咏》在故事情节设置上形成了多重互文。《航海三部曲》中的"守护者"号航船与《古舟子咏》中的航船都是向南航行,同是在赤道附近遭遇航行中的艰险。二者互文性的焦点是《航海三部曲》中普利特曼先生对《古舟子咏》中射杀海鸟会带来灾难的传说心存怀疑,因此想借用布鲁克班克先生的短枪伺机射杀海鸟。不料,正当他准备射杀飞过的海鸟时,短枪却被萨默斯夺走,并朝着天空鸣枪示警。萨默斯以此阻止了船上水手对牧师科利实施的污水浸洗,暂时挽救了受辱的科利。不久,科利因缺乏自我认知,酒醉后与水手发生同性关系,最终"羞愧而死"。在其死后,"守护者"号的厄运接踵而至,首先是航船底部被水草缠住,无法动弹。在利用拖绳清除船底海草的作业中航船的龙骨遭到破坏,导致海水灌入舱底,航船严重颠簸。再加上船上食物日益匮乏,沉船风险陡然升高。惠勒因溺亡的恐惧而吞枪自尽,死亡气息笼罩着整个航船。在整个过程中,戈尔丁以牧师科利这一

---

[1] 金冰. "维多利亚时代"的后现代重构:兼评拜厄特的历史想象和现实关照[J]. 外国文学评论, 2007(3): 48-57.

角色来戏仿《古舟子咏》中被老水手射杀的信天翁,这一戏仿的深层动因来自基督教层面,即科利与信天翁都是上帝的使者。戈尔丁在航海叙事中戏仿前人的互文性书写渲染了小说戏谑、沉重而又不乏轻松的氛围,增添了其闹剧色彩,有浓重的后现代创作特色。他对《古舟子咏》最直接的戏仿是小说中名叫季诺碧亚的妓女首次登场时便朗读柯勒律治的诗句:

"孤单,孤单,

极度的孤单,

孤孤单单的,在这广阔,广阔的海上!"①

作者以一位身份"特殊"的主人公再次对航海主题进行了富有独特意义的诠释,颠覆了传统诗歌中的经典意象,其中的性意味使小说的风俗喜剧色彩更加鲜明。戈尔丁小说中对传统的戏仿是通过对传统意象的颠覆来重塑时代价值:"本质上讲,戈尔丁的戏仿手法是他的讽喻工具……瓦解了长久以来西方资本社会建构的主流伦理价值体系。"②从西方海洋文学传统的视角来看,戈尔丁借助海洋及其相关主题建构了与西方海洋文学经典的互文性,从而使其涉海小说成为整个西方文学体系的有机组成部分。柯勒律治的诗句与20世纪80年代整个英国社会思想迷惘的特点十分契合,通过一位妓女

---

① 威廉·戈尔丁.启蒙之旅[M].陈绍鹏,译.北京:北京燕山出版社,2017:48.

② 王叶娜.威廉·戈尔丁讽喻式人物美学探析[J].外文研究,2022(1):40-45.

之口转述更增加了故事的荒诞色彩。

　　康拉德也是对戈尔丁涉海小说创作产生直接影响的重要小说家。戈尔丁曾表达对康拉德所描绘的海洋、海景和航船的钦佩之情:"我十分钦佩康拉德小说中对海景与海船的描绘"[1]。《蝇王》中随故事情节发展而层层揭开人性恶主题的叙事方式与康拉德的海洋小说《黑暗的心》有异曲同工之妙。戈尔丁对海洋的兴趣,以及他在小说中对原始世界的探索,表明康拉德可能是其涉海小说现代社会主题的影响因素之一。诺贝尔文学奖授奖词对戈尔丁的评价中凸显了海洋在其创作中的重要意义:"戈尔丁又像赫尔曼·麦尔维尔一样,经常为自己的故事从海洋世界或其他挑战性的环境中选择主题和结构。"[2]小说《航海三部曲》以海洋为媒介审视人生旅程,戈尔丁认为这是一出与当今状况有关的黑色喜剧。戈尔丁创造性地继承并发扬了英国海洋文学中海洋作为人生与人性镜鉴的传统,其涉海文学作品展现了"英国性"中突出的海洋属性,与康拉德作品的主题思想有着某种程度的契合,体现了思想的复杂与深沉。塞德里克·沃兹(Cedric Watts)也发现了两位作家创作上的关联,他在《康拉德前言》中说:"就创作热情、视角深度以及由探索人性的热忱而激发出来的想象力而言,威廉·戈尔丁或许是约瑟夫·康拉德的

---

[1] BAKER J R. An interview with William Golding[J]. Twentieth Century Literature, 1982, 28(2): 130-170.

[2] 宋兆霖. 诺贝尔文学奖全集(下册)[M]. 北京:北京燕山出版社,2006:1003.

小弟弟。"[①]约瑟夫·康拉德是英国文学史上的重量级作家,著名文学评论家利维斯（F. R. Leavis）将其海洋小说中海员所展示的人类内心深处的道德力量称为"最纯洁的力量。"[②]戈尔丁与康拉德都有丰富的航海经历和很深的海洋情结,也都创作了出色的海洋文学作品。二者的海洋文学作品在内容上虽有诸多差异,却在精神内涵上极为相似。二者的海洋文学作品最显著的相似之处在于都将海洋作为人性的镜鉴和试验场。康拉德不仅把大海看作人类抗争的对象和心灵净化的场所,还将它作为实现人生价值的媒介。不仅如此,"在康拉德的海洋小说中,大海既是一面镜子,展示着人物复杂的心理状态,又是一股强大的外在力量考验着人的道德立场。"[③]二者的海洋文学作品都围绕伦理道德、社会责任、男性气概等建构主题。王松林认为:"康拉德将水手对帆船的职业道德象征性地提升到人们对社会的责任高度来看待,强调履行社会责任是人得以存在的道德基础。"[④]这与戈尔丁在小说《航海三部曲》中以颇具反讽性和戏剧化方式呈现的主人公社会责任担当主题的精神内涵十分接近。戈尔丁与康拉德海洋小说的相似之处在于小说中现实主义手法的运用以

---

① CEDRIC W. A preface to conrad[M]. New York: Longman Group Limited, 1993:187.

② F. R. 利维斯. 伟大的传统 [M]. 袁伟, 译. 北京: 生活·读书·新知三联书店, 2002: 333.

③ 王松林, 李洪琴. 海洋: 一面映照自我的镜子——论康拉德的小说《阴影线》的自我意识[J]. 宁波大学学报（人文科学版）, 2010（3）: 35-40.

④ 王松林. 康拉德小说伦理观研究[M]. 武汉: 华中师范大学出版社, 2008: 77.

及对大海威力与人的坚忍的书写。二者小说中的海洋都为人类的自我认知创造了得天独厚的条件。戈尔丁与康拉德在对待海洋与航行的态度上有诸多相似之处。康拉德在其航海小说《青春》中曾说："航程如人生（航程象征着人生）"/航海即命运。戈尔丁在谈到其航海小说《启蒙之旅》时也曾表示航行可以很便利地被比作人生，将航船比作国家的观点。实际上东西方文化中都有一种将航海或是旅行比作人生的习惯。在康拉德的小说《阴影线》（The shadow line）中将大海比作可以镜鉴人性的历史，人物在大海面前感悟到了自己的责任。王松林认为《阴影线》中的主人公所认识到的质朴而又深刻的道理实际上是英国航海传统一贯的道德准则，是康拉德对水手忠诚、担当等品质的高度赞扬。康拉德与戈尔丁都将大海与历史的意象紧密联结，揭示航海与成长、道德与责任的主题。正如沈雁认为的："从后殖民理论的角度看，《蝇王》颠覆了《珊瑚岛》对欧洲文明的自得，呼应了康拉德《黑暗的心》的主题，论证了野蛮出自人内心的黑暗这一观点"[1]。此外，二者的海洋书写都展现出鲜明的生态意识，但侧重点有所不同。"在康拉德的作品中，陆地常常是腐败和罪恶的化身，那一碧万顷、水光潋滟的海洋倒是纯洁的象征"[2]。戈尔丁的海洋书写中更多突出海洋的神奇与壮美，并未将陆地作为反面的参照，仅是将英国等级制度作为揭示和批判的对象。康拉德曾做过多年的水手，其作品体现出对航海更为深切的体验。康拉德更注重对海洋本身的呈现，他笔下的大海以黑暗色调为

---

[1] 沈雁.威廉·戈尔丁小说研究[M].苏州：苏州大学出版社，2014：11-12.
[2] 侯维瑞.现代英国小说史[M].上海：上海外语教育出版社，1985：199.

主。戈尔丁在继承了包括康拉德在内的诸多西方海洋作家，如迪福、巴兰坦、吉卜林等的基础上在叙事模式上进行了卓有成效的创新。他的前两部作品有很强的寓言性，有学者认为这成就了戈尔丁的神话。戈尔丁笔下的大海与人亦敌亦友，其海洋书写受到后现代文学思潮的影响，大海更加富于变幻，蕴含着巨大的能量，与人性欲望有深层的意义关联。

在《启蒙之旅》中，主人公倡导以海上航行的方式对执政者进行考验，这一思想与康拉德秉持的"海是真正的世界"[①]一脉相承。海洋可以使泰坦尼克号沉没，也可以使"南山"号幸免于难，展现了航海的风险和不确定性。正是这种风险和不确定性才彰显航海的价值与意义，这与戈尔丁对航行、对人生的态度如出一辙，可见戈尔丁对康拉德等小说家航海思想的承继。总地说来，将戈尔丁与英国海洋叙事中的人物联系起来的不是血统，而是比血统更为博大与深厚的传统，是某种共通的情感与生活理念。

此外，戈尔丁的涉海小说深受英国乌托邦文学传统的影响，国内外学者在这一点上已基本达成共识。伊朗学者 Bahareh Darvish 认为，《蝇王》是乌托邦愿景被人性所蚕食的悲剧。J. H. Stape 在对《航海三部曲》叙事手法的研究中认为："建立和维持乌托邦最终愿景

[①] 约瑟夫·康拉德.康拉德小说选[M].袁家骅，等，译.上海：上海译文出版社，1985：629.

是戈尔丁意图的根基。"[1] 戈尔丁三部涉海小说都有明显的乌托邦文学的痕迹，如在《航海三部曲》中，塔尔博特受到了普列特曼先生和他的妻子格雷厄姆小姐的影响："当他们到达澳大利亚后，他们都敦促他（塔尔博特）加入他们的乌托邦事业，他为自己没有回应他们的利他主义或分享他们对人类的希望而感到羞愧"[2]。戈尔丁的乌托邦文学创作，究其根源是受到了乌托邦哲学的影响。作为20世纪的哲学范畴，乌托邦哲学预示着一种新事物未被发现的状态，这正是戈尔丁小说"神启观"试图呈现的状态。然而，究其根源，西方乌托邦思想及乌托邦文学源于古希腊，古典神话具有更本源、更具人性理想主义色彩的乌托邦生态意义。正如牛红英认为："事实上，西方古典神话、古典哲学、古典文学等共同孕育了西方乌托邦思想和乌托邦文学。"[3]

西方海洋文学作品在西方文学史上曾写下浓墨重彩的一笔，从侧面呈现了社会思想的变迁。戈尔丁涉海小说创作深植于历史悠久、题材丰富、名作辈出的西方海洋与荒岛文学土壤之中。受古希腊文学的精神理念和英国海洋小说叙事模式的影响，《蝇王》《品彻·马

---

[1] STAPE J H. Fiction in the wild, modern manner: metanarrative gesture in William Golding's to the end of the earth trilogy[J]. Twentieth century literature, 1992, 38(2): 226-239.

[2] JOHN CAREY. William Golding: The man who wrote lord of the flies[M]. London: Faber & Faber, 2009:387.

[3] 牛红英. 西方乌托邦文学溯源之古典神话 [J]. 北京第二外国语学院学报，2011（6）：1-5.

丁》和《航海三部曲》以荒岛、海洋、航船为背景展开叙事，介入对国家、人性、成长、男性气概等问题的讨论，是这一传统在二战后西方信仰体系遭遇危机，人类反思前途与命运的历史背景及西方社会思想迷惘的时代背景下的延续。戈尔丁的涉海小说是英国当代海洋叙事的重要组成部分，生动地展现了人类与大海、个体与社会、人类与自我的复杂关系，不仅拓展了英国小说文学想象的空间，也是在特定历史背景下，在文学层面为英国形象建构与身份认同做出了一定的贡献。

二、海洋开拓的时代背景

自1492年世界地理大发现后，海洋对世界各国的战略意义日益凸显，对外扩张逐渐成为西方国家解决国内问题的有效途径。对东方财富的觊觎、已有贸易航线受阻、政局动荡、经济萧条、航海技术提高等因素刺激了欧洲人不断开拓新航线，开启了大航海时代。英国通过与西班牙、荷兰、法国等列强的持续战争实现了海洋权益的最大化，成就了"日不落帝国"的辉煌。海洋成为这个岛国有雄心壮志的人们追逐梦想的舞台，也演变为一种文化焦点。涉海文学日益成为读者的阅读偏好，从文化舞台的边缘向中心靠近。二战后，英国的殖民霸权日益衰落，头号海洋强国的地位也被美国逐步取代。21世纪是海洋的世纪，海洋在全球交通、能源、战略上的重要性有增无减，世界各国进入了和平探索与开发利用海洋的时期。这一时代的英国涉海文学有追忆逝去辉煌的意味。身处西方蓝色文明的戈尔丁在涉海小说创作上受到了历史及时代背景的深刻影响，他的涉海小说从某种程度上迎合并引领了读者的阅读趣味。

(一)引发涉海小说阅读兴趣的历史海洋争夺

小说是语言文字艺术,对艺术品解读的规律性认知自然也适用于小说。丹纳(Hippolyte Adolphe Taine)在《艺术哲学》(*Philosophie de L'art*)中指出:"要了解一件艺术品,一个艺术家,必须正确地设想他们所属的时代精神和风俗概况。这是艺术品最后的解释,也是决定一切的基本原因。"[①]文学作为上层建筑的重要组成部分,是人类社会物质生活在精神层面的曲折反映。英国是一个岛国,也是资本主义萌芽最早和发展最为成熟的国家之一。资本主义经济与文化的扩张属性赋予了海洋这一实现对外交流的主要通道在历史发展中的重要文化意义。世界地理大发现进一步激发了人类探索世界的好奇心,驾驭自然的能力也在探索实践中不断提升,为涉海文学的发展与繁荣提供了历史契机。英国海洋性地理条件以及与海洋有关的实践活动极大地促进了海洋文学的繁荣,是海洋文学发展的物质基础。英国独特的地理位置使得海洋与荒岛成为其文学中的重要元素。在现代重商主义及向外扩张欲望的双重影响下,海洋与荒岛文学体现了岛国居民对自由的追求,对幸福生活的向往与对精神港湾的企盼。因此,从某种意义上说,海洋争夺的历史背景造就了岛国民众对世界的认知习惯,促进了涉海小说的创作,同时也提升了读者对涉海小说的阅读兴趣,从而使文化成为推动社会变革的重要因

[①] 丹纳.艺术哲学[M].傅雷,译.天津:天津社会科学出版社,2004:28-29.

素,正如胡强教授所说:"也正是从人的本质维度出发,文化观念开始成为一种生产力,有效地影响并牵引着社会的不断发展和变革。"[①]

文学艺术这一人类精神生产的重要方式受到普遍生产规律的制约。马克思指出:"宗教、家庭、国家、法、道德、科学、艺术等等,都不过是生产的一些特殊的方式,并且受生产的普遍规律的支配。"[②]戈尔丁的文学创作受到了英国地理及社会文化环境的影响与制约。英格兰民族与海洋的天然亲和关系是戈尔丁涉海小说创作的土壤。近现代以来,英国海洋实力的发展对其在欧洲乃至世界的崛起发挥了至关重要的作用。英国资本主义工业的发展与航海业的进步相互促进。作为世界上最早发生工业革命和资本主义萌芽的地方,英国航海业和海外殖民活动也最为发达与活跃,并一度称雄世界。英国的强盛离不开这个国家的海洋战略,海洋是资本主义获取发展所需原材料、劳动力以及海外市场的重要通道。海洋关乎英国兴衰,对英国经济、军事和国家安全有着特殊重要的意义。正因为如此,文学作品中各种有关海洋的书写能够在英国广大读者中产生较为强烈的情感共鸣,英国读者对海洋小说有着广泛的认同,小说中的航海或海洋书写所具备的冒险、进取与开拓的精神特质为小说在出版市场上获得成功奠定了坚实的基础。戈尔丁涉海小说创作重要的社会根源在于能够凭借海洋这一具有西方文化特质的意象概念

---

① 胡强.消费社会、生活方式与趣味"追逐":20世纪上半叶英国文学中的文化观念变迁[J].外国语言与文化,2019(2):59-68.

② 中共中央马克思恩格斯列宁斯大林著作编译局.马克思恩格斯全集[M].北京:人民出版社,1985:121.

回应时代及社会关切。《启蒙之旅》中主人公塔尔博特在身体、心智和道德上的成长经历诠释了航海与成长这一西方航海小说的传统主题在特定时代背景下所具有的思想意义。该小说获得了1980年的英国小说布克奖，这其中当然不乏商业因素的作用。但不可否认的是，迎合读者市场对于传统航海主题的阅读期待是使其成为文学经典的重要推动因素。殷企平教授在《外国文学经典生成与传播研究》一书中就明确指出了商业因素、布克奖与经典生成的密切关联："伴随着布克奖的这种争议或妥协，一些作家从中获利，得以脱颖而出，其作品也顺利跻身当代经典文学的行列。例如……1980年的威廉·戈尔丁……由此可以看出，当代英国小说中的一些作品在获得广泛阅读的同时，其经典化过程已被打上了深深的商业烙印"[①]。然而，在这部小说生成经典的背后，英法两国海洋争夺的历史正是提升读者阅读兴趣的关键因素，也是《航海三部曲》故事建构不可或缺的历史大背景。

英国文学中所充斥的各式各样的荒岛与其自身的地理条件密切相关。作为英国文学的重要类别，日益丰富的荒岛想象是在西方地理大发现之后，英国殖民浪潮日益高涨、海洋争夺日趋激烈以及国力随之不断增强的背景下，人们面对现代生活困境而探寻出路的一种思维路径。所以从这个意义上说，戈尔丁的《蝇王》和《品彻·马丁》继承了英国荒岛文学的叙事传统，展现出对现代人类的生存境况的生动写照与积极探寻。在这一文类中，与荒岛相伴而生的海洋

---

① 殷企平.外国文学经典生成与传播研究（第七卷·当代卷）（上）[M].北京：北京大学出版社，2019：74.

第一章　威廉·戈尔丁涉海小说现代社会主题的创作成因

不仅承载了生命个体的自由与向往，也维系着整个民族向外扩张的野心。在戈尔丁的小说中，海洋是"逃离"世俗世界的一种方式，这种逃离不仅意味着时空的转换，更是一种文化模式向另一种文化模式的切换，是摆脱、颠覆和重生，具有强烈的乌托邦意味。在传统荒岛文学中，海洋作为一道天然屏障将人类与文明隔开，也隔开残酷的社会现实，为人们提供了远离世事纷扰的另一片天地。然而，戈尔丁涉海小说更多聚焦于对战争的反思，其中的海洋空间表征着海洋争夺之后的现代人类生存困境。不可否认的是，戈尔丁充分利用海洋争夺这一历史文化"遗产"，结合现代人类生存困境展开文学想象。小说在出版市场上的成功及社会反响充分说明了其涉海小说创作与当代读者阅读期待的高度契合。

佩克（John Peck）认为："英国的海洋小说通常从海岸的角度切入，实际上常常以陆地为基础，而美国的海洋小说则更多将重点放到航海上，航海总是被看作是探索或自我发现之旅。"[1] 戈尔丁小说中的海洋书写部分印证了佩克的说法：《蝇王》中的荒岛社会最初是以英国传统社会为蓝本进行建构的，对文明社会的回归是贯穿小说始终的隐形叙事动力；《品彻·马丁》中的主人公始终将获救上岸作为唯一目标，并幻想出海中礁石以满足登陆获救的愿望。然而，戈尔丁在《航海三部曲》中将航海作为主人公的自我发现之旅，呼应了美国的传统，也展现出其并未局限于英国海洋小说传统，创作思想上具有博采众长的特点。

----

[1] PECK J. Maritime Fiction: Sailors and the sea in British and American novels, 1719—1917[M]. London: Palgrave Macmillan London, 2001:89.

纵观戈尔丁的涉海小说《蝇王》《品彻·马丁》和《航海三部曲》，海洋是其小说叙事架构的重要元素。虽然在这几部小说中，海、岛、船三种元素在小说叙事中的作用不同，各有侧重，但海、岛、船是其故事情节的重要支点。海洋是作者表达社会思想和价值理念的重要媒介和依托。戈尔丁的涉海小说在故事建构与主题思想表达等宏观层面与海明威（Ernest Miller Hemingway）的《老人与海》(The old man and the sea)、吉卜林的《勇敢的船长们》、康拉德的《青春》等海洋小说有异曲同工之妙，是在反思历史海洋争夺的特定背景下对西方文学海洋文学传统的延续，从某种程度上迎合了读者对涉海文学的期待视野。

（二）增进涉海文学情感认同的当代海洋开拓

马克思曾指出航海对历史发展与社会变革的推动作用："美洲的发现、绕过非洲的航行，给新兴的资产阶级开辟了新天地。东印度和中国的市场……"[1]。这种"推动作用"主要体现在航海带来的新市场及原料产地的发现使资本的逐利性本质得到了最大限度的发挥，进而使经济的快速发展与结构变化成为推动社会变革的巨大力量。在西方文明的发展史上，以航海为代表的人类海洋实践的发展与繁荣不仅推动了社会变革，改变了人们的思想意识，也为涉海小说的创作与传播提供了坚实的物质基础。以航海为代表的海洋活动对社会的推动作用至今依然存在。纵观世界近现代历史，英国对海

---

[1] 中共中央马克思恩格斯列宁斯大林著作编译局. 马克思恩格斯选集（第一卷）[M]. 北京：人民出版社，2012：273.

洋的热情从未衰减，有关海洋问题的讨论也从未停止。

值得一提的是，二战结束后世界范围内的第一次现代化战争——1982年英国与阿根廷之间因位于南大西洋的马尔维纳斯群岛（简称"马岛"）主权归属争端进行了长达74天的岛屿争夺战。虽然英国最终赢得了这场战争的胜利，马岛成为英国的海外领地，却因此付出了十分惨重的代价，战争在加速英国衰落的同时也加剧了其国内的危机。然而，这场大规模的海外战争在凝聚民族认同方面也展现出积极的一面。战争后期，"撒切尔夫人坚称绝不会再允许另一次的苏伊士运河危机的耻辱发生，她的政治目标是希望通过马岛战争的胜利重拾大国的信心。"[①] 在这场战争中，英国的军队、政府和民间在思想和行动上保持高度统一，密切协同，使这一庞大而复杂的战争机器像组织一次精密的阅兵式一样很快就完成了三个梯队的长达8 000海里的远距离调动，英国由上至下对这场战争的准备速度让世界极为震惊。作为一名二战老兵，戈尔丁无疑会受到这场战争的影响，《航海三部曲》的第一部《启蒙之旅》发表于1980年，后两部《近地点》和《甲板下的火》分别创作于1987年和1989年，整个故事的背景是发生在1803—1815年的拿破仑战争。《近地点》中关于英法两国的海战想象的书写是整部小说的高潮部分。航船行进中负责瞭望的水手发现海面浓雾中有一艘白色的航船在靠近，并猜测来船可能是法国军舰。航船上的所有军民面对想象中的法国舰船同仇敌忾，以无畏的精神随时准备投入战斗，誓与航船共存亡。

---

① 王娜.美国与英阿马岛战争[D].武汉：武汉大学，2017.

当两船靠近，人们才发现来船是一艘英国运输补给舰，并带来英法战争结束的消息。对这一情节浓墨重彩的书写会让英国读者自然联想到马岛海战中法国的背信弃义。阿根廷正是利用从法国购得的"飞鱼"导弹击沉了英军价值一亿多美元的"谢菲尔德"号驱逐舰，并造成英国"特混编队"不小的人员伤亡。从这个意义上来说，戈尔丁的涉海小说增进了英国民众对涉海小说的认同，在激发读者民族自豪感和凝聚对民族身份的深刻认同方面回应了时代的关切。

二战后至今，世界各国对海洋的开拓进入相互竞争与合作的相对和平的时期，但海洋在全球交通、能源、战略上的重要性有增无减。在当代海洋开拓的时代背景下，涉海文学的主题更为多元和发散，如戈尔丁涉海小说在表达对人性及社会反思的同时也展现出对帝国逝去辉煌的感怀。戈尔丁的涉海小说创作植根于西方深厚的海洋文化，又深受社会时代语境的影响，客观上增进了读者对国家和民族的情感认同。戈尔丁的涉海小说《蝇王》《品彻·马丁》和《航海三部曲》创作于20世纪50至80年代，有对英国海上霸权辉煌历史的书写，也镌刻着二战后英国殖民霸权衰落的时代印记。戈尔丁以书写海洋的方式从文学层面介入了对英国海外殖民历史及相关问题的讨论，从某种意义上说是英国殖民记忆在文学层面的当代呈现。

二战加速了英国政治、经济、文化等全方位的衰落，戈尔丁创作的年代是英国的世界影响力日趋衰退的时代。经历两次世界大战后的英国元气大伤，往日帝国辉煌不再。其世界一流强国的地位，尤其是海上霸权的地位被美国所取代。在英国霸权时代终结的历史大背景下，对帝国昔日辉煌的留恋与记忆不可避免地反映在文学层面。《蝇王》中在无可殖民的荒岛上对英国女王拥有全世界海岛地图的书写、《品彻·马丁》中主人公在与死亡抗争中幻想以命名为手段占有海中孤礁的书写以及《航海三部曲》中对于海景、海上航线与海战想象的书写展现了戈尔丁对昔日英国海洋帝国霸权的记忆与留恋。这种对海洋及海上霸权的文学想象是作者个体层面对家国情怀的抒发,展现了深切的国族认同与对待历史问题的复杂矛盾心态,在一定程度上迎合了部分读者对英帝国昔日辉煌的阅读趣味,也是在当代海洋开拓的历史背景下对英国国际影响力的关切。二战后,英国遍布全球的殖民地纷纷独立,昔日的霸主地位岌岌可危。英国的经济在遭受严重打击后逐渐恢复,在国际政治格局中的地位显著下降。经济、政治的衰落触发了包括文学在内的社会意识形态的深层危机。戈尔丁的《蝇王》就创作于二战后人类对战争深刻反思的大背景下。小说以想象中的第三次世界大战为背景,描述了未来原子战争中一群英国男孩逃生,流落荒岛的故事。这部小说的创作与传播深受二战后东西方冷战,尤其是核战争想象与人类对自我本性深刻反思的影响,也是在特定历史条件下对于"英国性"的深刻反思。《蝇王》是在二战后特殊的历史背景下介入对"英国性"问题讨论的作品,陈彦旭认为:"小说以'平庸之恶'消解英国人通过邪恶他者而建构的自身完美形象,与二战后英国难以维系其全球殖民霸主帝国的窘境有关"[①]。不可否认的是,《蝇王》的流行与经典化得益于冷战的世界氛围以及二战后人类对战争及人性反思的特

---

① 陈彦旭.《蝇王》中的"邪恶"与"英国性"问题 [J]. 当代外国文学,2019(5):102-111.

定历史文化环境。《蝇王》曾两度由好莱坞知名导演拍成电影，光影技术是促进小说在世界各地传播与流行的重要因素。二战后，英国的后现代主义文学呈现与传统创作迥异的独特景观。后现代主义者以高度的创作自由消解历史宏大叙事，对稗史的写作兴趣倍增。戈尔丁深受这种文学潮流的影响，其小说中的戏仿、拼贴、象征、反讽、元小说叙事都呈现了后现代创作的明显痕迹。戈尔丁的《航海三部曲》即是对英国维多利亚时期威灵顿公爵历史轶事的想象，是20世纪80年代在英国盛行的怀旧风潮的产物。在当代英国社会面临着多元文化概念的强烈冲击，英国和"英国性"经历了前所未有变革的历史大背景下，整个民族的身份认同危机加剧。《航海三部曲》的首部作品《启蒙之旅》创作于20世纪80年代，当时"英国正在经历后殖民阶段的关键时期，这种危机不仅仅是经济或政治的，而且是整个文化和整个社会自我意识的危机。"[1]这种危机中应运而生的是复古怀旧风潮，受这种风潮盛行的影响，人们开始重温帝国"尊严"。

从某种意义上讲，这是帝国殖民心态复苏的展现，也是英国政治当局试图从国家层面重建"英国性"的体现，对复苏英国传统文化和促进英国旅游业的发展都有一定的积极意义，彰显了驱动思想文化的经济利益因素。这一风潮对戈尔丁小说创作产生的直接影响就是《航海三部曲》中有关英帝国海洋霸权及海外殖民浓墨重彩的书写。小说中主张国家不仅要建立一支强大海军，形成强大的军事

---

[1] RUSHDIE SALMAN. Imaginary homelands: Essays and criticism 1981-1991[M]. London: Penguin, 1991:129.

威慑力，而且要通过掌握海上航线的控制权来促进英国海外贸易的繁荣。其中，对英法海战的想象尤其展现了戈尔丁对"日不落帝国"旧梦重温的意识以及帝国心态，迎合了部分读者的阅读期待，也在某种程度上凝聚了英国民众对涉海文学的情感认同，是对当时社会风潮的积极回应。1980年出版的《启蒙之旅》获得了当年的英国小说最高奖项布克奖，也是这种社会风潮在文学领域的有力注脚。

三、独特的个人经历

作家的人生经历是其创作的原动力。戈尔丁的个人经历是其涉海小说创作的素材及灵感的源泉。1911年，戈尔丁生于英国西南部康沃尔郡的普通中产阶级家庭，对等级社会的苦痛有切身体会。他自幼酷爱文学，写过诗集，就读牛津大学期间有弃理从文的经历。成年后戈尔丁做过演员、编剧，但都算不上成功。后来他较长时间担任中学教师，直至二战爆发，但教书育人并非他所钟爱的事业。二战期间他在英国皇家海军服役5年，对残酷战争的亲身经历使他对世界美好的幻想破灭。二战后，对战争进行反思的思潮影响了其小说创作的主题，处女作《蝇王》奠定了他作家生涯成功的基础。他一生共创作13部小说，其中5部是涉海小说。忧患意识贯穿戈尔丁创作的始终，他的"诺亚方舟"情结、二战经历以及海上旅行经历对其涉海小说的创作产生的影响最为直接。

（一）造就其"诺亚方舟"情结的宗教语境生活经历

《圣经》对西方文明来说是具有源头意义的重要文本，其中的经典意象已沉淀为西方文化中的一种"集体无意识",对西方文化及文学产生了潜移默化的影响。《圣经》作为文化文本,既为西方文学提供不竭的素材,也是作品思想的重要源泉。《圣经》中经典的"诺亚方舟"意象是西方文学作品最常用的象征和隐喻之一。

作为一名英国本土作家,戈尔丁曾明确表示自己并不笃信某种宗教,然而生活在宗教社会语境中的他在涉海小说创作中深受西方基督教文化的影响。不少学者认为小说《蝇王》的核心主题是基督教的原罪观。《蝇王》中有点像船的海岛使孩子们受困,《品彻·马丁》中船形的海中礁石在主人公溺海时为其提供抗争的平台,《航海三部曲》中载有家畜和各色人等的航船在茫茫大海中无依无靠地漂浮都承载着洪水中的"诺亚方舟"意象,象征着人类的堕落以及所面临的困境与危难,同时隐含拯救的希望。故事的发展启示世人,"方舟"无法使荒岛上的孩子们免于人祸,也未能完成对马丁邪恶灵魂的救赎。《航海三部曲》中的"守护者"号航船虽然载着大部分乘客驶向了"新世界",却在抵达彼岸的最后时刻毁于无名之火。这种遗憾似乎是在警示人类对工具理性过度自信。《蝇王》《品彻·马丁》是对基督教文化中人性恶这一核心要义的时代反思与生动诠释。《品彻·马丁》的故事所依托的背景依然是二战,主题依然与救赎有关。主人公马丁是英国海军的一名低级军官,心理变态,为人阴险无耻。所在战舰在航行中遭袭,马丁坠海,挣扎过后,他似乎被冲到了海中的一块礁石上。他怀着对生存的惊人渴望与死亡抗争,极端自私的邪恶本性在此过程中暴露无遗。小说在这种善与恶、生与死、真实与虚幻的周旋中逐步推进,直到故事接近尾声,

第一章 威廉·戈尔丁涉海小说现代社会主题的创作成因

作者才提示：马丁在礁石上所忍受的，其实是一个罪恶灵魂在炼狱中必然的痛苦。《品彻·马丁》中马丁的死亡过程被描绘得惟妙惟肖，源于作者驾船出海的溺水经历，看似是对上帝造人过程的戏仿，实际上揭露了邪恶灵魂无法实现自我救赎的真理。"而在《品彻·马丁》一书中很多方面与基督教有关生死的教义有关，有些段落中采用了朦胧晦涩的表现手法，对有些问题也没有固定回答。"[1]

戈尔丁的"诺亚方舟"情结归根结底体现的是对人类前途与命运的忧患意识。他将医治人类对自我本性的惊人无知以及社会弊病作为自己的创作初衷，并将这种意识贯穿涉海小说创作的始终。其涉海小说展现了人海关系的三种可能：海岛生存、坠海求生与海上航行，具有极强的象征意味。高尔基说，文学即人学。戈尔丁通过海洋的极端环境为人物提供充分展现自我本性的舞台，通过对这种环境下人物的刻画展现人类认识自我与社会的艰辛历程。在西方人与自然二元对立的理念下，海洋是人类进行客观自我认知与环境认知的条件，有助于人类克服自我中心主义的认知缺陷："人类对主体性的张扬和对自我的过度关注，不仅阻滞了对自我的清醒认识，更掩盖了他对自我之外'自然'的理解向度和深度。"[2] 戈尔丁的三部涉海小说中，前两部小说以反思二战为创作初衷，揭示人类的本质；第三部小说以书写航程的方式全景呈现英国社会百态，启示人

---

[1] 威廉·戈尔丁.品彻·马丁[M].刘凯芳，译.上海：上海译文出版社，2000：193.

[2] 焦小婷.人类学视域下的海洋文学探究[J].河南大学学报（社会科学版），2010（4）：108-112.

类发展的方向。三部小说实际上是对人类自我本性和社会发展模式的探索以及对信仰危机、社会失序、等级弊病等英国社会问题的揭露与批判。戈尔丁的三部涉海小说以海洋为切入点和媒介观察人类社会，始终站在人类的对立面的海洋是镜鉴人类成长、反思人类本性和社会问题、映射男性气概和建构国家意识的镜子和依托，也是人类认识自我与社会的媒介。

戈尔丁的"诺亚方舟"情结实际上是一种基督教情结。水这种构成海洋的主要物质在基督教文化语境下是一种有灵性的物质，它既能让人遭到毁灭，又能清洗人世间的恶俗与肮脏，还具有死亡与再生的意象，象征着人类的思想的转变。因此，从基督教文化语境的视角来看，戈尔丁的涉海小说所承载的是人类向上向善之旅的艰辛历程。《蝇王》中的意象、场景、人物、情节都可以在西方宗教神话中找到原型。故事中的西蒙是唯一能够与神灵对话的人物，他一语道破天机："我是想说……大概野兽不过是咱们自己"[1]，结果被同伴当作野兽猎杀。其结局与耶稣受难颇为相似，不少评论家认为西蒙这一人物形象是对耶稣形象的戏仿，也是对宗教神秘性的注脚。小说《品彻·马丁》的主体部分是对主人公在海中炼狱经历的书写，其间丧失理智的他自比为上帝而模拟创世活动："让天下雨，于是天就下雨了。"[2] 作者以此批判信仰危机时代人类精神的虚妄，这与19世纪俄国反虚无主义小说有相通之处："上帝算什么？他自己就可以是上帝，然而人终究不是上帝……彻底的虚无主义使之陷入无限的

---

[1] 戈尔丁. 蝇王 [M]. 龚志成，译. 上海：上海译文出版社，2018：98.
[2] 戈尔丁. 蝇王 [M]. 龚志成，译. 上海：上海译文出版社，2018：170-171.

虚空中"[1]。《航海三部曲》中对牧师混乱的精神世界的书写旨在表达西方社会对宗教本身的质疑以及对信仰缺位的恐惧和焦虑。科利在穿越赤道的仪式中所遭遇的污水浸洗是对宗教仪式的戏仿与颠覆，也是作者对西方当代社会信仰危机的忧虑和反讽。

"诺亚方舟"情结凸显了戈尔丁对人类堕落的忧虑以及前途与命运的危机意识。正如熊芳认为："挪亚方舟的故事中，方舟被赋予了象征意味，在圣经文学中，方舟是人类最后的避难所，只有道德至善之人才能被方舟隔离死亡享有新生，方舟是人类在生死存亡之际带来复兴的希望之舟。"[2] 由此看来，在二战后西方社会面临信仰危机的时代背景下，对人类的反思与批判迫在眉睫。《蝇王》在对战争与人性的反思中蕴含对工具理性的批判意识。秦玲认为："工具理性是指通过理性的计算而选择最适当的手段去实现目的。工具理性只强调手段的合适和有效性而不管目的的恰当与否。工具理性的直接后果就是战争的爆发。"[3] 戈尔丁的这种意识与其青年时代牛津大学求学中弃理从文的人生经历相互印证，说明了他对将医治人类对自我本性惊人无知作为文学创作这一初心的坚守。《品彻·马丁》中的同名主人公被海水困在海中礁石上，为了获救，他将收集来的海草摆列成国际求救信号 SOS 的形状。这种求救模式和马丁

---

[1] 朱建刚.经典掩盖下的"非经典"：19世纪俄国反虚无主义小说初探 [J].俄罗斯文艺，2008（3）：58-63.

[2] 熊芳.好莱坞影片里的"挪亚方舟"原型 [J].电影文学，2011（4）：29-30.

[3] 秦玲.工具理性批判：威廉·戈尔丁的《蝇王》[D].重庆：西南大学，2011：3.

所使用的语言都是其试图以求生意志改变生存现状的写照，实质是意图以工具理性改变世界，工具理性从某种意义上已成为他的坚定信仰。他与海洋环境的互动是文明人类与原始环境关系的书写。此情节的书写是对英雄主义的批判，同时也在告诫人类，失去信仰支撑的工具理性是极其危险的。在《航海三部曲》的航程中，人物面对的是极端海洋环境和相对隔离的航船空间。他们最真实的自我在这种环境下展露无遗：信仰缺失、欲望膨胀、行为失范，不时有人因各种蹊跷的原因而永久地消失。实际上，戈尔丁的创作从一开始便与英国19世纪维多利亚时代的历史文化语境紧密关联，他的许多作品均有对19世纪的文学文本进行戏仿或是颠覆性重写。辛克莱尔认为，"船"是小说《启蒙之旅》中的重要意象，象征着英国的阶级社会。根据论者的观点可知，此方舟绝不是愚人之舟或死亡之舟，而是阶级分化之舟，是恺撒与耶稣之间的对抗。"戈尔丁沿用了方舟原型中'死亡—重生'的结构和方舟航行的故事，对方舟原型进行置换变形，对现代的方舟及方舟上的人们提出新的思考和质疑，方舟驶向何处？"[①]

据《圣经·创世纪》记载，"诺亚方舟"的意象因上帝惩罚作恶的人类发洪水而产生，只有心存信仰与敬畏之心的人才能登上方舟获得救赎。因此，方舟是危机之下人类最后希望的象征，戈尔丁涉海小说创作中蕴含的方舟情结似乎在昭示世人，心存信仰与敬畏才能为人类实现自我拯救保留一线希望。

---

① 罗琦祥玉.新维多利亚小说视域下《直至世界的尽头》中的现代性悖论研究[D].成都：四川师范大学，2021.

（二）改变戈尔丁人性观的二战经历

二战经历是对戈尔丁的生活及创作产生最直接、最至关重要影响的因素，最为显著的是颠覆了他对"美好人性"的幻想，使他认识到人具有毁灭他人的潜在可能性。二战期间的1940—1944年，戈尔丁在英国皇家海军服役，参加了追击"俾斯麦"号战舰、诺曼底登陆等重大战役。"俾斯麦"号战舰曾是英美商船噩梦般的存在，于1941年5月27日被英国海军击沉，这一事件提升了戈尔丁作为一名英国皇家海军军官的自豪感。据他回忆，在服役期间的一次德军空袭中，他目睹了周围的战舰被炸毁，战友们被炸飞，并称"这些记忆会让阳光暗淡"[1]。这次空袭中，他所在的战舰是少数几艘幸免于难的之一。包括这一经历在内的各种战争中的苦难使他对人生、命运有了深刻的领悟，为其作品中对仁慈与宽容、机遇与命运、战争与幸存的书写埋下了种子。《品彻·马丁》中对海上战争片段的书写即来自戈尔丁服役时的亲身经历。

二战的暴力与恐怖对自由主义人性观造成了巨大冲击。阮炜认为："50年来人们不得不比以往任何时候都更加深刻地反思自己的存在处境，探究自己的道德状况。"[2] 悲观心态成为二战后英国知识分子的普遍心态，且影响深远。"这种内疚感和反省风气又与战争中暴露出来的人性问题联系在一起，使内省的道德现实主义成为一

---

[1] JOHN CAREY. William Golding: The man who wrote lord of the flies[M]. London: Faber & Faber, 2009:92.

[2] 阮炜.社会语境中的文本：二战后英国小说研究[M].北京：社会科学文献出版社，1998：8.

种必然选择。"处于二战后反思思潮中的戈尔丁以文学书写的形式回应社会关切。《蝇王》回应二战后人类对社会群体本性的反思;《品彻·马丁》回应对极端邪恶个体的反思;《航海三部曲》中牧师科利之死反映了现代英国社会的等级弊病以及渎神与信仰缺失问题,主人公塔尔博特在漫长航程中的反省与自我发现从某种意义上说是戈尔丁在长期反思后获得的启示。戈尔丁经历过二战的艰难困苦与生死考验,战争的残酷促使他反思各种社会现象背后的原因。他曾承认自己的小说以反映人类及社会最基本的状况为目的,为此,他将人类放到各种极端环境下进行"试验":"将人类放在极端环境下像把建筑材料带入实验室一样进行破坏、试验,(试验那些)孤立的人、执迷不悟的人、在真正的海洋或是无知的海洋中正在溺亡中的人。"[①] 海洋作为最不适宜人类生存的极端环境之一,为戈尔丁的"试验"提供了独特的场景。戈尔丁在英国皇家海军的服役经历为《品彻·马丁》的创作提供了丰富的素材。在英国皇家海军服役期间他曾一度着迷于爆炸实验,一次被爆炸产生的强大气浪卷入海中。苏醒后还要求海军上将将其送回大海执勤,理由是那里更安宁。在《品彻·马丁》中这一经历的痕迹依稀可见。其海军服役经历及海上航行经历为《蝇王》《品彻·马丁》《航海三部曲》中的海洋书写与人海互动的书写提供了细节的真实。正是因为有深刻的生活体验作为基础,他仅仅用了三周的时间便完成了《品彻·马丁》的初稿,而且其中对人在生死迷离之际的描写惟妙惟肖。他对马丁

---

① MATEJ MUZINA. William Golding: The novels of extreme situations[J]. Studia Romaticaet Anglia Zagrabiensia, July-Dec. 1969:51.

第一章 威廉·戈尔丁涉海小说现代社会主题的创作成因

坠海后在海中挣扎的书写使人身临其境。溺水是作者与他笔下的主人公共同的经历，除此之外，他们还有诸多相似之处，"凯瑞还指出，和戈尔丁一样，马丁也就读于牛津大学，当过演员，下国际象棋，在二战期间加入了海军，甚至在右腿上也有一条伤痕。"[①]

战争是戈尔丁最为显著的教育体验，战争前后对人性的看法迥异。五年的皇家海军服役经历使其抛弃了对人性与社会的美好幻想，感悟了战争环境与个体命运的瞬息万变。在第二次世界大战之前，戈尔丁曾相信社会中的人是可以完善的，他用"社会人的可完善性"（perfectibility of social man）来形容这一点。他一度认为人的这种特性有赖于正确合理的社会制度结构。然而，两次世界大战深刻地改变了戈尔丁对人类与社会固有的乐观看法，几乎使他成为一位彻底的"悲观主义者"："第二次世界大战前，我相信社会的人能够达到完善的境地……然而在第二次世界大战后，我却不抱这种信念了，因为我无法怀有这种信念……但我必须说，任何人只要经历过那些年月却不懂人制造罪恶就像蜜蜂产蜜一样，那他准是个有眼无珠的人，要么就是个神志不清的人。"[②] 第二次世界大战中被残害的犹太人难以计数，那么多人被"清算"（戈尔丁认为这是用"文雅"的字眼表达"肮脏"的概念），还有新几内亚境内猎人头族的恶行以及亚马孙丛林中原始部落的作为。战争使他成长，也使他意识到了人类的残忍本性。所有这些让他改变了自己之前的看法而认

---

① 沈雁. 威廉·戈尔丁小说研究[M]. 苏州：苏州大学出版社，2014：57.
② 王宁，顾明栋. 诺贝尔文学奖获奖作家谈创作[M]. 北京：北京大学出版社，1987：530.

为恶乃是人之本性。

战争教育体验的另一层面是它改变了戈尔丁对英国等级社会的固有看法。作为英国本土作家，青少年时代的生活经历使他对英国等级社会有了一定认识。因出身社会中下层，他对这个阶层的苦痛深有体会，在日后的作品表达了对英国等级制度的批判。然而，成年后的二战经历使他对英国等级社会的认识发生了深刻的转变。在二战的危难中，英国广大民众面对敌人发起的一次次袭击，社会原有的等级划分渐渐变得模糊以致消失，人们不再根据自己社会地位的高低，而是按能力大小来选择适合的工作，尽自己所能为挽救整个国家贡献微薄力量，应对共同的敌人。这一点在其航海小说《近地点》和《甲板下的火》的情节设置中有明显展现。在这两部小说中，当面对想象中的法国舰船（当时正处于英法战争之际）和海上风暴导致严重破损、岌岌可危的航船时，全船乘客不论身份地位高低共同奋力应对，所展现的同舟共济的命运共同体精神是戈尔丁等级意识转变的反映，也是对西方"以船喻国"思想的生动诠释。

此外，戈尔丁的创作还受到了西方存在主义思潮的影响。存在主义是一种非理性的哲学思潮，20世纪30年代起源于充满动荡、暴力、苦难与罪恶的西方社会。这种思潮认为世界是荒诞的，人生是痛苦的、无意义的，人的价值高于一切，人与社会是互相分离的，否定理性至上的乐观精神，剖析人的忧虑与绝望的情感。随着40年代存在主义哲学思潮在欧美的广泛传播，相应的文学思潮也随之发展并发挥影响。存在主义文学思潮旨在宣传存在主义哲学，不以情节的曲折复杂为目的，而是注重对主人公精神状态的哲理性分析。

戈尔丁的作品中对人类本质的深刻思考和洞察展现了存在主义思潮的印记。二战后，戈尔丁对人性本质的思索与这一时期的存在主义思潮的精神内涵相契合，如《蝇王》，情节简单，寓意深刻，其主题蕴含的悲观却积极的处世态度都体现了存在主义文学思潮的精神内涵。面对荒诞的世界，人们试图通过自己的行动证明存在的意义，寻找精神的家园，正如法国哲学家萨特（Jean Paul Sartre）所说："行动吧，在行动的过程中就形成了自身，人是自己行动的结果，此外什么都不是。"[①]《品彻·马丁》中，戈尔丁借助宏观宇宙中的海洋开启了人物头脑中的微观宇宙，也借助海洋实现了人物肉体与灵魂的分隔。马丁在坠海溺亡的过程中为"维持"生命而"保持"身份，不肯轻易地屈从于大海的摆布，他为了维持生命的表征而紧紧抓住理性思维的触角不放，戏剧化地演绎了笛卡尔"我思故我在"的哲学思想，即人类因理性思考而获得存在的价值。这一哲学观所开启的哲学人文主义的研究方向重视思想和质疑的作用，对后世影响深远。作者对马丁过度迷信理性思维的行为书写是对笛卡尔哲学思想的反思。显而易见，戈尔丁对依赖理性思考而存在的存在持批判态度，因为马丁的思考是以自我为中心的极端利己主义的代表。

　　戈尔丁曾明确表示自己未受到存在主义的影响，但《品彻·马丁》中有明显的存在主义的线索可寻。戈尔丁的五部涉海小说中展现出了明显的"荒诞"意识，尤其突出的是对科学主义、工具理性的批判以及字里行间展现出的人类所处的荒诞状态。作为西方文明遭到严重冲击的一种存在，荒诞哲学是在资本主义社会不断暴露的

① 张彬. 诺贝尔奖得主名言赏析 [M]. 长春：吉林人民出版社，2012：115.

痼疾以及由此带来的灾难性、毁坏性后果的体现。尤其是在二战以后，人们对自身前途与命运的焦虑彷徨占据了主导，荒诞哲学逐步取代了原本的理性主义、科学主义和乐观主义。

从某种意义上说，戈尔丁的小说文本参与了二战后英国社会意识的建构。萨义德（Edward Wadie Said）认为："文本属于世界与人类社会，属于所位于和受到阐释的历史时刻的一部分。"①社会失序是戈尔丁三部涉海小说中存在的普遍问题，其涉海小说以文本形式介入对社会秩序的重建这一社会问题的讨论。《蝇王》展现了原始环境下野蛮如何一步步将文明击碎，从某种意义上可视为人类历史的微缩版。《品彻·马丁》是对一个作恶多端的灵魂生命最后时刻的书写，也是其执迷人生的写照。《航海三部曲》将社会担当作为主人公成长的契机，为人类前进提供了希望与可能的方向。以船喻国是西方文学的重要传统，戈尔丁涉海小说现代社会主题中主人公赖以生存的荒岛、海中礁石和航船都有鲜明的国家意象，反映了作者独特的国家想象。戈尔丁选择海洋主题的另一重要原因在于这一主题在融通世界以及凸显国家与民族认同上的独特优势。

戈尔丁成名之前曾是一位中学教师，长期的从教经历使他对少年儿童的言行进行了细致入微的观察。这些观察使得戈尔丁对《蝇王》中荒岛上孩子们言行的书写自然生动、细腻鲜活，具有很高的可信度，对读者有很强的代入感。几部小说共同的战争背景或元素与作者二战中在皇家海军服役的经历密切相关。《品彻·马丁》与

---

① 爱德华·W.萨义德.东方学[M].王宇根，译.北京：生活·读书·新知三联书店，2007：132.

《航海三部曲》中舞台化与戏剧化的书写反映了戈尔丁担任编剧、演员的经历以及与之相关的创作旨趣；充斥着航海术语的文本表明他对航海生活和海战十分熟悉。后两部小说在故事情节上比第一部更加轻松欢快，戈尔丁的传记作者约翰·凯瑞（John Carey）认为这是因为戈尔丁受到了1984年印度之行的影响。戈尔丁在自己的日记里也表达了为享受快乐而创作的意图。

（三）赋予涉海小说细节真实的海上旅行经历及其他

戈尔丁热爱海洋，在大学期间曾写过关于大海的诗歌，他的足迹遍布英国海岸线。尤其是在皇家海军退役之后，航海已成为他最大的乐趣之一。他花了不少时间进行海上航行，英吉利海峡、荷兰航道、北海和波罗的海都留下了他的航迹。1947年，戈尔丁夫妇购买并改装了一艘名为"海马号（Seahorse）"的救生艇，经常驾艇出海。1950年，他创作了诗歌《海》（The Sea），发表于《诗歌评论》（Poetry Review）。1954年，戈尔丁的处女作《蝇王》发表，同一年，美国作家海明威凭借《老人与海》获得了诺贝尔文学奖，"戈尔丁深受鼓舞并称阅读《老人与海》是他'难忘的经历'"[①]。1956年，戈尔丁购置了新船"野玫瑰号"（Wild Rose），同年8月，戈尔丁携全家驾船前往法国，途中遭遇大风，所幸安然靠岸。此次事件并未使戈尔丁对航海的热情降温，也未减少他对海洋的敬畏，他将这次海洋事件描述为："大自然最残酷的地方。它的妙处令人难以

[①] CAREY J. William Golding: The man who wrote lord of the flies[M]. London: Faber & Faber, 2009:106

置信。"[①]1966年，戈尔丁夫妇购买了一条名为"间张"（Tenace）的荷兰帆船，次年，戈尔丁与妻子、女儿及三位朋友驾驶"间张"号出海航行，不料在大雾中与一艘日本货轮相撞，戈尔丁一行人落水。幸运的是，他们被全部救起，并无大碍。然而，此次事件对戈尔丁影响很大，此后他没有再购买新船，也未再度驾船出海。有着丰富海上经历的戈尔丁对此次事件感触颇深，曾感慨自己航海经历中的幸运。虽然戈尔丁的海上旅行就此画上了休止符，但他对海洋的热爱一如既往，这从他的文学作品中可见一斑。

西方文学传统的基因与戈尔丁丰富的海上经历在其小说中实现了交汇与融合，作品中的海洋书写让读者感到似曾相识却又耳目一新。马丁面对阴暗海洋造成的生死逆境时表现出了超乎寻常的坚忍与顽强。小说对马丁溺海经历的书写之所以能做到惟妙惟肖，尤其是将其死亡瞬间无限拉长，缘于作者坠海挣扎的亲身经历。用《文心雕龙·神思》中的"登山则情满于山，观海则意溢于海"[②]来形容戈尔丁涉海小说的创作十分贴切。戈尔丁酷爱大海，有时甚至在海边一坐就是几个小时，其涉海小说的构思想必就是在凝视大海的波涛中形成的。文学中的空间并非是简单的地理或物理意义上的空间，是历史文化与人类共同意识的载体，也是作者思想的载体，文学作品中的地理空间选择既反映了作家的生活及创作旨趣，也是其思想表达的重要方式。海洋是戈尔丁小说主人公与人类文明社会相对隔

[①] BILL M S, DIAMOND M G. William Golding: the man and his books[J]. A Tribute on his 75th Birthday, 1986:36.

[②] 刘勰.南朝·梁·文心雕龙·神思[M].上海：上海古籍出版社，2008.

离的环境，为主人公展现天性的独立表演创造了天然的条件。从某种意义上来说，脱离社会的个体是无法想象的，戈尔丁即是通过海洋使个体实现与社会的分离，从而展现人类在特殊环境下的张力。

戈尔丁自幼对考古学产生了浓厚的兴趣，对地理保持着孜孜以求的探究精神。埃及这个神秘国度一直令他向往。"早在童年时期，他就对金字塔、木乃伊等古老神秘的埃及文化符号莫名神往，对这个文明古国怀有一种'深深的，甚至不妨说是自然而然的迷恋'"①。1974年，戈尔丁首游埃及，时隔十年的1984年年初，成为诺贝尔文学奖新晋得主的几个月后，应出版社之约，73岁高龄的戈尔丁与夫人得以重游埃及并写下《埃及纪行》，与读者分享他对这片土地的迷恋与旅程中的迷惘与追寻。戈尔丁的创作中融合了来自埃及的神秘基因，其涉海小说中的自然神秘主义、人物内心欲望的隐秘、航行的神秘与不可言说等都展现了与这个文明古国相关的神秘基因，在渲染神秘色彩的同时也使其作品的深度与厚度得以拓展，对读者的吸引力得到增强。戈尔丁作品对神秘事物的关注与其从小就痴迷神秘的古埃及文明有关。他几乎所有的小说中都存在神秘元素，即不可言说的成分。他自己也承认"描述不可描述的事物"是作家的一大任务。海洋因辽阔深邃而具有的神秘性也是促使戈尔丁以海洋为书写背景的重要原因。神秘的海洋与人类欲望的隐秘关联吸引戈尔丁以海洋为背景探索人类及社会的本质。神秘的海洋与人物的复杂性以及故事情节的跌宕起伏相辅相成，不仅为作者提供了巨大的

---

① 杜飞."我的"埃及：威廉·戈尔丁的东方旅行书写 [J].浙江外国语学院学报，2012（3）.

阐释空间，也给读者带来了丰富的想象空间。詹姆斯·金丁（James Gindin）认为："他（戈尔丁）对地点的敏感并非仅局限于考古或其地理的源头。"[1] 在其散文《英吉利海峡》(The English Channel)中，戈尔丁毫不掩饰地表达自己对英吉利海峡的热爱："这充满危险的海洋是我生命的一部分"[2]，称自己见到那一湾海水便像个孩子似的兴奋不已，并表示"英吉利海峡的海水已融入我们的血液。"[3] 殊不知在二战时战争形势异常严峻的时期，他曾经在英吉利海峡漂流了三天，时刻面临着死亡，最后他幸运地获救了。可见，他对海洋热爱至深，受英国海洋文化传统影响至深。此外，在其散文集《移动的靶子》(The Moving Target)中，多篇散文以不同地点为核心展开书写，荷兰航道、英吉利海峡、古希腊城邦等都曾触发其灵感。海洋作为集考古、地理与文学意义于一身的地点，蕴含丰富深邃，成为戈尔丁的兴趣焦点也就不足为奇了。

除海洋外，戈尔丁对航船也有浓厚的兴趣，这从其散文《英吉利海峡》中可见一斑。在这篇散文中，他描述了7 000（或是11 000）只战舰在海港停泊的壮观场面："(这些船)停了足有30英里。我想，如果从空中俯瞰，这些船之间可能还有间隙，但是，从港口平视，你根本看不到水面，只是漫无边际地黑压压一片。"[4] 这是在二战期间

---

[1] GINDIN J. Modern novelists William Golding[M]. London: Macmillan Publishers Ltd., 1988:11.

[2] GOLDING W. Hot gates[M]. San Diego: A Harvest/HBJ Book, 1965:31.

[3] GOLDING W. Hot gates[M]. San Diego: A Harvest/HBJ Book, 1965:34.

[4] GOLDING W. Hot Gates[M]. San Diego: A Harvest/HBJ Book, 1965:32.

令他感到十分震撼的场面,那时他感觉到:"犹如历史在身边经过,如此沉重,如此真实。"① 在其散文中,戈尔丁曾提出对未来海上交通的构想,认为修建海底隧道将会使欧洲、中国、印度等地区不再受海上恶劣天气的阻隔。戈尔丁对海中航船保持着浓厚的兴趣,关注过文学作品中的各种航船;他对海上航行兴趣浓厚并多次亲身实践,因此深谙航海技艺。其后期作品《航海三部曲》中对航船的细致入微的书写足以说明其对航船研究的功力。他曾对英国作家罗伯特·斯蒂文森的航海历险小说《金银岛》中有关航船书写的细节提出质疑。他认为小说中对那艘中桅纵帆船——"希斯帕尼奥拉号"吨位的描述存在前后矛盾之处:一艘足以承载30或更多人驶向太平洋的船居然被作者停泊在了9英尺深的水里,并认为这还不是小说明显的缺陷,进而指出了小说存在对故事场景轮廓描述不清晰的更大问题。受此影响,他的《蝇王》中对孩子们生存的荒岛轮廓进行了十分清晰的描述:"形状有些像船"。此外,《品彻·马丁》中,马丁海中求生依赖的礁石也有点像船形。总的来说,不管是前两部小说中作为人物活动主要场景的船形的海岛和礁石,还是《航海三部曲》中漂浮在茫茫大海上的航船,从文学传统的角度来看,戈尔丁作品中的"船"承载着人类堕落和拯救人类于危难的"诺亚方舟"意象,也隐含生命之舟驶向远方的意象。

作家的想象力是小说创作的源泉,戈尔丁丰富的想象力有超越逻辑的一面,与他的艺术天分和艺术实践有关。他酷爱音乐,擅长

---

① GOLDING W. Hot Gates[M]. San Diego: A Harvest/HBJ Book, 1965:32.

钢琴、大提琴、中提琴、小提琴、双簧管等多种乐器，其超凡的想象力来源于所受到的音乐艺术滋养。其叙事作品中也或多或少地留下了音乐的痕迹，如《金字塔》中如交响曲般的叙事结构，《启蒙之旅》中对航船与乐器的比拟，《品彻·马丁》中叙述进程节奏上的变化等。正如沈雁认为："阅读戈尔丁的作品，读者往往能感觉到作者的音乐素养在小说结构上的体现：各个元素如何逐渐汇聚，形成交响，然后出人意料地以一个清冽的尾声收曲，尾声中的提问余音袅袅，促人掩卷长思。"[1]

纵观戈尔丁的涉海小说，其早期创作的兴趣焦点在于探寻人性的内在本质，对道德的关注是戈尔丁早期创作的突出特点，典型代表作品是《蝇王》《继承者》和《品彻·马丁》。其后期小说《航海三部曲》体现了对早期创作中的历史、道德、社会个体等主题的回归，不仅展现了对早期探索问题的更为深刻和成熟的思考，也融合了后现代创作思想与20世纪七八十年代的英国怀旧思潮，展现了对创作早期所关注问题的释然状态。

戈尔丁曾多次被问及其小说中所反映的悲观主义哲学，但他一再否认自己是悲观主义者。然而，一个无可争辩的事实却是他受到了叔本华的哲学思想的影响，反对理性主义。戈尔丁阅读了大量的哲学与神学著作，正因为如此，他才得以创作出《蝇王》这样一部公认的哲理意蕴深长的小说。在教授学生英国文化课程时，教学生写无韵诗、冥想和哲学科学，给学生讲希腊悲剧，读英译本的索福

---

[1] 沈雁.威廉·戈尔丁小说研究[M].苏州：苏州大学出版社，2014：59.

克勒斯。戈尔丁并不认为科学是万能的，而认为哲学和艺术在某些方面比科学更重要。他认为人类有能力凭借哲学与艺术能力做出正误、美丑、善恶等价值判断，而科学在这方面是无能为力的。

社会文化是现实世界在人类头脑中的反映，海洋文学是人类在处理与海洋关系过程中产生和发展起来的，是西方文明的群体记忆，也是海洋文化的重要组成部分。近现代航海史是人类探索与征服自然的历史，也是西方国家向外殖民扩张的历史，这一进程在客观上使世界不同国家和地区的人们建立了日益广泛的联系。人类的航海实践将各民族独立的国别史演变为相互联系的世界史，海洋在这一历史进程中被赋予多重的象征意义：开放包容、机遇荣耀、危险神秘等。以知行合一、开拓进取、务实包容等为主要特征的海洋精神也由此而形成。海洋文化与陆地文化相对，已演化为人类文化的重要组成部分。从这个意义上说，戈尔丁的涉海小说作品具有在全球传播的潜质。

戈尔丁涉海小说中的海洋承载着人类潜藏的欲望，与之形成强烈反差的是海洋浩瀚、律动的自然之美。涉海小说中的海洋书写是作者鲜明生态意识的体现，为人类处理与自然的关系提供了启示。1983年，戈尔丁诺贝尔奖答谢辞中所表达的"用爱创造的体制"其实蕴含了对人类社会生态的希望："人类需要更多的人性，更多的爱……正因为人与人之间友爱，人们可以在这种爱的坚固基础上创造一种相对完善的体制，人类的前途才是光明的。"[①]

[①] 高万隆.二十世纪外国文学名著导读（小说卷）[M].郑州：黄河出版社，1990：711.

除此之外，戈尔丁还受到了存在主义哲学的影响。阿祖尔在《〈品彻·马丁〉的存在主义线索》一文中，从主人公否定上帝、与死亡的抗争、异化感、选择的自由、作为世界一部分的痛苦、自我欺骗、神话人物的使用等存在主义的主要原则分析该作品后得出结论，认为戈尔丁受到了存在主义哲学的影响，《品彻·马丁》是一部存在主义著作。该文指出，虽然戈尔丁一直把自己定义为道德家而非存在主义者，并且拒绝承认受到存在主义的影响，但其小说中存在十分鲜明的存在主义印记。马丁不断展开的回忆却揭示了其卑劣的人生观，其道德境界与为人类福祉而献身的普罗米修斯有着天壤之别。《航海三部曲》中的主人公塔尔博特在亲历航船社会的黑暗与航程艰险后，人生态度发生了根本转变，开始敬佩水手们勤勉的务实精神，还在航行后期换上水手服值班守夜。小说对航船上修复主桅作业中的水手们浓墨重彩的书写都体现了存在主义哲学的影响："当浪漫主义者把现代初期身怀技艺的海洋英雄人物放置于抽离了人类技艺活动的海洋中时，他们其实是把海上作业转化为了存在主义的奋争。"[①]

《航海三部曲》中对航海文化与航海精神的全面书写是戈尔丁以特有的方式向西方航海传统致敬。奥德赛、柯勒律治、麦尔维尔、威廉·福尔克纳等都是小说致敬的对象。如叙事主人公塔尔博特多次提到了英国航海史上的一位重要人物，威廉·福尔克纳，并借助他的《航海大辞典》学习"水手话"。"福尔克纳并非诗人，而是一

[①] 玛格丽特·科恩. 小说与海洋[M]. 陈橙，杨春燕，倪敏，译. 上海：上海译文出版社，2018：204.

个水手，他编写了《航海大辞典》，初版于1769年，后来至少6次再版。"① 他是18世纪英国皇家海军军舰，包括皇家乔治号军舰上的见习军官。具有讽刺意味的是，他在该书出版的那年在一次船难中丧生。塔尔博特学说"水手话"的行为展现了其在心理层面适应航海环境的努力，暴露了他对航程监管的欲望，同时也表达了作者对航海的由衷热爱。

概而言之，身处基督教文化语境的戈尔丁经历了人类的两次浩劫，战后全球的社会语境尤其是英国的全面衰落使戈尔丁产生了强烈的忧患意识，这种意识贯穿其创作生涯始终。戈尔丁热爱大海，他的人生经历与创作都与海洋深深结缘，海洋自身的广阔、封闭、荒芜、混沌等属性及其在西方文化语境中丰富的精神内涵为展现与反思人性中的潜质与极致属性提供了独特的介质空间，海洋的文化意象与二战后英国社会的思想状态存在诸多契合之处，这正是戈尔丁涉海小说现代社会主题书写的直接动因。戈尔丁以其涉海小说现代社会主题融入西方叙事传统，以涉海小说探讨人性、社会、国家、男性气概等宏大命题。他以海洋的宏阔与伟力镜鉴人类的渺小与无力。同时，海洋是一切生命之源，蕴藏着无穷的生命力和无限的可能性，也是成就英国历史辉煌的国家舞台，这也许正是戈尔丁涉海小说现代社会主题所蕴含的希望与力量之所在。

---

① 玛格丽特·科恩.小说与海洋[M].陈橙，杨春燕，倪敏，译.上海：上海译文出版社，2018：210.

第二章　威廉·戈尔丁涉海小说现代社会主题的主要类型

　　英国的海洋地理环境所孕育的扩张性文化主导了这个国家的发展进程。海洋是英国民族记忆的历史文化空间，"日不落帝国"曾经的辉煌赋予了海洋国家荣誉竞技场的丰富蕴含。戈尔丁的涉海小说分别创作于20世纪50年代和80年代，隐含英国日益衰落的历史背景下对国家逝去的辉煌及未来发展之路的深刻反思。反思中既包含作者对人性的揭示与批判也不乏对男性气概精神内涵与价值取向的诠释。在作者笔下，务实担当、开拓包容是男性气概的精神内核，对内效忠国家、对外殖民开拓是其基本的价值取向。纵观戈尔丁的涉海小说创作，他对人性、社会与国家的期望有上升趋向，并将重振国家精神的希望寄托于社会个体尤其是青少年的全方位成长。人物的海洋经历凸显了以身体磨炼、心智成长和道德提升为内涵的成长主题，对信念的坚守与传统价值的弘扬是人物成长的核心要素。本章将从国家、成长、人性、男性气概等几个方面探讨威廉·戈尔丁涉海小说的现代社会主题。

一、追忆逝去辉煌的国家主题

英国独特的地理环境及这种环境所孕育的人文底蕴深刻地影响了这个国家的历史进程。1492年地理大发现后，对原始财富及各种生产资源的狂热崇拜促使包括英国在内的西方各国不惜一切代价进行海上远航及新大陆的开拓。岛国环境与四周的海洋资源为其航海技术、海军发展、海外扩张以及海外贸易提供了有利的条件。资本主义发展对原料与市场的强烈需求使航海这一英国实现对外交流的主要手段占据日益重要的战略地位。纵观整个航海史，15至19世纪，大不列颠民族对世界的探索从未停止，航海及对外扩张也成为解决国内问题的重要出路。英国政府在航海事业的曲折发展中扮演着主体与委托人的角色。综合国力的提升与航海事业的发展始终呈相互促进之势。西方航海的历史是对未知世界探索与劫掠的历史，也是人与自然较量、与异族竞争，甚至是残酷的战争史。在资本主义经济高速发展的背景下，航海促进了英国外拓型文化的发展，以国家强大力量为支撑的海外殖民使其最终确立了长期的海上统治地位，形成了持续一个多世纪的"日不落帝国"全球殖民霸权。

（一）殖民意识在国家层面的建构

近现代以来，航海对于英国的崛起发挥着极其重要的作用。从17世纪中期开始，英国凭借其资本主义工商业的优势以及海上实力分别击败了西班牙与荷兰。法国的崛起及对外殖民扩张给英国带来了极大威胁，百年英法战争是历史发展的必然。在英法战争中，英国的节节胜利固然离不开其海军舰船精良的装备,"英国军舰上武器的射程、威力及总量都远超对手"①。然而,在这一过程中发挥深层作用的是整个民族的海洋战略意识与海洋精神。在与法国进行了三次战争后,英国最终在19世纪初确立了在全球商业上的统治地位及海上霸权。海外殖民是英国解决国内资本主义发展及人口过剩等问题的出路,控制海洋也就意味着控制了海外殖民的通道。航海实践中所形成的海洋文化与海洋精神是英国文化的精髓,对英国的发展影响深远。"英国人所具有的海洋意识和坚定的海洋战略,乃至由此产生的主导英国国策的务实主义精神,对英国式的发展无疑具有某种决定性的作用。"②纵观英国近现代发展史,海洋及航海扮演了至关重要的角色,海洋属性是"英国性"中不可忽视的特征之一。

  海岛地理环境造就了英国人丰富的想象力,也使他们富于开拓精神。这一点与欧洲大陆文化有着显著差异,对英国文学影响至深。18世纪丹尼尔·笛福的《鲁滨孙漂流记》就取材于水手历险的精彩故事,成为荒岛历险经典小说。岛国情结在英国处理与欧洲关系时发挥了决定性作用。英国人与欧洲在地理上的距离感和血缘上的联系使他们感到自己既是欧洲的主要民族,同时又不属于欧洲。

  追求自由与冒险是人类的天性,海洋为这种天性的展现提供了独特的空间,这一点在作为岛国民族的英国体现得非常鲜明。对于

---

① SOUZA P D. Seafaring and civilization: maritime perspectives on world history [M]. London: Profile Books Ltd., 2001:21.
② 陈晓律,征咪,叶璐.海洋意识与英国的发展[J].历史教学问题,2016(1):45-53.

英国，谋求世界殖民与霸权不仅仅是解决其国内现实问题的途径，从更深层次来说也是扩张型文化心理的需要。曾莉认为："倔强的个性、冒险的天性和狂热的扩张欲使岛国民族极富发展想象力。"[1]从文化层面来说，海洋是承载西方殖民记忆的历史文化空间。这种极具张力的空间既是关乎国家荣辱兴衰的重要历史空间，又能够如镜鉴般折射人类的复杂心理与微妙情感。

海洋小说的作者们将文学创作与海洋相关联，大不列颠民族的海洋属性在这些作品中得到了淋漓尽致的呈现。威廉·戈尔丁的涉海小说《蝇王》中孩子们对荒岛侵占的殖民行为、《品彻·马丁》中马丁驱赶乃至杀戮海洋生物的"殖民人格"[2]写照以及《航海三部曲》中对于造船、海军、贸易等的书写都与国家发展利益密切相关。其小说中的海洋空间是在二战后英国殖民统治日趋衰落、西方社会面临思想危机的历史背景下对英国殖民扩张与海洋霸权进行想象的历史文化空间。深植于英国深厚的海洋文化传统以及二战期间英国皇家海军的服役经历是戈尔丁关于海洋与帝国想象的现实根源。海洋之于英国历史文化的重要意义及小说丰富的时代内涵赋予这种文学想象独特的社会文化价值。

罗伯特·福柯（Robert Foulke）在《航海叙事》中引用托马斯·菲尔布里克（Thomas Filbrick）的话，说明海洋对于形成民族

---

[1] 曾莉. 岛和登岛的人们：英国荒岛文学现代性研究 [J]. 小说评论，2013（S1）：132-138.

[2] RACHAEL G, SCHWARZ B. End of empire and the english novel since 1945[M]. Manchester: Manchester University Press, 2011.

性格与取得国家荣誉的重要性："海洋代表着逝去荣耀的竞技场，民族性格的训练场和为国家赢取财富与权力的领域。"①戈尔丁的几部涉海小说字里行间展现了人物对海洋由衷的热爱，隐含了对英国发展起决定性作用的殖民意识。小说人物性格中展现了鲜明的海洋属性：自由、冒险、开放、包容、顽强、乐观。《蝇王》中孩子们面对海洋时的兴奋与快乐、对海岛优美风景的欣赏及孩子们积极适应环境、对海岛上的人道危机及由此引发的生态危机的批判都是作者热爱海洋、以海为家思想的展现。在作者笔下，海洋环境也展现出极其严酷的一面，从人海关系层面来看，《品彻·马丁》是对主人公与海洋极端环境进行顽强斗争的生动写照，马丁在海中礁石上的行为暴露了其骨子里的殖民意识。《航海三部曲》中的船长安德森及他的水手已将海洋与航行融入了自己的生命。尽管安德森身上不乏对航船小社会的暴政和对待下属的冷酷，然而他对海洋的热爱已融入了血液。他认为一个人可以离开家庭，但无法割舍海洋，"我不会在乎航程是否会永久持续"②。作为船长，他驾驭着航船自由驰骋于万里海疆，他和他的船员们热爱海上生活，他们讲"水手话"，痴迷于烈酒与名垂青史的不朽。关于水手的一切都具有鲜明的海洋属性，崇尚自由冒险是他们的天性，以海为家是他们的生活常态。

寻求商业机会是殖民意识的另一维度。塔尔博特登船后不久，船只遇上大风浪，他认为勤务员惠勒做了一件很有道理的事情，那

---

① FOULKE R. The sea voyage narrative[M]. New York: Routledge, 2013: 163.
② 威廉·戈尔丁.启蒙之旅[M].陈绍鹏，译.北京：北京燕山出版社，2017：172.

就是向他兜售一件新的黄油布衣服。惠勒说那件衣服本来是给别人定做的，可那人没有上船，并说衣服正好合塔尔博特的身材，他只需要付原价即可，并承诺航程结束后可以按旧衣服的价格将其回收。两人随即谈妥，塔尔博特脱下三重披肩的外套，换上水手服，开启了漫长的航程。换装行为以平凡小事的细节书写展现了英国人的商业意识，也象征着主人公身份的转变及适应航程的开始。除此之外，小说中有一位未曾正面出现的神秘人物，人们一提到他便讳莫如深。直到故事结尾作者才揭示他的真实身份：事务长。人们之所以对他有所忌惮是因为几乎所有的乘客都向他借贷过，船上存在带有普遍性的放贷行为，这说明了当时英国商业秩序的稳定性与契约精神的普适性。重商意识是英国追求海上霸权的内在驱动力，也为其成就海上霸权奠定了坚实的经济基础。

海外殖民扩张离不开思想意识层面的建构，种族优越感是殖民扩张的思想基础。英国的殖民扩张肇始于16世纪，在这一过程中，为了将扩张行为合理化、合法化，对本民族种族优越感的宣传鼓动在政府各个层面不断推行，使这种观念逐渐在普通英国民众心中生根发芽，并形成一种共识与默契，这一点在《蝇王》中有明显体现。对《蝇王》中的孩子们来说，虽流落荒岛，对国家的自豪感与民族身份的认同感却早已在心中形成烙印，在不经意间流露。对种族优越感，他们有明确的共识："咱们是英国人，英国人干哪样都干得最棒。"[①] 这种自我标榜的优越感从本质上说是殖民者为使殖民行为

---

① 戈尔丁.蝇王[M].龚志成,译.上海：上海译文出版社,2018：44.

合理化而进行的舆论宣传。在特定的时代背景下，这种国家政权层面上的舆论宣传已完全内化为英国青少年的一种普遍意识。对天真少年们这种意识的书写是作者从侧面对西方殖民者殖民心态的揭露。更具讽刺意味的是，故事的发展过程与惨痛结局都在向读者揭示：他们做得非但不好，而且很糟。在基本生活需求得到满足，没有任何生存压力的情况下英国少年们相互残杀，荼毒生灵，整座荒岛几乎被他们化为灰烬。整个故事的发展似乎都在昭示这种自我标榜的种族优越感及在其掩盖下进行的殖民扩张具有的虚伪性与破坏性。故事结尾，熊熊燃烧的大火引来了军舰的救援，军官的话语："我本以为一群英国孩子——你们都是英国人吧，是不是？——应该比刚才那样玩得更好——我是说——"①再次激起读者对"种族优越感"相关命题的深层反思。作者对自诩的种族优越感的书写意在通过国族认同与故事情节发展的强烈反差表达对西方国家所标榜的文明秩序的深刻批判。展现二战后西方国家在无可殖民窘境下的邪恶人性是《蝇王》的寓意之一，也隐含了作者在英国殖民霸权日益瓦解、西方社会面临严重思想信仰危机的时代大背景下对国家意识的深刻反思，同时也是对英国殖民史本质的深刻反思与批判。

（二）逝去辉煌的反思

在《蝇王》中，对国家的认同深深植根于每个孩子幼小的心灵，种族优越感折射了逝去的国家辉煌。拉尔夫是被困岛上年纪较大的孩子，在向大家表达获救希望时，他对自己国家的自豪感溢于言

---

① 戈尔丁.蝇王[M].龚志成,译.上海：上海译文出版社，2018：235.

表:"我父亲在海军里,他说已经没有什么岛屿是人们所不知道的了。他说女王有个大房间,里面全是地图,世界上所有的岛都画在那上面。所以女王一定会有这个岛屿的地图"①。拉尔夫话语中的"英国女王大房间里的世界地图"表面上反映了英国对其世界版图的全面认知,更深层次上则是英国殖民历史和逝去辉煌的象征,可以轻易触发读者对昔日"日不落帝国"的想象。拉尔夫话音刚落,在孩子们中间响起了一片欢天喜地的声音。这既表明他们在流落荒岛之初对获救抱有很大的希望,另外也是国家认同感的自然流露与情感共鸣。在英国少年们流落荒岛,与原有的文明社会疏离的危难情境下,这种一致的国家认同感是维系荒岛小社会团结与和谐的必要条件。

除了国家认同感,在初登荒岛的相当长一段时间里,反映"英国性"特质的协商民主在维持这个荒岛小社会和谐方面发挥了重要作用。起初,孩子们当中的两位首领杰克和拉尔夫在如何获救方面能通过相互妥协而实现和谐相处,深刻诠释了"英国性"中"妥协"的特质。在矛盾双方实力对比呈现均势的情况下,英国协商民主模式的优越性就能得到充分体现。不过,这种模式发挥作用的基础和前提是规则意识,在杰克的话语中体现得十分显著:"我同意拉尔夫说的。咱们必须有规定照着办。咱们毕竟不是野蛮人。咱们是英国人;英国人干哪样都干得最棒。所以咱们干哪样都得像个样。"②然而,随着故事的发展,以杰克为首的"野蛮派"不断暗中破坏规

---

① 戈尔丁. 蝇王 [M]. 龚志成,译. 上海:上海译文出版社,2018:38.
② 戈尔丁. 蝇王 [M]. 龚志成,译. 上海:上海译文出版社,2018:44.

则，为了猎杀野猪而放弃火堆于不顾，甚至在黑夜偷抢猪崽子的眼镜以实现生火烤肉的目的，协商民主的作用在这种情况下受到了极大的限制，直至最终完全失去效力。

对自我优越性的标榜与对异族的贬低是相伴而生的，产生的效果异曲同工。起初，杰克将"野蛮人"作为自己的参照和对立"他者"，将包括自己在内的孩子归为文明人，从广义上来说，这与西方国家殖民话语中一直以来将殖民对象——原住民作为野蛮人的历史文化语境是分不开的。在孩子们登上荒岛不久，他们便完成了对海岛的探索，没有发现对他们有任何威胁的因素，于是拉尔夫不无自豪地说道："这是咱们的岛。一个美好的岛。在大人找来之前，咱们可以在这儿尽情玩耍。"[1] 从这句话可以看出，这群孩子并没有将此地作为殖民对象的想法，说明在后殖民时代，殖民者的继承人们已在表面上放弃了殖民意识，但其在荒岛上肆意破坏的所作所为实质上有着早期殖民者的影子。这正是儿童无意识行为特征的真实写照，这种无意识的本性流露与戈尔丁长年教师生涯中对儿童细致入微的观察密不可分。作者也似乎通过这一情节在映射这样的事实：对国家和民族的深刻认同已成为孩子们幼小心灵中自我认知的一部分。是其重构荒岛社会关系的前提，也是孩子们心智成长的基础。拉尔夫关于岛屿的认知深刻反映了英国男孩心中的"帝国情结"，这是民族身份优越感的外化，也是作者对"逝去辉煌"的暗示。

国家认同深深植根于荒岛上每一个孩子的意识里。《蝇王》中

---

[1] 戈尔丁. 蝇王[M]. 龚志成，译. 上海：上海译文出版社，2018：35.

漂亮的巡洋舰上的军官认为英国孩子"应该比刚才那样玩得更好"[①]是作者对良好社会秩序的希冀。小说结尾出现的军官以及巡洋舰是以机械降神的方式完成的从原始到现代的时空穿越。孩子们从此告别了生灵涂炭的荒岛和"愚钝"的海洋，登上战舰。战舰是文明社会的象征，是英国海上实力的象征，也是战争和毁灭的工具，这本身的悖论展现了戈尔丁对逝去辉煌的追忆和对人类命运的忧思。

在孩子们被营救的过程中有一个细节不容忽视，军官仔细打量着被追杀的拉尔夫，认为："这个小孩儿该好好洗洗，剪剪头发，擦擦鼻子，多上点软膏。"[②]军官对外在体面与优雅的重视是"英国性"的典型体现。他认为孩子们的外表需要修饰，看似轻描淡写，实际上可视为对英国甚至人类社会深层问题的映射。作为二战的亲历者，戈尔丁见证了战争的残酷与惨烈，这一情结凸显了作者对人类未来的忧虑，似乎在提醒读者：表面的光鲜无法掩饰深层的问题，简单修补不能从根本上解决国家及社会发展的深层次问题。

戈尔丁涉海作品对于人性恶的揭示换个角度看实质上是对国家衰落根源的反思。《蝇王》结尾对荒岛失火的书写即是对国家失序的写照。在这一点上，戈尔丁一直专注于个体对集体的巨大作用。对于《品彻·马丁》中的个体生命主人公马丁来说，占有与攫取是占据其人格中心位置的关键词。他对周围的一切都有强烈的占有欲：演出中最好的角色、生活中最好的女人、海中礁石上能抓取到的一切等等。他甚至在自己弥留之际连海上的动物都不想放过：

---
① 戈尔丁.蝇王[M].龚志成，译.上海：上海译文出版社，2018：235.
② 戈尔丁.蝇王[M].龚志成，译.上海：上海译文出版社，2018：234.

"要是我能走到它（海豹）跟前，就可以宰了它吃肉，再用它的皮做双靴子——"[①]从不同视角来看，马丁这一行为的臆想有不同的含义，从人与自然关系的生态视角来看，马丁对海上动物贪婪占有的企图是人类中心主义思想的极致体现，严重违背人与自然和谐相处的生态观。从殖民视角来看，这种行为则反映出殖民者一贯秉持的西方中心主义思想，是对殖民扩张与财富掠夺这一帝国主义本质的揭露，也从侧面反映了将利益最大化的英国重商主义传统。

在戈尔丁笔下，贬低异族并非一直都是以标榜自我优越性为目的。在《品彻·马丁》中，作者通过制片人皮特与马丁的对话引出关于"中国盒子"的记忆，皮特说中国人为了准备一道美味佳肴时会将一条鱼放到马口铁盒子里然后埋到地下，不久生出的蛆虫就会吃鱼，鱼被吃光后蛆虫就开始相互吃对方，他们之间弱肉强食，不久，盒子里就只剩下一条最大的蛆虫，这就是那道美味，中国人知道什么时候把盒子挖出来。对于中国盒子故事的书写是为了突出马丁对人与人之间关系的认知：赤裸裸地相互残杀，典型的优胜劣汰。通过吞噬同伴而获得生的权力的行为书写似乎在暗示马丁弱肉强食人生观的合理性。作者引出"中国盒子"这一与死亡意象相关的典故意在凸显马丁极端自私贪婪的形象，以此来比拟他卑劣的人生观。赵静蓉指出："只有自我是不足以建构真正完全的'我'的，'我'的塑造必须依靠'他者'的互文来完成。"[②]"中国盒子"里"蛆虫"

[①] 威廉·戈尔丁.品彻·马丁[M].刘凯芳，译.上海：上海译文出版社，2000：119.

[②] 赵静蓉.含混暧昧的他者[J].东岳论丛，2005（1）：157-162.

第二章 威廉·戈尔丁涉海小说现代社会主题的主要类型

具有死亡的意象,是马丁人生观的生动写照,然而在客观上却是以丑化异国形象为代价的。"中国盒子"的典故中贪婪、丑恶、令人作呕的东方他者形象反映了在人类社会发展的特定阶段西方对中国形象的刻意歪曲与丑化,实质上是殖民心态的写照,是西方中心主义心理作祟。戈尔丁在这一形象的刻画中所秉持的是西方看客的视角,即"用其感受力居高临下地巡视着东方,从不介入其中,总是与其保持着距离"[①]。

反映马丁殖民意识的另一行为是他利用自己熟悉的名字来命名礁石上的各个小地点,这是一种用语言来定义人与事物之间关系的行为,正是有了海洋,这种行为才看似顺理成章。这种行为的实质是殖民者以地理空间占有为基础所进行的文化殖民活动:"我正忙着生存下去。我正在把这块礁石上上下下各个地方起个名字,让他变成我的家。有些人是没法理解这件事的重要性的。给物件起名字就是给他打上印记,给他套上锁链。要是礁石想让我屈从于它,我是不干的,我要让他听我支配。"[②] 马丁的行为生动地诠释了他作为殖民者先入为主的强权逻辑,揭露了其意欲将一切据为己有的丑恶嘴脸。对马丁殖民意识与行为的书写展现了一位有良知的作家在二战后世界殖民体系日趋瓦解的历史背景下对西方殖民史的深刻反思。即便已经在生死边缘徘徊,马丁依然企图通过"命名"这一建

---

① 爱德华·W. 萨义德. 东方学 [M]. 王宇根, 译. 北京: 生活·读书·新知三联书店, 2007: 135.

② 威廉·戈尔丁. 品彻·马丁 [M]. 刘凯芳, 译. 上海: 上海译文出版社, 2000: 72.

构自我文化的手段占有荒芜的礁石，反映的是后殖民批判的核心问题。强乃社指出："后殖民批判中的一个核心问题就是殖民不仅是一种政治和经济的活动而且是一种以帝国为中心的对殖民地国家的他者进行地方性建构的文化活动。"[1]戈尔丁对马丁殖民占有这一极具象征性的行为书写用一种以小见大的方式深刻揭示了殖民行为文化建构的本质，也反映了不断膨胀的个人私欲是人性邪恶的根源。联系戈尔丁二战中在英国皇家海军服役的经历，其书写的意图不言自明。在当今世界极不平静的历史语境下，当这种试图占有与控制一切的个人私欲向国家层面扩展蔓延时，整个人类的灾难有可能随时降临，这是极具警示意义的。

殖民活动的实质是宗主国对被殖民地区的掠夺，对此的揭示反映出作者对逝去辉煌反思的深刻性。戈尔丁涉海小说中的殖民活动与男性对女性身体的占有具有深层的意义关联。《蝇王》中以杰克为首的男孩组成的"野蛮派"猎猪部落本身不仅仅是为了获取满足口腹之欲的战利品，也是一种征服欲望的发泄，肖明文认为："在杀戮和食用野猪肉的过程中，猎手们同时满足了他们的食欲。"[2]这种对于在人迹罕至的荒岛上发生的侵占行为的书写是后殖民时代殖民扩张窘境的写照。殖民扩张的侵略本质在《品彻·马丁》中的海军低级军官马丁身上体现到了极致。马丁是一个占有欲极强的人，对任何东西的占有他都用"吃"来表达，形成了自己关于"吃"

---

[1] 强乃社. 殖民、霸权和帝国的空间批判 [J]. 学习与探索，2020（6）：8-18.
[2] 肖明文. 乌托邦与恶托邦：《蝇王》中的饮食冲突 [J]. 外国文学，2018（3）：124-132.

的一套"理论"。在他眼里,"吃"具有十分丰富的寓意,"吃"是一种文化、一种历史或者是一种认识世界的思想及行为方式:"自然,用嘴巴吃只是这一普遍存在过程的最低级的形式。……你可以用钉着平头钉的皮靴或者买卖或者结婚或者生孩子或者戴绿帽子来吃——"[1]主人公这套关于"吃"的歪理邪说是其贪婪性格的生动写照,揭露了其丑恶、无耻、试图占有一切的嘴脸。在其坠海求生的生死迷离之际,他为满足兽欲而对不同女性采取的软硬兼施与强行占有的片段在其头脑中不时闪现。这些回忆与他在海中孤礁上对各个地点进行命名的行为在本质上是一致的,反映了主人公不择手段将一切据为己有的自私与贪婪,客观上也是对西方殖民者罪恶本质的揭露。从这个角度来说,处在二战后反思历史思潮中的作者对于西方国家殖民史的反思是客观和深刻的,展现了一种敢于刀刃向内的勇气和反省自身的力量。

《航海三部曲》中的航海叙事可视为作者对英国殖民史的当代想象。以船喻国是西方航海叙事的重要传统,故事中由老旧战舰改造而成的航船是国家的象征。漫长航行中的叙事主人公塔尔博特此行的目的是到澳洲任职,进行殖民统治。主人公之一牧师科利在等级社会的压力下一心向上攀登,却在醉酒后"自我发现",因羞愧而自绝于人世。塔尔博特此行的目的是去殖民地任职,对科利死因的调查实际上是对塔尔博特这位未来的国家统治者社会治理能力的测试。随着故事的发展,他不得不以妥协的方式接受了既成的事

---

[1] 威廉·戈尔丁.品彻·马丁[M].刘凯芳,译.上海:上海译文出版社,2000:73.

实。当他被邀请到船长的舱房，所看到的是像皇宫一样的面积和来自世界各地的植物。天竺葵就是其中之一，这种原产于非洲南部的植物伴随着世界地理大发现的脚步来到了欧洲，是西方殖民的历史见证。实际上，伴随着远洋航行一同到达欧洲的远不止天竺葵等植物，还有无尽的利益："海洋文明的发展历史就是不断扩张和掠夺的历史，在全球范围内追逐利益，并将利益输送回本国。"[①] 安德森船长在与塔尔博特的谈话中提到自己曾对生病的植物采取过一些措施，但收效甚微，故而为自己开脱说海上种花必须习惯损失。其真实意图不言自明，那就是暗示塔尔博特对科利死因的追查应适可而止，因为继续下去不仅会使自己作为船长罪责难脱，还可能会涉及众多水手引发哗变。事实上，在漫长和充满不确定因素的航程中安德森的这种担心在很大程度上是合理的，安全因素是保证航船行稳致远的首要条件。然而，此种做法在客观上却掩盖了船长作为科利死亡事件始作俑者的罪责。以船长和贵族青年塔尔博特为代表的上层社会对下层人物生命的冷漠态度，实际上也是殖民统治者对包括被殖民者在内的下层社会成员生命权漠视心态的写照，是对西方殖民者以自我为中心的治国理念的揭露。

（三）重振国家精神之出路

如前所述，在涉海小说的成长主题中，《蝇王》主人公拉尔夫身上所反映出的对人类文明执着坚守的精神实际上寄托了作者对人

---

① 张祥建. 海洋文明和大陆文明的融合："一带一路"下的中国大战略 [J]. 社会科学家，2016（11）：14-19.

第二章 威廉·戈尔丁涉海小说现代社会主题的主要类型

类的希望,从某种意义上也是他对国家与民族的希望。《航海三部曲》的故事发生在19世纪初从英国出发驶往澳大利亚的航船上,此时正值英国确立海上殖民霸权的初期。海洋及航程书写展现了作者对国家昔日辉煌的追忆与感怀,核心人物塔尔博特所经历的心智、政治、道德等方面的成长中隐含作者对未来的期许,对萨默斯等海军军官事迹的书写表明了作者对重振国家精神的信心,也蕴含着国家繁荣有赖于每一社会个体进步与担当的深层意义。

强化海权在更大程度上是作者重振国家精神在物质文明层面的考量。此次航程的目的是英国殖民者前往"新世界"进行殖民统治。塔尔博特多次发出"大不列颠统治海洋"[①]的感慨,在其谈话中毫不隐讳地表达着对殖民地资源的觊觎:"不过,先生,我得承认,这个纬度的气候比我们以前经过的地方都好。啊,我们要是能够把大不列颠的岛屿拖到世界的这一部分,我们的很多社会问题都迎刃而解了。芒果会掉进我们的嘴巴里!"[②]小说中频繁出现的殖民话语揭示了大英帝国的昔日辉煌,航程书写中隐含的殖民意识与作者在前两部作品中所展现的对殖民活动的反思与批判态度大相径庭,反映了作者在创作生涯后期对客观严肃写作风格的摒弃,选择了"存在即合理"的放任态度。一是由于其后期创作受到了20世纪80年代怀旧风潮的影响,另外也与这个国家在经历"马岛"海战后民族信心亟须提振密切相关。帝国"尊严"意识日益显现,怀旧产业蓬勃发

---

① GOLDING W. Close quarters[M]. London: Faber &Faber, 2013: 208.
② 威廉·戈尔丁.启蒙之旅 [M].陈绍鹏,译.北京:北京燕山出版社,2017:121.

展,日益保守的政治情绪、种族主义和帝国殖民心态的复兴等造就了《航海三部曲》中的帝国想象与殖民话语。小说更多聚焦于英国社会等级制度弊端和个体社会责任书写,反映了作者对重振国家精神之路的探寻。

海权即是这种探寻中作者的重要发现。海权对英国的重要性不言而喻:"纵观大英帝国从崛起到没落的过程,海权无疑是这个岛国扬帆四海的重要手段。"[①] 在小说叙事主人公塔尔博特的日志中不容忽视的是他清晰地表露出对海洋权益重要性的认识。海权的有效运用不仅能够保障国家安全还能增加国家财富,更关乎英国海上霸权的建构,体现出作者将强化海权作为重塑帝国辉煌出路的意识。海权理论由美国重要的战略家、历史学家、海军军官马汉(Alfred Thayer Mahan)(1840—1914)在19世纪首次提出。他认为,海权是国家地位的重要决定因素,海权竞争和控制海洋是海军最重要的两项任务。

马汉认为,如果一个国家能够充分发挥海军实力、海洋资源利用、海洋贸易等多重优势,将会在国际政治经济舞台上发挥更大作用。二战后,国际格局深刻衍变,英帝国的架构随着殖民地纷纷取得独立而日益解体。1956年的"苏伊士运河危机"是英帝国衰落的突出表征。受蓝色文明滋养的戈尔丁曾在英国皇家海军服役5年,他热爱海洋及海上航行。在帝国衰落时期,他对海洋之于国家的重要性有着深刻的认识。作为一个充满忧患意识和国家情怀的小说家,

---

① 赵恺.英国:第二日不落帝国的海权盛衰(1588—1940)[M].武汉:华中科技大学出版社,2018:429.

戈尔丁自然希望通过强化海权使国家走出困境。这一点在其创作生涯后期的作品中有显著体现。《航海三部曲》的第一部《启蒙之旅》反映了戈尔丁的海权意识，体现了他对开拓进取、开放包容的海洋文化的推崇和对国家海洋属性的认同；第二部《近地点》可视为戈尔丁有关凝聚民族共识与建构海上强国的想象。小说为英国海上霸权绘制了包括海上航线、海港和全球工厂在内的宏伟蓝图，这些帝国想象以国家利益最大化为最终目标，从本质上是帝国逻辑的掩饰和艺术化呈现；三部曲的第三部《甲板下的火》表现出作者希望通过打造强大的海军、开拓与控制海上航线以及扩大海外贸易等途径重振国家信心的意图。

《航海三部曲》凸显了从文化、军事、经济等各个方面强化海上实力的重要意义和可能性，是对重振国家精神的思考，也是对英国未来发展战略重心的暗示。换言之，在他看来，海上实力的全方位提升是未来英国发展的必由之路。

在文化层面，英国舰船所到之处不断传播英国文化，促进了建构在资本主义经济基础之上的帝国文化霸权逐渐形成。《航海三部曲》的故事发生在1812—1813年，正处于英法战争的关键时期，因此由一艘老旧战舰改装（装备有枪支和各种武器的）而成的航船承担护送移民和物资驶往澳洲的任务，体现了英国人一贯的探索与冒险精神。在戈尔丁看来，以海洋文化为基础的国家文化建设在重塑国家精神的进程中发挥着重要作用。《航海三部曲》故事背景是19世纪早期，正值英国海上霸权迅速崛起的时期。海洋激发人类的探索欲望，人类对海洋的探索与对自我精神与潜能的发现具有同步性。近现代历史进程中，海洋是英国人征服异族、掠夺财富、从事商业和追求利润的舞台。小说中的海洋术语及英雄故事都是海洋文化的重要组成部分，也是国家海上软实力建构的重要元素，在重塑国家精神的进程中发挥着凝聚共识和提振信心的深层作用。

《航海三部曲》对于海上生活的书写是对海洋文化的细节呈现，其中隐含的海洋精神在重塑国家信心中意义重大，不仅彰显了人类在与自然抗争中的本质力量，也是"英国性"中海洋属性的生动写照。对海上生活的适应首先体现在水手们使用的语言："水手话"上。塔尔博特从登船之初就将学习这种语言作为自己的重要任务，并以此取悦其航海日志的目标读者——一位权高位重的爵爷。其次，船上的水手们展现出了极强的环境适应能力。他们饮用各种不同类型的烈酒来对抗漫长航程和变幻无常的天气所带来的各种不适。对海上生活的适应是"英国性"中海洋属性的生动诠释，凸显了海洋文化对于英国社会的普适意义。

在戈尔丁看来，通过社会个体责任担当来凝聚更具普适意义的爱国精神是重振国家精神最为重要的途径。《航海三部曲》中将重塑国家精神的希望寄托在社会个体尤其是社会上层的转变上。在对"以船喻国"思想的传承中，戈尔丁突出对个人责任的书写，这也是《航海三部曲》中海洋与国家主题的重要呈现方式，也暗示了作者对重塑国家精神之路的探寻。在戈尔丁笔下的这艘老旧战舰上，每位成员所肩负的对航船安全行进的责任被隐喻为对国家的担当。萨默斯的恪尽职守、塔尔博特从自视清高的贵族向积极担当作为的平民转变、水手们对于航行的日夜守望与忘我劳作、面对想象中的法国舰船表现出的同仇敌忾的英雄气概等都在弘扬一种以勇于担当和积极作为为核心的爱国精神，同时也展现出一种同舟共济的命运共同体意识。因此，在作者看来，国家困境的深层动因在于国民思想意识，要走出这种困境，最根本的是要解决思想认识层面的问题，凝聚共识的共同体意识是其中的关键要素。不仅如此，在作者看来，英雄个体是成就海上强国的必备条件。这一点通过他对一位具有强烈社会责任感、热爱海洋的英雄形象——大副萨默斯的塑造可见一斑。他虽出身社会下层，但极强的航海专业素养和尽职尽责的敬业精神使他获得晋升。他视航船如生命，体恤下层，并且积极维护航船小社会的公正秩序，是重塑国家精神的希望所在。在航船穿越赤道的"海神袋"仪式中，牧师科利成为塔尔博特的替罪羊，被投入污水，在全船乘客面前受到严重侮辱。为了避免科利受到更大伤害，萨默斯设法促成塔尔博特和船长到舱房探望久卧不起的科利，尽最大努力挽救其生命，虽未能成功，但其体恤下层的领袖气质与协调各方关系的风范展露无遗。故事结尾，萨默斯誓与失火的航船共存亡，以身殉职，以忠贞诠释了一名船长的职责使命。戈尔丁航海叙事对萨默斯这一英雄形象的塑造是对呼唤英雄与思想迷惘时代的回应，也是对于重塑国家精神之出路的思考。

在军事层面，海上军事实力的提升是英国商业繁荣的重要保障。市场扩张是资本主义经济发展的内在要求，对于商业利益的追逐促使英国人进行世界贸易，建立商业帝国，而海军实力的提升以及海上实力的全面建构是其中的关键因素。海军对于英国早期的发展具有非凡的战略意义，曾凭借海上劫掠与贸易使英国迅速崛起为世界强国，海军在这一过程中功不可没，"大英帝国在海军战舰上漂浮"[1]形象地说明了海军关乎帝国的沉浮，深刻反映了海军对于英帝国的重要性。细读《航海三部曲》不难发现，戈尔丁深刻地意识到海军实力是英国海上霸权建构的基础。作为一名二战老兵，戈尔丁对建构一支强大的海军有着深刻的理解。作为一个岛国，海岸线的安全是英国国家安全的基础。英国需要一支强大的海军维护国家安全及海洋权益。1982年，英国与阿根廷之间爆发的"马岛海战"充分印证了这一点[2]。此外，海军威慑力是左右世界政治格局的关键因素。《近地点》中，戈尔丁借塔尔博特之口，反复强调建立一支强大的、具有战略威慑力的海上军事力量的重要意义，是戈尔丁对社会现实关切的及时回应。

在戈尔丁看来，海军实力的提升离不开海军当中英雄旗帜性作用的发挥，而最能展现这种作用的场景是本族与异族的战争。戈尔丁笔下的海军军官、水手及航船乘客大都展现了对海战的强烈渴望。《近地点》中，航船行至赤道无风带，年轻的下层军官德弗雷尔发现海上浓雾中有一艘白色舰船驶来，误以为是法国舰船，异常兴奋："塔尔博特，我的好友！老天保佑，塔尔博特！我终于可以脱困了！跟我来！"[3]起初还有些胆怯的塔尔博特希望那是本国船只："魔鬼！

....

[1] RONALD H. Britain's imperial century: A study of empire and expansion [M]. London: Macmillan, 1993:15.
[2] 第一章对这一历史背景进行了较为详细的论述。
[3] GOLDING W. Close quarters[M]. London: Faber &Faber, 2013:29.

第二章　威廉·戈尔丁涉海小说现代社会主题的主要类型

让我们祈祷那是自己人！"[1]立刻遭到德弗雷尔的质问："你还是不是男人？他们在刺探我们的航船，他们的帆像女士的头巾一样白！那肯定是敌人，相信我！"[2]英国低层海军军官对海战的渴望源于这不仅是他们展现男性气概的重要方式，也是升职的重要契机。德弗雷尔对海战的渴望的另外一层原因在于他之前的玩忽职守导致了航船主桅受损，航行安全受到严重影响。在船长正准备将其逮捕定罪之时，在海战中立功赎罪成为他逃脱惩罚的唯一途径。除德弗雷尔外，其他水手也展现出对海战的高涨热情，就连起初有恐惧情绪的乘客后来也被船上的战斗氛围所感染，纷纷准备投入战斗。因恐惧而哭泣的小派克也认同了作战的主张："塔尔博特先生，感谢你让我们振作起来！"[3]小说中海战想象的书写与作者的二战经历相关，服务于涉海小说的国家主题与男性气概主题的建构，在一定程度上能够激发读者的爱国热情，也增强了故事的吸引力，是商业运作成功必不可少的关键因素。然而，令人啼笑皆非的是，当两艘舰船渐渐靠近后，他们才认清这艘船是由英国驶往印度的本国舰船。虚惊一场之后，他们得知了英国战胜法国，战争结束的消息。于是，两艘船被连在一起，人们在海上狂欢相庆。英法战争的根源在于拿破仑在欧洲的扩张导致的欧洲各国力量对比的失衡，战争的胜利改变了双方的力量对比，是英国崛起的重要契机和直接原因。作者对战斗的想象是通过法国这一他者的建构来彰显英国的国家意识与民族认

---

[1] GOLDING W. Close Quarters[M]. London: Faber &Faber, 2013:29.
[2] GOLDING W. Close Quarters[M]. London: Faber &Faber, 2013:29.
[3] GOLDING W. Close Quarters[M]. London: Faber &Faber, 2013:38.

同，旨在激发读者的爱国热情、提振国家信心，是20世纪80年代英国处于思想迷惘的背景下凝聚共识的有效手段。

总体来看，《航海三部曲》是戈尔丁对英国昔日海上霸权的追忆与感怀，从某种意义上说也勾画了英国未来发展的蓝图。霸权是指："在国际关系上以实力操纵或控制别国的强权。"① 各个国家，尤其是沿海国家的发展与海洋息息相关。不管是在近现代还是在当代，海洋都是英国崛起的重要依托。戈尔丁深刻认识到海上霸权的建构是一项系统性工程，在英国实现世界霸权的过程中发挥着关键作用。海上霸权是由生产、海运及殖民构成的完整链条。海运是连接生产与殖民的关键环节，航船是最主要的海上运输工具。对于作为小说核心意象的航船，塔尔博特有自己独特的解读："精巧、运输工具、手段，甚至是乐器。"② 这一解读在很大程度上掩盖了航船作为殖民统治重要工具的本质。纵观近现代历史，英国海上霸权地位的获得、巩固及维护得益于海军、海上贸易及海外殖民优势的深度整合。遍布全球的海上航线使得英国贸易及航船可以通达世界市场。然而，小说反映出在19世纪初期英国尚未实现对重要航线的控制，这与二战后英国航行受限的窘境十分类似。在此种情况下，作者提出开拓多条航线的设想对英国海洋事业的发展有一定的战略意义。

从经济层面来看，小说中对于建构全球航线、全球海港及世界

---

① 中国社会科学院语言研究所词典编辑室.现代汉语词典（第六版）[Z].商务印书馆，2012：22.
② 威廉·戈尔丁.启蒙之旅[M].陈绍鹏，译.北京：北京燕山出版社，2017：12.

第二章 威廉·戈尔丁涉海小说现代社会主题的主要类型

工厂的书写展现了作者殖民扩张及全球霸权的想象。作为曾经的殖民强国,英国的成功得益于其开放、包容、富于冒险精神及追求财富的民族性格。其国民的商业才能对帝国实力有巨大的促进作用。强大的海军与殖民地的经济补给相互促进是作者对英国逝去辉煌的追忆、对帝国旧梦的重温,也可以视作他提出的使衰落的英国走出困境的主张。

在西方列强向海外进行殖民扩张的过程中,军国主义、霸权统治与文化渗透相辅相成。"英国文化向殖民地的渗透是其文化软实力建构的重要方式,也是其殖民统治得以巩固的精神支撑。每个殖民者都是基督教文化的传播者,被殖民者的声音被刻意隐藏,文化渗透为殖民统治披上合理的外衣"[①]。身处英国文化语境的戈尔丁自然无法跳出西方殖民与霸权的话语体系,但从总体来看,戈尔丁早期作品中关于殖民与霸权的书写展现了被殖民者的失语状态与西方殖民者无可殖民的窘境,是在英国霸权衰落的背景下对自我的深刻反思与剖析,也是对英国逝去辉煌的追忆。戈尔丁将英国未来的发展出路寄托于文化、军事、经济层面的海洋实力建构,《航海三部曲》蕴含着作者希望通过强化海权与个人责任担当使国家之船走出困境、重塑帝国辉煌的憧憬。《航海三部曲》成书于20世纪80年代,正值英国衰落、怀旧意识勃兴和民族意识提振的关键时期,戈尔丁后期作品中彰显的海权意识、民族意识以及海外殖民意识在本质上都服务于提振国家精神的时代使命。戈尔丁在小说中试图建构海权

---

① 易薇.威廉·戈尔丁"航海三部曲"中的海权与帝国[D].苏州:苏州大学,2019:45.

统治海洋的意识是其对昔日帝国辉煌的留恋,是一位有强烈家国情怀的作家对国家未来的希冀,终究无法摆脱植根于历史的帝国殖民意识。

二、寄托未来希望的成长主题[①]

海洋辽阔深邃、变幻莫测,具有独特的审美意蕴,引发人类深思,激发文学创作。大航海时代全面开启了人类对海洋的探索之旅,凶险多变的海洋激发了人类无限的潜能,海洋也成为人类自我精神探寻的场所。在航海进程中,人类对海洋的探索与对自我心灵的探索具有同步性。海洋不仅是文学家创作灵感的源泉,也是人类反观自我的一面镜子。人类所经历的对海洋由恐惧到征服再到与之和谐相处的转变过程也是人类不断自我发现的历程。西方文学史也印证了海洋是人类自我精神探寻的浪漫场所与外在动力的观点。西方海洋文学开山之作《奥德赛》中的大海是主人公十年归家之旅的巨大阻碍,使他经历了无限痛苦,也磨炼了他的意志,他因此而实现了身体与精神上的双重成长。海明威《老人与海》中的主人公圣地亚哥与海洋以及马林鱼和鲨鱼的搏斗既是人类本质力量的彰显,也是对自我精神的探寻,展现的是具有一定普遍意义的强者人生哲学。

威廉·戈尔丁的人生经历及其文学创作与海洋渊源颇深。二战期间,他曾在英国皇家海军服役近5年,参加了追击"俾斯麦"号战舰、诺曼底登陆等重大战役。退役后的戈尔丁酷爱海上航行,

---

[①] 蒋坎帅.海洋经历与成长:威廉·戈尔丁涉海小说成长主题探析[J].湘潭大学学报(哲学社会科学版)》,2022,46(5):152-157.

第二章 威廉·戈尔丁涉海小说现代社会主题的主要类型

1947—1966年,他曾先后购置过4艘航船并多次携家人及亲友驾船出海,在最后一次航行中不幸坠海,险些丧命。戈尔丁对此感触颇深,后来他不无幽默地说道:"我生于大海,在海上航行、战斗,在海里畅游,在海底摄影,为大海所震慑,在海里你能做的事情很多,只是不要被它所吞噬。"① 戈尔丁酷爱大海,也热衷思考。据BBC专门为其拍摄的纪录片《威廉·戈尔丁的梦》介绍,戈尔丁空闲时在海边一坐就是数小时,在凝视海洋中沉思。在他一生创作的13部小说中,5部以海洋为主要背景。安德鲁·辛克莱尔甚至认为"海洋是戈尔丁小说创作的潜台词"②。其涉海小说创作中留下了鲜明的海洋印记:荒岛、礁石、航船、流落、溺海、远航。

戈尔丁的涉海小说包括《蝇王》《品彻·马丁》和《航海三部曲》,但《品彻·马丁》是关于一个极端自私、贪婪、虚妄的海军军官落水溺亡的经历书写,不含成长元素,故未纳入本书的讨论。戈尔丁的小说创作多与人性邪恶和人类内心的黑暗相关,学界对于其涉海小说的成长元素虽有关注,但并未对海洋经历与成长进行整体考察,也未对二者的关系进行深入探讨,为本书留下了较大的阐释空间。本部分内容所涉及的戈尔丁涉海小说《蝇王》和《航海三部曲》并非典型意义上的成长小说,但从这两部小说主人公所经历的身体磨炼、心智成长与道德提升来看,成长意蕴鲜明。《蝇王》

---

① SINCLAIR A. William Golding's the sea, the sea[J]. Twentieth Century Literature, 1982, 28(2): 171-180.

② SINCLAIR A. William Golding's the sea, the sea[J]. Twentieth Century Literature, 1982, 28(2): 171-180.

中以拉尔夫为首的孩子被浩瀚的海洋困于荒岛，在历险求生与斗争中不断深化自我与社会认知，实现身心成长；《航海三部曲》中贵族出身的塔尔博特在航程中体味人生百态，从高傲自满到体悟社会责任，勇于担当并体恤下层，实现了道德上的提升。有学者认为按故事结局可将该小说定性为成长小说：《启蒙之旅》当中十分明显，实际上整个三部曲都可以作为复杂的、喜剧性较强的教育成长小说和艺术家成长小说，因为塔尔博特最终成了一个更出色的人和更具才华的作家。"[1] 在这两部小说中，海洋既是主人公自我精神探寻的背景，也充当其自我发现及社会认知的动力源泉，与潜藏于人物内心的欲望有着深层的关联。

海洋与成长的意象关联源于其指向生活状态的转变。戈尔丁在其小说创作中巧妙地运用这一意象关联来展现有别于以家庭、学校与社会为大环境的成长主题。马捷（Matej Muzina）指出："戈尔丁为了证明对他而言人类的本质是什么，使用各种技巧孤立它，把它放在特别的环境下，给它展示的机会。"[2] 一方面，戈尔丁小说中的海洋既是参与建构人物身体、心智与道德成长的舞台，也是小说的隐形叙事动力；另一方面，"无意识"（unconsciousness）是戈尔丁小说中海洋的重要意象之一。这一意象与米歇尔·福柯（Michel Foucault）所说的水的混乱无序状态相契合："水质是一种晦暗的无

---

[1] MACKAY M, STONEBRIDGE L. British fiction after modernism: the novel at mid-century[M]. London: Palgrave Macmillan, 2007:192.

[2] MUZINA M. William Golding, Novels of extreme situations[J]. Studia romaticaet anglia zagrabiensia, 1969: 43-66.

序状态、一种流动的混沌,是一切事物的发端和归宿,是与明快和成熟稳定的精神相对立的"①。《蝇王》中的"群体无意识"与《航海三部曲》中的"愚人船"意象都与海洋的"无意识"意象相契合。戈尔丁说:"船上确实有愚蠢的人和愚蠢的行为。有人被谋杀,这人一心向死,你可以说他的死,部分是由于他自己的良心,部分是由于社会的残酷。"② 两部小说中被海洋围困的荒岛和海上漂浮的航船都与人类生存困境存在意象关联,海洋也为作者揭示潜藏于人类内心深处的黑暗创造了条件。

(一)身体的磨炼

《蝇王》的成长主题主要体现在以拉尔夫为首的孩子在荒岛极端环境下以及"群体无意识"的思想氛围中所经受的身体考验、心智及道德成长。小说讲述的是未来核战争中一群6岁到12岁的英国男孩在太平洋一座荒岛上求生与成长的历程。起初他们团结一致共同应对生存挑战,身心经受了磨炼。后来,由于对莫须有的"野兽"的恐惧而分裂,崇尚本能的野蛮派逐渐压倒了理性的民主派,荒岛最终陷入人道危机,最后熊熊大火引来军舰的搭救。

让主人公在陌生环境下接受考验是小说成长主题的突出特点。生存环境的变化所带来的文化上的变迁和社会秩序的重构会给儿

---

① 米歇尔·福柯. 疯癫与文明 [M]. 刘北成, 杨远婴, 译. 北京: 生活·读书·新知三联书店, 1999: 15.

② BAKER J R. An interview with William Golding[J]. Twentieth Century Literature, 1982, 28(2): 130-170.

童成长带来新契机。《蝇王》中的孩子们对海洋与荒岛环境有着既爱又恨的矛盾情感，海洋既是其获救的希望所在，也是阻隔其回归文明家园的壁垒。一方面，缺少成人监管使他们获得自由，荒岛成为他们的天然乐园，儿童的天性在此得到充分释放。岛上探险带来的无限乐趣与刺激使他们的认知边界得以拓展，尤其是荒岛上的风景，犹如大自然用画笔勾勒出的色彩斑斓的水彩画，拓展了孩子们的审美边界。正如颜翔林所言："视觉所带来的感觉，尤其是色彩感，无疑是美感的重要构成之一。"[1]另一方面，荒岛环境带来的生存挑战足以激发其身体的潜能，他们在岛上觅食、生火、搭窝、议事，在身体磨炼中收获生存真理。

二元对立是小说成长书写的主要特色。作者以人物身体素质的优劣来建构身体磨炼过程中的二元对立。这一点在拉尔夫与猪崽子的对比中可见一斑。拉尔夫的父亲是海军军官，拉尔夫5岁时就会游泳，是游泳健将："拉尔夫仔细地巡看了这整整三十码水面，接着一个猛子扎了进去。水比他的血还暖，拉尔夫就好像是在一个巨大的浴缸里游泳。"[2]而猪崽子因患有气喘病，不能游泳。每当拉尔夫嘲笑他时，他总是以一种谦卑的心态忍耐着。当被问起自己的父亲时，猪崽子"脸红了"。他的"脸红"是自卑心理的反映，这种自卑既与家庭出身有关，也与身体素质有关。12岁的拉尔夫之所以能成为孩子们公认的"首领"，除了年龄与家庭背景的优越性之外，

---

[1] 颜翔林.论审美方法[J].湘潭大学学报（哲学社会科学版）.2020（1）：158-162.

[2] 戈尔丁.蝇王[M].龚志成，译.上海：上海译文出版社，2018：7.

体格强健是非常重要的因素:"就他的肩膀长得又宽又结实而言,看得出他完全可能成为一个拳击手"①。文中多次提到他表达愉悦的方式:"拿大顶",展现了其优良的身体素质与乐观爽朗的性格。反观猪崽子,"在大家伙们当中,无形之中形成了一种看法,即猪崽子是个局外人,不只是因为他说话的口音,那倒不要紧,而是因为他的胖身体、气喘病、眼镜,还有他对体力活的某种厌恶态度。"②猪崽子之所以被排挤,主要是因为其身体素质不佳及厌恶体力劳动而有悖于英国"劳动即美德"的文化传统。康拉德在《大海如镜》(The mirror of the sea) 中就说过"光辉的劳动"③。对身体素质与体力劳动的重视在英国传统文化中由来已久,戈尔丁以身体书写的二元对立来建构小主人公的男性气质,是对"英国性"的注脚,有一定的教育启示意义。

二元对立还存在于主人公因欲望而引发的身体行为变化。小说中的海洋书写是反映儿童欲望状态的重要方式。海洋无休止的律动被孩子们认为是海中巨兽利维坦在呼吸,宛如蕴藏于孩子们内心的本能与冲动,推动着故事的进展。以杰克为首的野蛮派日益嗜血,暴力行为的不断升级缘于其权力欲望膨胀并直接为内心恐惧所支配。相较于杰克,拉尔夫并未展现出明显的权力欲望。作为大家推选的领袖,他的理性从总体上战胜了感性,内心恐惧并不突出。

----

① 戈尔丁. 蝇王 [M]. 龚志成,译. 上海:上海译文出版社,2018:5.
② 戈尔丁. 蝇王 [M]. 龚志成,译. 上海:上海译文出版社,2018:68.
③ 约·康拉德. 大海如镜 [M]. 倪庆饩,译. 天津:百花文艺出版社,2000:23.

与拉尔夫相比，杰克日益强大的号召力源于他能够通过打猎给孩子们提供美味的野猪肉，而且还带给他们感官刺激。追杀母猪的行为带有强烈的性意味，是"猎手"们日益失范的写照，也意味着他们在本能欲望的驱使下由文明向野蛮的退化。总体而言，拉尔夫与杰克在身体行为上的二元对立实质上是"拉尔夫以家为本的统治模式受到了杰克以食为天模式的挑战"①。戈尔丁笔下的孩子们的成长过程是人类进化历程的某种反转，作者以此警示世人不可忽视人性中的小恶。从人与自然关系的视角来看，《蝇王》中的成长主题是作者自然生态观的反映，这恰恰印证了曾莉的观点："作家们也通过再现人类的冒险精神与自主意识来反映他们的人生哲理和生活情怀。"②

《航海三部曲》的故事发生在拿破仑战争（1803—1815）后期，一艘从英国经由赤道驶往澳大利亚的民用战舰是故事的主要场景。小说的第一部采用双视角叙事，主体部分是塔尔博特写给其教父的航海日志，以第一人称叙事视角讲述航程见闻，辅以牧师科利写给其姐姐的长信，记录其所见所感，与日志相互呼应但对照鲜明。小说中航海与成长的意象关联滥觞于西方海洋文学经典《奥德赛》。戈尔丁认为航程象征着人生与国家的转变："航程总是被很便利地

---

① 王卫新.论《蝇王》的时间变奏[J].浙江师范大学学报（社会科学版），2005（3）：34-39.

② 曾莉.岛和登岛的人们：英国荒岛文学现代性研究[J].小说评论，2013（S1）：132-138.

比作人生,航船比作国家"①,体现了对西方海洋文学传统的继承。在此基础上,戈尔丁使人物更深地介入海洋体验,利用海洋及航程书写来展现世界的神秘、不确定性及潜藏于人物内心的欲望。

《航海三部曲》中身体磨炼的二元对立书写在于两位主人公塔尔博特和科利在相似环境下身体感受与境遇的强烈反差。这种反差似乎无关乎身体素质的优劣,却真实反映二者在充满未知的航程中心态的差异。海上航行是主人公成长的大环境,充满无可逃避的风险:"'啊',那炮手说,'塔尔博特先生,这是很苦的生活。今天还在这里,明天就完了'"②。然而,同样面对航行中的身体不适,两位主人公反应迥异:塔尔博特常以戏谑的方式表现出具有悲观基调的社会忧虑,虽忧虑,却自信;科利更专注自我,虽浪漫热情,却隐含自卑情结。两种近乎对立的心理状态与主人公的阶层出身以及航海环境相关,更是二者不同个性品质的写照。

塔尔博特认为航行对身心的考验有助于当权者提升执政水准:"那些野心勃勃想达到掌理国家大事地位的人,或者是那些由于特殊的家事,必然会运用那种权力的人,如果能经受我们这样的航行的考验,对他们一定有益的。"③这种观念体现了作者知行合一的人

---

① BAKER J R. An interview with William Golding[J]. Twentieth Century Literature, 1982, 28(2): 130-170.
② 威廉·戈尔丁.启蒙之旅[M].陈绍鹏,译.北京:北京燕山出版社,2017:67.
③ 威廉·戈尔丁.启蒙之旅[M].陈绍鹏,译.北京:北京燕山出版社,2017:118.

生观以及对执政者的希冀，与孟子"生于忧患"的思想不谋而合。对比而言，科利过多专注于自我感受："空气是暖的，有的时候又很热。太阳的手抚慰我们，爽快之至。"[1] 折射其社会认知的局限性。相比之下，科利的感受中有更多无助："我们就这样吊在海水下面的陆地与天空之间，犹如树枝上挂着的一个干果，或者是池水上漂浮的一片叶子。"[2] 这种无助反映其个性特质中的自卑，似乎也在暗示其悲剧命运的必然性。

为了建构身体磨炼的多元特色，作者以二元对立的方式书写塔尔博特和科利迥异的身体境遇并着力展现海洋与人类欲望在隐秘属性上的契合。塔尔博特受一位权高位重的爵爷庇护，船长将本应撒在他身上的怒气全部发泄在牧师科利头上。科利成为代塔尔博特受过的"替罪羊"，在甲板上被迫经受了污水的"洗礼"，险些丧命；与此同时发生的是塔尔博特受身体欲望驱使在狭小的卧舱中与妓女季诺碧亚进行的性狂欢。前者受众人围观，后者私密进行，前者痛苦，后者欢愉，前者的污水与后者的汗水等元素形成鲜明对照，展现了身体书写的世俗闹剧色彩和后现代特征。沈雁认为："除了阶级意味，'海神袋'也关乎考利与托尔博特的个体精神状况，可谓

---

[1] 威廉·戈尔丁.启蒙之旅[M].陈绍鹏，译.北京：北京燕山出版社，2017：164.

[2] 威廉·戈尔丁.启蒙之旅[M].陈绍鹏，译.北京：北京燕山出版社，2017：167.

二者的成人仪式。"[1] 作者将故事背景设定在19世纪初，正值英国初步确立海上霸权的时代，这是有特殊意义的。对航海中身体磨炼的书写隐含追忆逝去辉煌的意味，这一点在《航海三部曲》的后两部中有十分显著地展现，在一定程度上迎合了部分读者的阅读期待。

（二）心智的成长

两部小说中，主人公的心智在"海洋经历"的身体磨炼中逐渐成熟，分别以拉尔夫从"无意识"向有意识的过渡和塔尔博特自我社会身份认知的转变为标志。

海洋的广阔与浩瀚能够激发人类探索的勇气。黑格尔认为："大海给了我们茫茫无定、浩浩无际和渺渺无限的观念；人类在大海的无限里感到他自己的无限的时候，他们就被激起了勇气，要去超越那有限的一切。"[2] 戈尔丁涉海小说的成长主题展现出有别于常识的复杂与深刻。拉尔夫的心智成长于"群体无意识"的思想环境。戈尔丁认为"无意识"是海洋的重要意象[3]。孩子们身处的海洋环境与儿童群体的思想特点在"无意识"这一点上形成了高度契合。沙滩集会中频繁而无果的争吵、对想象中野兽的恐惧以及在暴风雨夜晚狂舞中杀害西蒙都是这种"无意识"的突出表现。对自然光线变化的敏感是这种"无意识"的显著特点。每当黑夜降临，莫名的恐惧

---

[1] 沈雁.论《越界仪式》的穿越主题[J].英美文学研究论丛，2013（1）：61-77.

[2] 黑格尔.历史哲学[M].王造时，译.上海：上海书店出版社，2006：83.

[3] ANTHONY WALL. The dreams of William Golding[EB/OL].(2012-03-17)[2024-10-16]. http://www.bbc.co.uk/programmes/b01dw5kb.

就会占据孩子们的内心，使其理性思维受限，荒岛陷入混乱，而待天亮后一切如常，周而复始。海洋的神秘性以及孩子们的"群体无意识"使其内心恐惧升级，逐渐失去理智，最终大多数孩子与文明渐行渐远，荒岛社会走向失序。

拉尔夫心智成长的根源在于他能通过不断的反思努力摆脱"群体无意识"的困境。面对海洋的反思反映了他对海洋的复杂情感：海洋构成回归文明社会的阻隔，使他感到孤立无援，海洋的浩瀚使他意识到自身的渺小，促使他反思自然环境与自我状态。大海是孩子们获救的希望，维系着孩子们对文明的憧憬。海洋构成的隔离环境在潜移默化地影响着小主人公的心智。

"但是在这儿，面对着这蛮横而愚钝的大洋，面对着这茫无边际的隔绝，谁都会觉得束手无策，谁都会感到孤立无援，谁都会绝望，谁都会……"[①]

在无边无际的大海面前，拉尔夫反观自我，意识到了人类力量的微小和命运的残酷，望洋兴叹只是他无奈的选择，一种老死荒岛的宿命感油然而生。以他为首的孩子们经历了由希望到失望再到几近绝望的心路历程，在错失得救机会后对大海的感触颇为复杂。不可否认，这种挫败感对青少年形成对自我与客观世界的正确认知是有促进作用的，为其心智成长创造了有利条件。这种对自我的正确认知本身就是其心智成长的标志。以杰克为首的"野蛮派"放弃火堆去打猎而导致错失过往船只，孩子们与获救失之交臂，团队就连

---

① 戈尔丁.蝇王[M].龚志成,译.上海：上海译文出版社,2018：123-124.

表面的和谐似乎都难以维系了。拉尔夫面对海洋,产生了新的感悟:"生活令人厌倦,生活中的每条道路都是一篇急就章,人们的清醒生活,有相当大一部分是用来照看自己脚下的。拉尔夫停下来,面对着那条海滩,想起了热情洋溢的第一次探险,仿佛那已是欢乐童年的事情,他自嘲地笑了笑。"①

  荒岛求生的经历使这位12岁的少年感悟生活并认清现实,"务实"是其心智成长的标志。作为荒岛名义上的领导者,经历了信号火源熄灭事件后,拉尔夫对问题症结有了客观准确的认识。他心智上的成长主要体现在能够立足现实反思过去,理性地决定将要行动的方式,并希望与杰克保持有效的沟通,完成了由"无意识"向有意识改变荒岛现状的转变。拉尔夫的心智特点折射了一种在困难面前保持理智、乐观、平和的领袖风范。同伴西蒙与猪崽子相继惨遭杀害对他造成的巨大震动以及被杰克集团追杀历经劫难而后生的遭遇客观上成为拉尔夫心智成熟的催化剂,促使其形成对自我与社会更为全面的客观认知。幸运地得到海军军官搭救后,他在痛哭中顿悟童心的泯灭和人性的黑暗。回顾故事进展,拉尔夫经历了荒岛探险的快乐、求生的艰险、"群体无意识"的争吵,以及与野蛮派的对抗争斗后对自我、社会与人性有了更深刻的认知和感悟,最终的痛哭就是他的成人礼,整个故事揭示了拉尔夫清晰的心智成长历程。

  航海是对行为主体身心的双重考验,海洋的隔离属性促使航海者去发现自我。航海者必须面对各种身体不适以及心理上的孤独,

---

① 戈尔丁. 蝇王 [M]. 龚志成,译. 上海:上海译文出版社,2018:82.

利于反思与成长。《航海三部曲》中主人公塔尔博特的心智成长主要在于体味航海中的人生百态后对自我社会身份认知的转变。他出身社会上层，受过良好的教育，但受限于其狭隘的上层教养，"社会经验的不足使他对世事的判断十分肤浅，生活阅历的缺乏使他行事过于迂腐，虽然受过高等教育但却不能透过虚幻的表层来认识事物的本质。"[①] 从心理层面上对航行的不断适应是其心智成长的表征，尤其是其社交范围的扩大："当然，这不是船长请我，而是第二号人物。啊，我们在这个社交圈子里，开始有进展了。"[②]

整个航程中，塔尔博特面对的是一种颠覆理性与秩序的"混乱"：船上秩序的混乱、声音的杂乱、航程不适引发的身体机能紊乱、头部受到重击引发的内心混乱、大敌当前时的紧张与慌乱、不得不与一见钟情的恋人分别时的情绪错乱……然而，幸运的是，他始终在以各种不同的方式进行学习和感悟，这使其能够从各种"混乱"中走出，逐步成熟。从起初对航行的种种不适所激发的他对航船的认知："精巧、运输工具、手段，甚至是乐器"[③] 到航程中的语言变化，特别是对航海术语日益熟练地驾驭，这暴露了其对环境监管的欲望，也体现了他对航行从身体到心理的适应。戈尔丁笔下的航程从某种意义上就是主人公不断获得启示的过程。在《航海三部

① 张和龙.战后英国小说[M].上海：上海外语教育出版社，2004：78.
② 威廉·戈尔丁.启蒙之旅[M].陈绍鹏，译.北京：北京燕山出版社，2017：37.
③ 威廉·戈尔丁.启蒙之旅[M].陈绍鹏，译.北京：北京燕山出版社，2017：12.

曲》的第三部《甲板下的火》中，受塔尔博特尊重的大副萨默斯升任船长。然而，塔尔博特听闻这一喜讯后却无动于衷。与萨默斯注重现实权力与利益不同的是，塔尔博特更关注精神境界的提升，这种情境下他对航程有了新的感悟："我们之间产生了多么大的分歧，对我们的思想、自然产生了多么大的影响，多么令人兴奋，多么令人悲伤的学习，多么偶然的悲剧和痛苦的喜剧！"[1]

从坚信理性向热衷浪漫的转变是塔尔博特心智成长的显著特点，与此形成鲜明对比的是科利近乎迷失的自我及社会认知，正如肖霞认为："阅读科利的日记，读者会发现一个因外物影响内心、过度追求外界（船上高层人士）认同，而无法安于个人原则的心灵。"[2] 塔尔博特的这种转变以崇尚浪漫主义的科利死亡为诱因。作为船上唯一的牧师，科利深为船长安德森所嫌恶。在船长的暗示下，科利在穿越赤道的"海神袋"仪式中遭受"浸洗"之辱，险些丧命。之后，醉酒的他与水手发生同性关系，因自知有辱圣灵而羞于见人，自绝于卧舱。对科利死因的进一步调查因涉及众多水手而被迫中断。科利之死直接归因于缺乏自律和英国等级社会的残酷，根本上是由于对自我本性及等级社会的惊人无知。科利事件使塔尔博特心灵深受震动并且深切意识到理性在处理现实问题时的无助。此外，他深受科利（写给其姐姐）的长信的感染，同情其所作所为，思想随之发生转向，展现了理性与感性的统一与互补，标志着其心智上的成熟。

---

[1] GOLDING W. To the ends of the earth[M]. London: Faber & Faber, 1991:670.

[2] 肖霞.因何而死:《航程祭典》中双重叙述的伦理悲剧[J].当代外国文学，2011（1）：5-11.

(三)道德的提升

认知的发展是青少年道德成长的基础,两部小说中主人公的心智成长是道德提升的前提。拉尔夫群体的道德成长与杰克群体的堕落构成了道德书写的二元对立。殷企平认为主人公的行为有不同的象征意义:"集会可以被看作理性的象征……荒山可以被视为野蛮的象征。"[①]拉尔夫通过民主的方式解决问题,象征文明与理性;杰克主导打猎,由杀猪演变为杀人,象征野蛮与堕落。拉尔夫在逆境中执着坚守回归文明的信念,道德得以提升。其实他从登岛之初就憎恶原始野蛮的生活方式:"多么讨厌每当夕阳西下以后,最后闹哄哄地滚进枯草叶里去休息"[②],决心以召集开会的民主形式领导儿童群体走向文明。虽置身荒岛,拉尔夫一直将荒岛生活当作求生的权宜之计,与杰克满足于荒岛上原始野蛮的生活方式形成了鲜明对比。面对野蛮派势力日益强大与日益严峻的挑战以及精神上"群体无意识"的不利环境,以拉尔夫为首的民主派从未放弃理想信念,始终为保持回归文明的信号火种而不断努力,展现了为梦想执着坚守的崇高精神。

以杰克为首的野蛮派"涂花脸"的行为起初是为了装扮,后来是为"盗取火种"及为其他失范行为提供掩护,使他们逐步摆脱了羞耻感和自我意识,这是其道德沦落的开端。拉尔夫反对涂脸,坚守着文明的底线。但他和猪崽子都参与了杀害西蒙的狂舞,体现了

[①] 殷企平.《蝇王》中的"人性堕落"问题和象征手法[J].杭州师范学院学报,1990(1):88-92.

[②] 戈尔丁.蝇王[M].龚志成,译.上海:上海译文出版社,2018:82.

道德二元对立的相对性，也印证了恩格斯关于人的自然属性与社会属性对立统一的观点。

以拉尔夫为首的民主派和以杰克为代表的野蛮派在精神信仰上的分崩离析导致荒岛上的孩子们陷入相互残杀的危难境地，构成考验主人公道德水准的标尺。在整个过程中，民主派势力日益衰弱，但在心智与道德上显著提升；野蛮派势力增强，但心智能力和道德水准不断退化。双方势力对比和心智道德的反向变化从某种程度上暗示了作者对人类历史的悲观态度，这与其二战的亲身经历相关。正如潘绍中所言："显然，戈尔丁对当代西方文明中长大的孩子，早就丧失了自由主义传统的'天真''善良'的幻想。"① 故事结尾，拉尔夫的痛哭包含了对自我行为的悔悟，是其道德成长的表征。如果将《蝇王》看作微缩版的人类历史，那么拉尔夫的成长则隐含了作者对人类前途的乐观态度。

《航海三部曲》的道德成长主题主要表现在塔尔博特自我身份的转变和社会责任感的增强。小说的书名 Rites of Passage 中的 Passage 有"过渡、穿越、转变"的含义。小说中的"保卫者号"航船由旧世界驶往新世界，象征塔尔博特在远航经历中从年少轻狂到日趋成熟的转变，开启了新的人生境界，或将为殖民统治带来新变化，是英国统治阶级的希望。

航程之初，这位贵族青年强烈的等级意识溢于言表，咒骂侍从等行为是其等级优越感的外化，暗示其与生俱来的傲慢与偏见。他

---

① 潘绍中. 讽喻·现实·意境·蕴含：评威廉·戈尔丁小说的解读及其意义 [J]. 外国文学，1999（5）：3-11.

自负而又自恋，自诩有超人的洞察力，却无法理解下层人物尤其是牧师科利的善意。博伊德认为："塔尔博特热衷于幻想，特别是幻想文明（正如在英国那样）是人类的福祉。显而易见，这种福祉只属于像他那样职位的人，或者只属于他那个阶层的人。"[1] 航程中的欲望与诱惑促使塔尔博特的道德走向完善。海上航行为欲望的隐藏与展现创造了天然的条件。船长安德森舱内的绿色植物被迷信地认为能够为航船的主桅提供有力支撑，确保航行安全。然而，泰格认为："这些植物象征着船上暗中生长的、奇特的、不受控制的人类欲望。"[2] 塔尔博特受到船上妓女的诱惑，与其上演"世俗性狂欢"。起初，他只是把这位女士当作发泄情欲的玩物，这是其道德缺陷的体现，可视作其成长的起点。然而，塔尔博特身上的贵族精神和绅士风范为其道德成长提供了可能性。

塔尔博特的道德成长突出表现在对待牧师科利态度的转变上：由极端轻视到产生同情心，再到自我悔悟主动承担对其救助的责任。起初，自恃贵族出身的他以貌取人，认为科利是"经过造物主以最经济的方式处理的""他的启蒙之地应该就是旷野""他简直就是一个令人作呕的人"[3]。随着故事的进展，科利因羞惭而死的事件

---

[1] BOYD S J. The novels of William Golding[M]. New York: Harvester Wheatsheaf, 1990:155

[2] TIGER V. William Golding's "wooden worlds" religious rites in rites of passage[J]. Twentieth Century Literature, 1982, 28(2): 216-231.

[3] 威廉·戈尔丁.启蒙之旅[M].陈绍鹏，译.北京：北京燕山出版社，2017：65.

使他震惊。在读完科利的长信后,他对科利的态度发生了质变,产生了同情心并对自己的行为有所悔悟:"但是我绝不能让她(科利的姐姐)知道:害死他的是他那软弱无能的个性,也不叫她知道是谁的手——包括我的在内——将他击倒的。"① 这真实地表达了塔尔博特对待科利之死的两难心理,一方面承认了自己对科利之死负有不可推卸的责任;但另一方面,受限于自己的阶级,他还不足以觉悟到有足够的勇气去承担科利之死的社会责任。

在塔尔博特成长的道路上,平民出身的大副萨默斯充当其引路人的角色。萨默斯勤勉务实、担当作为的精神无形中影响了这位原本自视清高的贵族,特别是促使其在关键时刻做出正确抉择,去舱房探望科利并略施小计说服了船长安德森,取得了"一次打折扣的胜利"②。虽未能将一心自绝的科利唤醒,但促使塔尔博特产生了同情与悔悟之心,意识到并践行了与特权相应的责任。塔尔博特在萨默斯的引导下意识到"有特权就有责任"③,并因未能阻止科利之死而自责,表现了作为上层阶级的觉悟,也暗示了其道德成长的社会意义。在科利事件中共患难的二人结下深厚友谊,之后塔尔博特换上水手服上岗值守,表征主人公道德提升的新境界。戈尔丁曾认为

---

① 威廉·戈尔丁.启蒙之旅[M].陈绍鹏,译.北京:北京燕山出版社,2017:212.
② 威廉·戈尔丁.启蒙之旅[M].陈绍鹏,译.北京:北京燕山出版社,2017:126.
③ 威廉·戈尔丁.启蒙之旅[M].陈绍鹏,译.北京:北京燕山出版社,2017:111.

他的成长是漫长而又艰辛的历程："他在学习，虽然学得很少，变化得很慢，但那就是人们学习和变化的速度。他们不能一下子就成为伟人。他们学得既痛苦又漫长。"[①] 这种对成长现实性的认知源于作者生活的积淀与感悟，展现了他务实的社会理念及对社会个体的希冀。

从本质上讲，塔尔博特的道德成长意味着其对社会和国家责任意识的提升，是对贵族精神的生动阐释。正如石强所说："贵族精神的核心要素是对民族和国家的主人翁责任意识。"[②] 戈尔丁通过书写贵族青年塔尔博特由高傲自满向社会担当的转变，旨在凸显塔尔博特在纷乱中依然保持贵族精神底色的可贵品质。这是在20世纪七八十年代英国迷惘与混乱的思想背景下，作家戈尔丁对本国优秀文化传统的弘扬。因此，该作品向上与向善的思想内涵不仅为当时的英国社会汇聚了思想文化的点点微光，也是戈尔丁小说成为经典和具有持久价值的核心因素。

人类文明起源于海洋，海洋是人类成长的重要舞台。海洋与人类自我发现及自我净化的深层意义关联，一是由于水这一构成海洋的基本物质所具有的自我澄清和复原的特质，二是由于处于流动状态的海洋是一个过渡和转变的地方。Docherty也认为："大海预示它能够将自我变得陌生，在海上我们可以发现另一个自我，或者说，

---

① BAKER J R. An interview with William Golding[J]. Twentieth Century Literature, 1982, 28(2): 130-170.
② 石强. 论近代英国贵族精神与绅士风度[J]. 理论界，2017（8）：59-66.

第二章 威廉·戈尔丁涉海小说现代社会主题的主要类型

发现我们是可以改变的。"[①]纵观西方海洋文学史,不难得出这样的结论:浪漫主义作家居高临下看海洋,在他们眼中,大海是浪漫与开放的,承载着人类对自由的向往;现实主义作家则从水平面看海洋,呈现更真实的大海:辽阔、凶险、变幻莫测;而身为现代主义作家的戈尔丁从海面之下看海洋,探究隐藏在海洋背后的神秘、黑暗与不确定性以及这些元素与人类欲望的深层关联。青少年是国家的希望,海洋是人类生存空间有意义的延伸,戈尔丁涉海小说巧妙地将二者有机结合,展现了复杂深刻的成长主题。两位主人公拉尔夫与塔尔博特在独特的海洋经历中展现出非凡的成长历程。有评论指出:"在戈尔丁的写作中,成功一直被表现为片刻的启示,一次顿悟,从来不是物质的获取或者社会的微小进步。"[②]《蝇王》中12岁的拉尔夫正处于儿童向青少年转变的关键节点,将其置于荒岛"群体无意识"的大环境是文学作品在典型环境下展现典型人物的生动体现,彰显了身体磨炼与心智、道德成长的有机统一。《航海三部曲》中的远航不仅展现了英国等级社会的弊病,揭示了科利对自我本性和社会认知的缺陷,也使塔尔博特深切认识到自身缺乏与身份相符的社会担当。因此,戈尔丁笔下的航船既是国家之船也是灵魂之船。戈尔丁以小说《蝇王》告诉世界我们是怎样的人,又用《航海三部曲》启示世人我们应该成为怎样的人。其涉海小说的成长主

---

① Docherty T. Modernism, modernity and the sea[C].// 段汉武,范谊. 海洋文学研究文集. 北京:海洋出版社,2009:186.

② MACKAY M, STONEBRIDGE L. British fiction after modernism: the novel at mid-century[M]. London: Palgrave Macmillan, 2007:198.

题是在20世纪50至80年代西方思想迷惘中一次直击灵魂的拷问,不仅对英国文化传统具有重要的认知意义,同时也具有深刻的社会批判意义、一定的教育启示意义与独特的审美意义。

三、隐含救赎意识的人性主题

人性是文学的永恒主题。对人性的探索贯穿戈尔丁的整个创作生涯,也是其涉海小说的重要主题。他在散文中这样写道:"普天之下,人为何物?我力图弄清这个问题,而且永远也不会停止探索——我是认真的……我的作品里有处于极限之中的人物,他们如同建材一样被检验、被送到了实验室试验、被摧毁以分析其性质;有被孤立的人;有处于重重困扰中的人;还有毁于自身无知的人。"[1]按照马克思主义认识论的观点,文学作品实质上是作家在自身独特生活经历的基础上所形成的对现实世界的一种能动反映。古希腊文学、基督教原罪说和二战经历是对戈尔丁人性观和小说创作产生重要影响的三大因素。尤其是二战经历,不仅改变了他对人性美好的看法,使他认识到人具有毁灭他人的潜能,也使他在文学创作中从人本身探寻这种潜能产生的原因:"人性中存在什么不足?人类的希望为什么总被毁灭?戈尔丁从人自身中去寻找原因。"[2]

海洋是戈尔丁小说人性"试验"的理想场所,人性是戈尔丁涉

---

[1] GOLDING W. A moving target[M]. New York: The Nobel Foundation, 1983:199.

[2] BAKER J R. Three decades of criticism: Critical essays on William Golding [C]. Boston: G. K. Hall & Co. 1988.

海小说的重要主题。其涉海小说包括《蝇王》《品彻·马丁》和《航海三部曲》。20世纪的中国学界似乎有一种定论，那就是谈《蝇王》，必谈人性恶，人性恶似乎是这部小说研究无法突破的"神话"。戈尔丁本人对《蝇王》主题的解释是："社会弊病的根本因素可从人性的残缺和邪恶中找到。"[1] 在戈尔丁创作的初期，二战中人类对异族犯下的种种残酷暴行使反思战争、反思人性成为一种思想潮流。戈尔丁作为剖析人性作家中的重要一员，以独特的试验方式揭示了人性中具有普遍性和代表性的恶。在其涉海小说中，《蝇王》以一群童心未泯的男孩为主人公，通过书写人性由善至恶的演变过程彰显了恶是人类本性的主题。小说之所以能够长盛不衰，缘于其对人性敏锐而富有哲理的洞见。《品彻·马丁》以一个极端邪恶的个体在海中孤礁上抗争的过程为书写对象，揭示人性恶的本质是自私与贪婪，源于嫉妒、仇恨与恐惧。《航海三部曲》通过等级社会中善与恶或明或暗的较量来凸显人性的主题，并通过社会个体在航程中全方位的转变彰显人性的辩证性和复杂性。

（一）具有后现代色彩的人性书写

戈尔丁的作品以揭示人心的黑暗为主旨。他以独特的方式书写人性，被评论界称为"寓言编撰家（fabulist）"。国内学者也有类似的观点，侯维瑞认为："戈尔丁的小说大多采用道德寓言的形式，人物描绘、结构安排和形象运用都服务于解释这样一个基本的道德

---

[1] 沈雁. 威廉·戈尔丁小说研究[M]. 苏州：苏州大学出版社，2014：19.

主题——人性本恶"[①]。戈尔丁传承英国荒岛文学传统，利用荒岛、孤礁和航船环境"剥去"人类的文明外衣，让人性在较为"纯粹"的环境下得以充分暴露。戈尔丁的涉海小说以展现主人公身处的艰难境地的方式暗示人类面对心理矛盾。《蝇王》中的孩子们在登岛之前有父母、学校、警察和法律的规范与庇护。登岛后，旧生活的禁忌虽然无形无影，却依然是强有力的。小孩子在沙滩上用手中的木棍行使着对海中生物的控制权。涂花脸的行为使其摆脱恐惧和自我意识，从某种意义上为心中之恶的膨胀提供了形式上的掩饰。小说时刻提醒人们警惕导致人类罪恶与战争的根源：不断膨胀的权力与控制欲望。这种欲望不断膨胀的后果就是人类文明被一点点蚕食，人性中的邪恶一步步占据主导，从个体到集体，由量变到质变。在这一过程中，孩子们对文明的向往，对黑暗及野兽的恐惧，对自由的矛盾心理交织重叠，共同推进社会由有序向无序，人性由善至恶的转变。这种转变的标志性事件是西蒙之死，是野蛮派和民主派分工合作的结果，说明了人性恶在特定条件下具有强烈的传染性。参与了杀害西蒙的活动后，拉尔夫和猪崽子还共同约定坚称没有参加暴雨夜狂舞，这表明民主派的虚伪。如果说他们的恶具有节制的特点，杰克一党的恶则是放纵的，两派的恶有着共同的根源，只是表现形式有所不同。

小说中人性之恶的另一种典型体现是以杰克为首的野蛮派以猎杀野猪和食用猪肉为快乐乃至嗜好的自由放纵。肖明文从饮食文明

[①] 侯维瑞. 英国文学通史 [M]. 上海：上海外语教育出版社，2002：972.

的视角指出了这种恶的象征意义:"小说中最强有力的狂欢元素是猪的意象,戈尔丁通过描写在狂欢气氛中食用猪肉的场景,从文化层面上抨击了猖獗一时的种族优劣论,揭露了二战中针对犹太人实施的暴行,对种族主义分子具有深刻的警醒意义。"[①]以杰克为首的猎手们性欲与食欲的膨胀及对欲望满足的执迷是其野蛮行为的根源。也是野蛮派以一种返祖的方式进行疯狂杀戮的堕落起点。这些行为从表面上看是为了解放自我,却随着不断膨胀的欲望一路走向不归。

相对而言,《品彻·马丁》在人性恶主题的表现上具有更强的试验性。故事缘于在海上航行的低级海军军官马丁由于航船被鱼雷击中而坠海。对生命的渴望与贪婪促使他在海中奋力挣扎,以不屈的意志对抗着死亡的降临。其实他坠海不久便已溺亡,然而,作者运用后现代创作手法,将马丁的溺亡瞬间无限拉长,使他继续独立地生活在一个由自己极端自私本性编织而成的世界里。虽已溺亡,但他的意识还在潮湿的炼狱里拼命挣扎。马丁是一个极其堕落的人,他的意识之中充满了人类进化过程中以自我为中心的痕迹。他藐视包括上帝在内的世间万物,只是为了享受自我臆想的自由。马丁拒绝自我牺牲的行为,他以凶狠的、邪恶的意志紧紧抓住回忆不放,拒绝承认死亡,直至被上帝的黑色闪电吞噬。在他自我意识里执迷的生存意志随着他记忆的流逝化为泡影。

《品彻·马丁》对人性恶的书写偏重于以人物头脑中虚幻的意志世界来揭示人性的本质。语言是理性的象征,马丁在对世界的认

[①] 肖明文.乌托邦与恶托邦:《蝇王》中的饮食冲突[J].外国文学,2018(3):124-132.

识过程中试图通过语言控制世界，但最终是徒劳的，这凸显了理性认知的局限性。小说结尾告诉读者应该如何看待和思考这个世界，尤其是人类的内心世界。最后，马丁戏剧性地转化为了表征其本性特点的龙虾的钳子。马丁在海上孤礁所经历的与其说是物理上的身体困境，不如说是精神上的伦理困境，也是现代人类难以摆脱的困境。肖霞指出马丁所面对的现代伦理困境具有普遍性与复杂性："在外部环境压迫下，人的内心构造不得不转变，马丁的困境是现代人的伦理精神品质的困境，是个体生命因内在涌动的强大动力与混乱喧嚣的公共经验之间发生的分裂与紊乱的本体困境。"[①]

马丁的人性中充满了现代性悖论。小说中马丁这一角色因其面对逆境时的顽强品质常被与普罗米修斯相提并论。不得不承认的是，让他在逆境中存活下来的品质与他道德低劣的品质有诸多重合之处。因此，读者不得不面对这样的道德困境：我们凭什么谴责那些人类赖以生存的品质？从这种意义上说，马丁象征着受苦受难的人类对命运的反抗。马丁发出的大声疾呼："我是阿特拉斯。我是普罗米修斯。"[②] 既是人类对自我伦理困境的感叹，也是作者对个人英雄主义的嘲讽。科莫德指出了马丁抗争的本质意图与宿命："他不是在为肉体的生存而战，而是在面对那些将摧毁并将其扫去的东西——黑色的闪电、上帝的怜悯时，为他继续存在的身份而战。对

---

① 肖霞. 扭曲的个体生存意志力的悲歌：论《品彻·马丁》中的现代伦理困境[J]. 天津外国语大学学报，2011（1）：50-55.

② 威廉·戈尔丁. 品彻·马丁[M]. 刘凯芳，译. 上海：上海译文出版社，2000：145.

第二章 威廉·戈尔丁涉海小说现代社会主题的主要类型

克里斯托弗来说,基督的承载者变成了瘦小却贪婪的攫取者马丁。成为攫取者就是炼狱;永远做攫取者是地狱。"①

对比而言,《航海三部曲》的人性主题展现更多聚焦于对现实社会矛盾的揭露。小说以航海日志的形式记录了19世纪早期一艘由英国驶往其殖民地的航船上的见闻。具有极强象征性的航船社会是人性邪恶滋长的土壤。航船各阶层人物构成善恶交织的社会,象征性的海上航行、凝视的邪恶的面庞、个人的毁灭性退缩、神秘的死亡事件都是这部小说人物形象的生动写照。小说结尾的线索揭示了船上普遍的不愉快是由于阶级的差异造成的,用贝克的话来说:"(英国)社会的典型病"②。

小说采用了丰富的后现代叙事手法,如不同社会阶级声音的混搭、双视角叙述、自我反思、戏仿、体裁混用和延迟叙述等。戈尔丁对悲剧的戏仿实际上是以实验的方式将狄奥尼索斯的酒神精神植入历史叙事。显然,戈尔丁用后现代主义的手法重写了历史材料,表现出叙事的自我反身性。从这些方面来看,小说通过这种明显的后现代主义文本使读者意识到事实与虚构,对叙述的可靠性提出质疑,并承认真理的相对性和多重性。《航海三部曲》是对西方"方舟寓言"传统的继承,航海故事的核心是人性。"方舟"中相对封闭与隔离的空间为人性的展现提供了理想的空间。航海故事中所展

---

① KERMODE F. Golding's intellectual economy[J]. William Golding: Novels, 1954, 67: 50-65.

② BAKER J R. An interview with William Golding[J]. Twentieth Century Literature, 1982, 28(2): 130-170.

现的人性的善与恶、真与假、矛盾与困惑相互交错，引发读者对人性与现代文明的思考。"越界"是《航海三部曲》中人性的突出特点：塔尔博特与妓女的世俗狂欢超越了道德的边界、牧师科利的渎神行为跨越了身份的边界、船长对科利的处置超越了权力的边界。

牧师科利之死是《航海三部曲》中第一部《启蒙之旅》的核心事件。科利为了追求上层社会对他的认同而迷失自我的悲剧是等级社会弊病的体现。他以自杀的残酷方式结束了短暂的一生，这种方式可以视作对自我尊严的维护，也是在希望破灭、认识崩塌后的无奈选择。科利在一种非暴力的迫害中郁郁而死，无异于被变相谋杀。他是穿越赤道的"过界仪式"中被虐待的对象，由于牧师的身份和对自我与社会的无知而成为替罪羊。对自我的无知主要体现为对自己性取向的无知和酒醉后行为的失控。对社会的无知在于以自己地位低微的牧师身份对抗以船长为代表的世俗势力。科利之死体现了英国等级社会的阶级矛盾，也体现了精神追求在世俗势力面前的脆弱。科利之死带给塔尔博特无法平复的心理创伤。当他重回科利卧舱，痛苦的回忆挥之不去："我坐在帆布椅上，希望这个地方很普通，与它的历史无关。我不能成功。不管我怎么努力，我的眼睛还是会回到那个吊环上，在船的一侧，离床头很近。那里挂着死者僵硬的手，他的身体仿佛被固定在床上的陈设里。"[1]塔尔博特的心理感受中隐含了人性的弱点，引发读者对社会的反思。

虽然有学者认为："阅读《启蒙之旅》是愉悦的，它机智诙谐，

---

[1] GOLDING W. Fire down below[M]. London: Faber & Faber, 2013.

真实再现19世纪初海上生活的缩影，同时深刻反思哲学、道德、社会仪式、乌合之众等问题。"① 但整部《航海三部曲》却充满了悲剧色彩，因此应归属悲喜剧的范畴。从某种意义上说，船员们是典型的受害者，他们为了整个航船社会的团结，通过消灭被选中的受害者的方式来消除航船社会的象征性混乱。但对替罪羊（牧师科利）所施加的暴力会对这些"施暴者"产生负面影响。这意味着航船社会的象征性混乱不降反增，陷入恶性循环。这种恶性循环的结果是象征体系的自我毁灭，即航船社会秩序的瓦解。

（二）对人性恶根源的揭示

20世纪的西方世界深陷精神危机。二战后，对战争和杀戮的恐惧使人类的精神濒临崩溃，尤其是在冷战威胁人类的时代背景下，对战争的反思成为一种潮流，《蝇王》和《品彻·马丁》是战后时代的产物。事实上，戈尔丁通过他的涉海小说深入人的内心，探寻他在皇家海军服役时期所目睹的暴行的原因。因此，《蝇王》深深关注着人类错误行为的基本倾向问题——人的堕落和注定堕落的宿命是原罪的直接后果。

在戈尔丁的涉海小说中，欲望是人类走向堕落的根源。三部小说中的人性恶都经历了一个由逐渐膨胀到占据上风的过程。《蝇王》中的孩子们猎杀野猪首先是为了满足口腹之欲，起初面对野猪，杰克脸色苍白，不敢下手。后来为了锻炼意志，将猎杀野猪演

---

① Doering, Jonathan W. The fluctuations of William Golding's critical reputation [J]. Contemporary Review. 2002(2):285-290.

变为一种杀戮的游戏。其中典型人物罗杰的杀戮欲望经历了从试探性地丢石子到毫不犹豫地滚巨石杀人的转变过程。起初,他向海中扔石子,无任何攻击性;后来他将这一动作施加于人,攻击性愈发明显。然而,他并非没有顾忌:"他收集了一把石子,又开始扔了起来。可亨利周围有一个直径约六码的范围,他不敢往里扔石子。"①在这一转变的过程中,猎杀野猪的群体暴力行为是促使其杀戮欲望不断膨胀的主导因素。另外,《蝇王》中孩子们的世界缺乏理性与逻辑,对未知的恐惧是他们走向堕落的助推力。起初,杰克对拉尔夫提出的岛上行为要服从规则的倡议十分赞同:"我同意拉尔夫的意见。我们必须要有规则,并且要服从规则。我们不是野人,我们是英国人,英国人干任何事情都是最棒的。因此,我们必须做正确的事情。"② 但杰克对于来自山林的自由无比神往,他有意无意地摆脱了荒岛社会规则的束缚,去做自己认为对的事情。这种对规则和则用不合则弃的态度实际上是以自我为中心的极端表现,表明了小说中所塑造的社会关系具有一定的典型性。戈尔丁的人性寓言昭示世人,人类在缺乏约束的环境中走向邪恶比走向完善要容易得多。

在《品彻·马丁》和《航海三部曲》的成人世界里,爱、怜悯与节制的缺乏使他们滑入堕落的深渊。《品彻·马丁》以个体的海中求生来展现人的邪恶本性。"吃"是主人公马丁邪恶本质的写照,他什么都吃,什么都占,最好的女人、最好的角色,即使在海中孤礁上奋力求生也不忘通过命名的方式对其占有,只不过这种占有方

---

① 戈尔丁. 蝇王 [M]. 龚志成, 译. 上海:上海译文出版社, 2018:65.
② 戈尔丁. 蝇王 [M]. 龚志成, 译. 上海:上海译文出版社, 2018:171.

式最终因为主人公臆想的幻灭而失效。在与大海抗争的过程中，在马丁掌握之中的事物随着其意识的逐步丧失而不断从其头脑中逃逸。他还模仿上帝制造词汇，并规定这些词汇的专有性，其实是其贪婪本性的流露。他还习惯从给别人制造的痛苦中获得快乐。嫉妒是马丁内心的另一重黑暗之源，他无法与周围人和谐共处的根源是因为比较而产生的落差。马丁对他人的情感集中体现在嫉妒和怨恨上。别人的快乐使他痛苦，别人的痛苦才是他最大的快乐，因此马丁是一个十分可悲又可怜的自我中心主义者。马丁奋力求生的过程就是其以自我意志建构世界的过程，所建构的世界实际上是自我创设的炼狱，是人物精神世界的外化，这个世界的幻灭与崩塌也就意味着他的求生美梦的破灭。在马丁的所有情感中，恐怕"爱"是最欠缺的，他代表生活中缺乏爱与怜悯的那类人。在谋杀自己的好友纳特之前，他没有丝毫的愧疚，也没有丝毫的怜悯，他对自己说："纳特，我是爱你的，但我天生不会怎么爱人。"[1] 这就是他对自己的谋杀行为最真诚的忏悔。他对待纳特的态度就像海洋对待垂死挣扎的他一样，毫无怜悯之心，这从某种意义上诠释了作者对人际关系互动性的看法。

在马丁的潜意识里，人可以凭借智商与理智获得生存空间，然而，马丁注定毁灭的宿命揭示了人类在为拯救而进行的生存抗争中需要的远不止这些。在作者看来，爱、信念和无私的行为比顽强的生命意志更为重要，这些正是马丁这样的攫取者最无法具备的品

---

[1] 威廉·戈尔丁.品彻·马丁[M].刘凯芳，译.上海：上海译文出版社，2000：164.

格,也是其堕落的根源。

戈尔丁对人性阴暗面的呈现揭示了掩盖在时代背景之下的潜在话语体系。从小说的情节来看,人类堕落的根本原因在于对黑暗的恐惧和战后精神抑郁,这些都直接影响了人类的虚荣心和以自我为中心的需求,这种心理抑郁导致人类在一个远离文明与规则的社会中过分追求自我原始需求的满足,而置他人于不顾。事实上,正是人类与生俱来的暴戾之气引发了外界的邪恶和战争。

《航海三部曲》中等级社会各阶层人物隐秘的欲望是人性邪恶的根源。小说借塔尔博特的视角,以大量辛辣的讽刺展现作者对人性和社会的态度。然而,叙事中引入科利的长信说明了戈尔丁认为有必要以此引起读者对塔尔博特不可靠叙述的注意。塔尔博特在自己的手稿中插入"科利手稿"是一种"自然正义"的行为,佐证了自己的冷漠和他人的真诚,也展现了塔尔博特向着更完善的人发展的潜力。此外,通过这种双重叙述,读者意识到这两个角色为何无法实现真正的沟通,他们周围到底发生了什么。因此,小说中的人性之恶不仅源于人类自身的欲望,也与等级制度有着深层的关联。

（三）人类救赎之路的探寻

《蝇王》使读者以不同视角审视人性这一世界文学的永恒主题,也给人们带来些许启示:"单纯的人性善或人性恶的说法是不妥当的,人性具有善恶趋向性才更为客观。"[①] 戈尔丁在他的处女作

---

① 徐青根.人性·兽性·社会:《蝇王》的新诠释[J].当代外国文学,1999
（1）:135-138.

第二章 威廉·戈尔丁涉海小说现代社会主题的主要类型

中塑造了能够与神灵"蝇王"对话的西蒙,他的"其实野兽就是我们自己"道出了小说的核心思想。这是为揭示人性,使读者认清人性而创设的角色,这一形象的塑造为整部小说蒙上了神秘的宗教色彩,他的死是人性恶最直接的结果和最好的证明。小说最初被命名为《内心的陌生人》其实是在警示世人要透过现象认清人类的本质,避免人类的悲剧重演。西蒙是戈尔丁笔下最有可能成为圣人的形象,从戈尔丁对西蒙形象的刻画可以看出《蝇王》的人性主题中隐含着救赎的希望。他没有追随拉尔夫和猪崽子对杰克集团的猪肉趋之若鹜,这反映了"英国性"中"节制"的可贵品质。西蒙对人类邪恶本质的揭露道破了天机,野蛮派和民主派的共谋导致了西蒙被谋杀。杰克集团和拉尔夫集团对看护信号火源责任承担的不同趋向反映了两派对未来社会制度的不同选择。小说结尾,来自文明社会的战舰帮助孩子们逃离了人性的荒岛。孩子们是未来社会的建设者,这从某种意义上说是作者对文明社会依然抱有希望的写照。事实上,戈尔丁通过小说暗示,独自生存而缺乏监管的人类更容易回归野蛮状态,社会制度与规范是避免人性悲剧的良方。《蝇王》传达了一种思想,即人类极易堕落为可怕的野兽,最终以自我毁灭而告终。在荒岛上,失去文明约束的后果是理智与信仰的丧失和暴力盛行。可见,作者在暗示强有力的道德体系约束是避免人类走向邪恶的必要条件。对人类文明坚守的拉尔夫在小说结尾迎来了战舰的救援。戈尔丁以小说和谐的结局启示世人,在任何情况下都不应放弃对传统与希望的坚守。人类的救赎之路在于人类需要彻底认清自己邪恶的一面,并对内心的邪恶不断反省,才有可能避免战争的悲剧，结尾的设置发人深思。

《品彻·马丁》中与马丁的自私、阴险、狡诈形成鲜明对比的是其好友纳撒尼尔朴素的善行。他的善行与善果本可以指引马丁向光而行，他"从来不会掩饰自己内心的感情，对别人总是真诚相待，不计报酬地爱着别人，因此尽管不追求，总是获得人们的好感"[①]。在马丁的回忆片段中，纳撒尼尔好像一盏明灯指引着马丁本应向善的道路。然而，马丁对邪恶的追求有如他在与死亡抗争时的生存欲望般执迷，对好友纳撒尼尔的善意，他恩将仇报，不仅软硬兼施将其女友强奸，还设计圈套将其除之而后快，因此注定无法逃脱象征上帝的黑色闪电的审判。王姝认为："马丁的致命错误是他试图通过聪明、意志和理性来构建秩序，而这些品质一定要有爱与同情心的参与才有意义。"[②] 而充斥马丁头脑的是怨恨与恐惧，爱与同情心正是马丁所缺乏的。小说中纳撒尼尔与马丁善与恶、圣与愚的二元对立是对诅咒的恐惧以及恩典可能性的诠释，也是对以马丁为代表的一类人救赎希望的昭示。戈尔丁涉海小说的人性主题批判了人的本性中存在的原罪，也揭示了拯救人类的唯一方法就是去除这种邪恶力量滋生的土壤。

戈尔丁对马丁本性的书写就是对普遍存在于人性中的罪恶的深刻揭示。在马丁身上人们似乎看到了鲁宾孙的影子，二者都展现了

---

① 威廉·戈尔丁.品彻·马丁[M].刘凯芳，译.上海：上海译文出版社，2000：87.

② 王姝.英美对戈尔丁笔下毁灭型人物的研究[J].北方文学，2017（15）：29-30，50.

在资本主义发展进程中曾起到积极作用的进取精神。因此，小说不仅启示读者善与恶的孑然对立，也是对资本主义发展历程的辩证思考。不少评论家对这部小说中的形象深表认同。由此可见，马丁这一人物形象的普遍性与代表性。戈尔丁对人性恶的批判激发读者对自身的弱点与缺陷的反思，使人们更加清楚地认识人性的本质。

辩证地看待戈尔丁的人性观不难发现，尽管戈尔丁批判现代人缺乏道德，他的作品还是在字里行间隐含着对主人公的同情。他理解人类的极度痛苦，并告诉我们，这个世界上根本没有完美的救赎者。戈尔丁因其作品多与人类内心黑暗有关经常被称为悲观主义者。然而，《品彻·马丁》中的普罗米修斯式的人物在某种意义上说是人类的救世主。通过这个隐含着救赎希望的形象，戈尔丁也许是想表明，即使世界是肮脏和卑鄙的，总存在救赎的可能性。他的普罗米修斯式的人物并非总是坚强和完美的，或者甚至远不足以照亮黑暗与混乱世界，但他们象征着人类即使是在极端恶劣的情况下也不轻言放弃的精神。

《航海三部曲》展现了人与社会、人与人以及人与自我关系的普遍状态，从某种意义上说是"人类生存的永恒状态"①。《航海三部曲》的第三部《甲板下的火》所揭示的是人类在有限世界中进行无限追求的生存状态，蕴含了作者对人类希望的探寻。其中所探寻的人类救赎之路蕴含于不同人物对个体发展道路的选择中。牧师科利对自我与社会严重缺乏认知，对人性抱有美好的幻想，最终走上了

---

① BOYD S J. The novels of William Golding[M]. New York: Harvester Wheatsheaf, 1990: 65.

自我毁灭的不归之路。船上的大副萨默斯是理想人格的代表，他忠诚、敬业、对国家和社会有担当精神。然而，却有自身无法克服的弱点——世俗社会的价值取向，即以社会地位的高低作为评判个人成功的标准。不管是科利追求更高的社会地位，还是萨默斯追求船长的职位，他们都是在追求社会认同，都具有世俗性。相对而言，叙事主人公塔尔博特是戈尔丁笔下最具希望的社会个体。他出身贵族，航程之初对航船社会的戏谑表明了其愤世嫉俗的人生态度。然而，航程的经历使他成长为一位有理想的绅士和懂得担当的政治人物。塔尔博特全方位的成长寄托了作者对国家和社会的希望。

戈尔丁涉海小说的人性主题使人们意识到环境对人性的强大塑造力。人性中的善恶两方面是对立统一的，在一定条件下，人类的兽性会被激发并不断膨胀。戈尔丁涉海小说的人性主题是20世纪人类经历浩劫后对西方文明反思的结果，有助于使人类认清复杂的人性，认识到创设制度环境以抑制人性恶的重要性，对和谐人际关系乃至国际关系的建构有一定的借鉴意义。然而，如果简单地将戈尔丁涉海小说现代社会主题归结为人性恶，就会消解其丰富的思想意蕴。如果未将人性置于二战后人类历史的背景之下，也无法理解其深刻的时代意义。此外，《蝇王》中的孩子并非是为了生存而走向堕落，人性堕落的过程与环境的变化息息相关，其中的人性堕落问题反映了作者的生态心理学意识。

不可否认的是，在人类发展史上，尤其在资本主义早期的发展历程中，人性的贪婪与欲望曾对经济的繁荣发挥过积极的推动作用，一度成为社会进步的动力。然而，随着两次世界大战的爆发及第三世界人民的觉醒,人性恶的弊端已暴露无遗。在这种历史背景下,对人性的反思变得十分迫切,在这一点上,戈尔丁的涉海小说无疑有独特的价值。

四、蕴含海洋基因的男性气概主题

戈尔丁涉海小说中以男性角色居多,他们在与海洋的互动中彰显了蕴含海洋基因的男性气概。按严格的概念界定,男性气概是当代男性气质的一部分。国内学者隋红升综合了康奈尔、大卫·吉尔默、迈克尔·基梅尔、哈维·曼斯菲尔德等西方主流男性研究学者对 masculinity、manliness、manhood 三个词的不同理解,针对三个词的汉译做了相应的区分。他指出:"'男性气质'(masculinity)是个大概念,涉及的内容'超出人们对男人特性的常识性理解',相比较而言'男性气概'(manliness)或'男子气概'(manhood)语义明晰,'更强调男性的内在精神品质和美德'"[1]。本书中所采用的"男性气概"概念更注重男性内在的精神品质和美德,意指在当今社会审美标准日益开放与多元的时代背景下,男主人公所展现出的值得提倡与发扬的道德精神,这是一种"从属于、支配于和决定于善恶原则、仁爱原则、公平原则等一切道德原则"[2]的德性。从某种意义上说,海洋是衡量男性气概的标尺。戈尔丁涉海小说《蝇王》《品彻·马丁》《航海三部曲》中虽不乏对人性阴暗面的揭露,然而,

---

[1] 周峰.海明威之"渔"与男性气概[M].北京:中国社会科学出版社,2020:27.

[2] 王海明.新伦理学[M].北京:商务印书馆,2008:1389.

其中的男性气概不容忽视。曼斯菲尔德（Harvey C. Mansfield）认为男性气概是"在有风险情况下的自信。问题可能是实际的危险，也可能是你的权威受到了挑战"[1]。"在有风险情况下的自信"与戈尔丁涉海小说中男性气概的精神内涵高度契合，也与人物赖以生存的海洋环境密不可分。戈尔丁涉海小说中的男性气概依托海洋而建构与彰显，展现了"英国性"中进取、开放、包容的特色，是作者知行合一的人生观与海洋精神的生动写照。

海洋占据地球总面积的近四分之三，代表着大自然最神秘莫测的一面，而征服海洋成为彰显男性气概的重要途径。戈尔丁涉海小说中的男性形象普遍受到了海上冒险的英雄主义情结驱使，展现出鲜明海洋意识下对冒险及生命意义探寻的强烈渴望。这与英国的地理状况与历史进程密不可分："英国是一个海岛型国家。英国的发展几乎不可能离开海洋的因素去考察，海洋的因素无形中左右着英国的发展方向，并在很大程度上促成了英国人的海洋意识。"[2] 探讨戈尔丁涉海小说中男性气概的价值取向对树立合理的性别观念有一定现实意义。

（一）男性气概的传统价值取向

作为一种社会文化建构，男性气概是在社会实践的历史积淀中

---

[1] 哈根·C.曼斯菲尔德.男性气概[M].刘玮，译.南京：译林出版社，2008：370.

[2] 陈晓律，征咪，叶璐.海洋意识与英国的发展[J].历史教学问题，2016（1）：45-53.

形成的。戈尔丁涉海小说中男性气概明确的价值取向首先反映在英国传统价值规约中对绅士风度的积极肯定。绅士风度是英国文化中的独特基因,钱乘旦认为:"绅士风度确实是融合各个阶层价值取向的一种民族风度。"① 绅士风度往往在人物行为进退的细节中得以体现。《启蒙之旅》中的贵族青年塔尔博特在暗中听到牧师科利遭船长斥责,为了避免双方的尴尬,他并没有贸然上前阻止。后来,他受到萨默斯的指引,敢于正视自己自视清高的错误并积极纠正,主动承担与身份相符的社会责任,展现了英国绅士风度的优良品格。绅士所具有的品质也就是康奈尔所说的"支配性男性气质",体现了英国传统对男性气概的规约,反映了英国等级社会的伦理秩序。

对欲望的节制是戈尔丁涉海小说中的男性气概的另一价值取向。《蝇王》中表现出来的是对杀戮与控制欲望的节制。回归文明社会是小说叙事的隐性动力,主张猎杀野猪的"野蛮派"因擅离职守致使发出求救信号的火堆熄灭,拉尔夫因此责怪杰克破坏规则,并无奈地表达不满:"因为规则是咱们所有的唯一的东西!"杰克则辩解:"让规则见鬼去吧!我们是强有力的——我们会打猎!要是有野兽,我们就把它打倒!我们要围上去揍它,揍了再揍——"② 这次对话展现了两位主人公近乎对立的社会人格:理性民主与感性野蛮,同时也暗示拉尔夫与杰克对未来截然相反的期待:前者以理性的态度不放弃回归文明的希望,后者则凭借蛮勇与蛮干的"热情"

---

① 钱乘旦,陈晓律.英国文化模式溯源[M].上海:上海社会科学院出版社,2003:312.

② 戈尔丁.蝇王[M].龚志成,译.上海:上海译文出版社,2018:101.

坚定地走向原始与野蛮。以杰克为首的"猎手"们在猎杀野猪时喊出"杀野猪哟……割喉咙哟……放它血哟……"的口号表明了他们不仅仅把这种行为当作满足口腹之欲的手段，也将其作为发泄控制与嗜血欲望的途径，显然是作者所揭露和批判的。男性气概中对欲望节制的价值取向在《品彻·马丁》中也是从反面揭示的。小说的主人公马丁除了对既定事实的抗拒和否认，不容忽视的是，马丁虚伪的男性气概是受强烈的占有欲支配的："我正忙着生存下去。我正在把这块礁石上上下下各个地方起个名字，让它变成我的家。有些人是没法理解这件事的重要性的。给物件起名字就是给它打上印记，给它套上锁链。要是礁石想让我屈从于它，我是不干的，我要让它听我支配。"[①] 这一段马丁的自述可以看作是马丁在海中礁石上发表的殖民宣言，展现了意欲将一切据为己有的殖民心态。以小见大，西方列强海外殖民活动是男性气概展现的重要舞台。在对殖民的书写中，殖民地通常被表现为女性和被动承受者，而西方殖民者则被塑造为男性和主动施予者。马丁在生命安全难以保障的情况下依然敢于并且能够发出如此"豪壮"的殖民宣言表明了西方殖民者融入血液的殖民意识。戈尔丁通过对小人物马丁殖民宣言的书写讽刺了西方的殖民历史，是对殖民者本性的无情揭露，也是对男性气概中节制欲望这一价值取向的揭示。

此外，生态意识是戈尔丁涉海小说男性气概不可忽略的另一价值取向。"征服"是男性气概得以展现必不可少的关键词，站在

[①] 威廉·戈尔丁. 品彻·马丁 [M]. 刘凯芳，译. 上海：上海译文出版社，2000：72.

第二章 威廉·戈尔丁涉海小说现代社会主题的主要类型

男性对立面的女性不仅是男性气概建构的参照，也是男性气概的文化他者。戈尔丁的前期小说一般以男性对异性的"征服"来建构男性气概，这种建构中隐含着对两性和谐关系的希冀。这里的异性也包括雌性动物，如《蝇王》中的母猪："罗杰绕着人堆跑动，哪里有猪身露出了就拿着长矛往里面猛刺。杰克骑在猪背上，用刀子往下猛捅……长矛渐渐地往里扎，野猪恐怖的尖叫变成了尖锐的哀鸣"[1]，对母猪杀戮的描写展现的是男孩们的勇敢与残忍。隋红升认为："男性气概最突出的品质是勇气或勇敢，是一种控制恐惧的德性（virtue）。"[2] 其中的"刺""捅""扎"与"哀鸣"等词语隐含强烈的性意味。猎杀场面可视为作者为荒岛男孩们精心设计的别样成人礼，揭示了英国男孩们对荒岛的统治欲望。陈兵认为："……将种族关系与两性关系进行了类比，指出它们本质上都是政治关系，都是人类某一集团对另一集团的支配关系。"[3] 殖民地与女性之间的关联就是通过这种方式被建构的。《蝇王》的故事中虽没有种族之间的冲突与斗争，却也反映了作为外来种群的英国男孩对荒岛属地的征服，并以异性为对立面建构了其稚气未脱的男性气概。除了对动物的征服，同类相杀也展现了孩子们不成熟的男性气概中蛮勇与残酷的特点。西蒙被男孩们当作野兽残杀、猪崽子被暴力欲望不断升级的罗杰杀害，拉尔夫被杰克集团追杀险些丧命都是对男性气

[1] 戈尔丁.蝇王 [M].龚志成，译.上海：上海译文出版社，2018：154.
[2] 隋红升.男性气概 [J].外国文学研究，2014（3）：102-109.
[3] 陈兵.英国维多利亚时代历险小说中的异域风景与英国性建构 [J].外国文学研究，2019（4）：89-100.

质中极端负面因子的书写。《蝇王》中男性气概的建构在英国男孩们荒岛争斗的过程中完成，揭示了人性之恶的普遍性与必然性的同时，也使读者对男性气概的另一面产生了深刻的认识。作品是二战后英国知识分子对人类状况进行全面反思的典型代表，也是对当代男性气概反思的代表。

戈尔丁对男性气质中极端负面因子的书写是男性气概负面价值取向的展现，隐含作者的批判意识，体现在男性对异性身体的占有与征服上。在与海洋搏斗的过程中，马丁以"闪回"的方式回忆了对不同女性的软硬兼施与强行占有，展现了一个以为满足个人私欲而不择手段地残害他人的恶棍形象。《启蒙之旅》中，塔尔博特在航船的狭小卧舱完成了对妓女季诺碧亚颇具"海战"意味的占有："我呢？我的情欲步步升高。假如我有一把剑，我就会攻进敌船"[①]颇具象征意义，阐释了塔尔博特关于漫长的航行"让人精神迷乱"的托词。混战中跌落的书籍颠覆了船上的理性与秩序，在凸显了小说后现代色彩的同时也暗示了男性气概建构的荒诞性，展现了作者在创作生涯后期对一切"看淡"的心理状态。

这种征服暗示了男性的身体力量与能力，是男性气质的自然基础，在作者笔下具有隐性的殖民意义指向，象征着殖民者对殖民地的掠夺。人类对自然无节制地攫取是殖民意义的突出表现，如马丁对海上动物的企图是人类自我中心主义思想的极致体现："要是我能走到它（海豹）跟前，就可以宰了它吃肉，再用它的皮做双靴

---

① 威廉·戈尔丁.启蒙之旅[M].陈绍鹏，译.北京：北京燕山出版社，2017：74.

第二章　威廉·戈尔丁涉海小说现代社会主题的主要类型

子——"[①]，作者对马丁及其自我中心主义思想的批判展现了呼唤人类节制欲望、合理利用自然资源的进步生态观，是对"英国性"传统回归的希冀。同类相食展现了人性中最冷血和残酷的一面，是征服欲望的极致表达。

值得关注的是，纵观戈尔丁的涉海小说创作，女性地位在发生显著变化。他不仅逐渐摆脱了以男性为中心的思想，也将重心放在男性道德自律的问题上，科利即是这一问题的反例。前期作品中女性（雌性动物）地位很低，基本处于被动地位，女性要么不出现，如《蝇王》，要么作为男性可有可无的配角出现，作用十分有限。典型体现就是《蝇王》中被无情宰杀的母猪和《品彻·马丁》中被迫害与欺凌，毫无话语权的女性。而在戈尔丁创作后期，女性在小说中发挥着越来越重要的作用。《启蒙之旅》中曾经做过家庭教师的格兰姆女士完成了对塔尔博特的情感启蒙，《近距离》中的塔尔博特坠入爱河，并由玛丽恩完善了对他的情感教育："年轻人就像只船，既不能决定自己的命运，也无法决定航行的终点。"[②] 女性发声在戈尔丁早期的小说中并不多见，在《航海三部曲》中却比比皆是。然而，从某种意义上，戈尔丁似乎在告诉读者，《蝇王》中的荒岛小社会之所以难以维系，最终走向解体的原因之一就是没有女性存在，社会是不完整的。《品彻·马丁》中几位受残害的女性正是作者赋予主人公毁灭宿命的重要原因之一。戈尔丁涉海小说中女

[①] 威廉·戈尔丁. 品彻·马丁 [M]. 刘凯芳，译. 上海：上海译文出版社，2000：119.

[②] GOLDING W. Close quarters[M]. London: Faber &Faber, 2013: 343.

性地位的动态变化不仅揭示了作者对构建和谐两性关系的期许，也展现了作者对男性气概与女性气质统一性认知的提升。

从其涉海小说创作的整体来看，戈尔丁对男性气概的认识呈现动态变化的过程，突出体现在男性气概中女性特质的植入。男性气质是性别秩序的重要组成部分，与女性气质不可分割，塔尔博特由理性向情感化的转变是这种观念的突出表达。这种表层的异质性是两性得以和谐相处的必要条件，体现了戈尔丁创作生涯后期受到中庸思想的影响。《启蒙之旅》中牧师科利在言语之间流露出对水手的仰慕，作者以科利的浪漫视角赞美勇敢、勤勉、技艺高超的水手，突出表现了水手们的务实精神。同时，科利浪漫化与情感化的双性特征展现出戈尔丁所呈现的男性气概的极致性、复杂性与多样化。塔尔博特对科利信件的阅读使其实现了心灵的穿越："塔尔博特的体验正是进入另一个灵魂的穿越过程"[1]，性格与人生境界也随之发生了微妙的变化。《航海三部曲》塑造了众多的男性形象，是对男性气概的全景呈现，并以一种越来越滑稽的方式，探索了帝国主义历史中共同的想象图景中的缺陷与盲点。戈尔丁清楚地认识到男性气质的诸多缺陷：杰克在荒岛领导权争夺中的蛮勇与非理性、拉尔夫的软弱与犹豫、马丁在与大海的搏斗中表现出的自负与执迷。"塔尔博特的'跌倒'则意味着奥古斯都式理性的脱冕"[2]，开始向女性求助，如《航海三部曲》后两部的女主角玛丽恩不仅展现出女性从容不迫的魅力特质也对塔尔博特产生了积极的影响。在戈尔丁后期

---

[1] 沈雁.论《越界仪式》的穿越主题[J].英美文学研究论丛，2013（1）：61-77.
[2] 沈雁.威廉·戈尔丁小说研究[M].苏州：苏州大学出版社，2014：258.

的创作中，责任在男性气概建构中的重要性日益突出，社会责任感对男性个体道德完善更具重要意义。《启蒙之旅》中，塔尔博特经历各种事件后有了更明确的自我认识，实现了从自视清高到责任担当的转变，大副萨莫斯在劝说塔尔博特探望科利的过程中多次发出"有特权就有责任"的呼吁，这可以看作戈尔丁在创作生涯后期对男性气概建构必备要件的一种宣言。《甲板下的火》中男主人公们对航海与未来事业发展的看重同样印证了社会责任感与身份担当在男性气概建构中的重要意义。这恰恰印证了聂珍钊对人的社会身份的伦理认知："人的身份是一个人在社会中存在的标识，人需要承担身份所赋予的责任与义务。"①

此外，戈尔丁涉海小说以工作中男性的社会担当突出其男性气概的积极内涵，是对西方航海文化传统的继承。《航海三部曲》中修复受损主桅的热火朝天的劳动场面、水手们在航行中日夜的值守都展现了非凡的男性气概："在《甲板下的火》中，随着这艘越来越蹒跚的船缓慢地驶向悉尼湾，他从一个冷漠的贵族变成了一个忙碌的平民：身着海军见习军官的服装，履行着海军见习军官的职责，他不再讽刺'水手话'，而是无意识地、流利地将它作为自己融入航船社会的标志。"②

海洋在英国历史发展进程中发挥了不可忽视的作用，不仅是英

---

① 聂珍钊. 文学伦理学批评导论[M]. 北京：北京大学出版社，2014：263.

② STAPE J H. Fiction in the wild, modern manner: metanarrative gesture in William Golding's to the ends of the earth trilogy[J]. Twentieth Century Literature, 1992, 38(2): 226-239.

国向外联通的桥梁,也是其扩张型文化建构的基础。正因为如此,海洋成为戈尔丁涉海小说男性气概建构中的关键因素。其涉海小说男性气概中的勇气、自律、务实、坚忍、勤勉、担当都与海洋环境密切关联,也将男性气概中的优秀品质与国家发展相关联,赋予其更深刻与宏大的意义内涵。其男性气概对当今青少年树立正确的性别观与积极的人生观有一定的参照和借鉴意义。戈尔丁涉海小说跨越了二战后初期对战争及人性的反思和20世纪七八十年代西方思想迷惘的时代。这段时期各种社会思潮交汇,是英国社会对男性气概进行重塑的过渡期,戈尔丁的涉海小说以叙事的形式介入了有关人性、男性气概、殖民与帝国想象等问题的对话。其男性气概主题为人们以海洋为视角审视英国乃至世界意义上的男性气概提供了一种可能。由此可见,在戈尔丁涉海小说现代社会主题中,帝国衰退与种族退化的双重焦虑在男性气概这个话题上达到了一致,其中的价值取向在这种社会历史语境下不言自明。

(二)男性气概无畏、务实与担当的精神内核

从人与自然关系的角度来看,戈尔丁涉海小说遵循了西方传统中人与自然二元对立的世界观。以此为宏观指引,小说人物展现出的积极应对不利自然环境时的无畏精神是男性气概的精神内核之一。海洋是人类生存空间的有益延伸,实际上,无论是出于被动还是主动,人类走向海洋本身就意味着一种勇气和力量。不管是《蝇王》中流落荒岛在险境求生的男孩群体,还是《品彻·马丁》中在海中礁石上挣扎的生命个体,在面对险境时始终展现出顽强不屈的

抗争精神，尤其是低等军官马丁，将生命的坚忍与顽强在头脑的臆想中演绎得淋漓尽致。涉海小说人物依照生存为先的原则，首先利用周围的一切资源维持生存，如孩子们从采野果充饥到食用烤肉，食物的演化象征着心灵的堕落；马丁食用贻贝等海洋生物维生，化不可能为可能，揭露了人类的虚妄。其次，在生存问题基本解决后，又将逃离险境作为主要目标，以不同方式发出求救信号的频繁尝试虽未能如愿，但始终不放弃求生的希望以及对文明坚守的信念。《航海三部曲》中的航海精神是对无畏精神的生动诠释：乘客对漫长航程的忍耐、各种灾难的应对、水手们对受损航船的修复、对航线的蠡测及化险为夷的航程书写等。

无畏精神的另一层面是人物面对社会逆境时的不屈抗争。在戈尔丁的小说中，这种抗争往往以悲剧收场，最为典型的是拉尔夫面对野蛮派追杀的极限状态下本能的勇敢、机智甚至是狼狈行为，以及科利面对等级社会的不屈抗争以及维护最后一丝尊严的自绝。戈尔丁涉海小说对无畏精神的揭示往往在不经意间带给读者强烈的心灵震撼，这也是使其作品具有经典意义的重要因素。

务实与担当是戈尔丁涉海小说中男性气概的另一精神内核。"务实"是戈尔丁涉海小说中男性气概最为重要的精神内核之一。《蝇王》中由一群男孩组成的荒岛社会因恐惧和不安而显得混乱，回归文明的理想总被现实击碎。拉尔夫作为荒岛上的名义领袖，每次面对挫折时总以自嘲的方式进行反思，每次反思后都能做出较为理性和务实的决策。这种决策虽然受限于孩子们"集体无意识"的思想氛围而难于执行，但务实精神却使拉尔夫这位英国少年的思想意识闪熠光辉。务实和担当是保障《航海三部曲》中的航船行稳致远的必要条件。当科利受到安德森船长的训斥表示自己已经向他道歉并申辩时，安德森不等他把话说完便说道："我并未要你道歉。我们不是在陆地上，而是在海上。你的道歉对我来说是一件无关紧要的事。"[①]安德森的反驳一方面是因为他对牧师这一职业由来已久的偏见，另一方面也表明了船上《内务规则》规定的严苛及航行的务实性。务实精神在船上的大副萨默斯身上体现得最为具体和全面。当科利在"越界仪式"中遭受浸洗面临生命危险时，是他及时鸣枪制止了事态的进一步升级；当科利因羞愧一心自绝时，又是他劝说有一定社会影响力的塔尔博特和船长安德森出面唤醒科利，虽未能如愿，但其保障航行安全的努力和勤勉精神使他成为塔尔博特成长路上的引路人。戈尔丁继承了西方以船喻国的传统，其涉海小说揭示了有务实和担当精神的人其实也是一个国家最需要的人。

由此可见，家国情怀是戈尔丁涉海小说中男性气概必不可少的精神内核。海洋既见证了男性气概也参与了男性气概的建构。戈尔丁将海洋空间作为男性气概的试验场，在展现男性身体属性的同时，看重男性精神气质的道德取向，将海洋所承载的国家利益、荣耀与男性气概中的家国情怀紧密关联，并将人物情感体验置于叙事场域的中心。在《航海叙事》一书中，罗伯特·福柯指出了当代海洋冒险小说承载的深层意义："也许，这些新的海洋冒险小说能与

[①] 威廉·戈尔丁.启蒙之旅[M].陈绍鹏，译.北京：北京燕山出版社，2017：177.

英国对海洋数个世纪的统治形成共鸣"①。从这个意义上说，戈尔丁航海小说中的男性气概蕴含着铸就国家荣耀的因素。此外，值得注意的是，戈尔丁涉海小说男性气概建构过程中总伴随着对人性、伦理等复杂社会问题的深刻反思，并将这种反思作为人物获得启示的前提和条件以及男性气质建构的核心要件，展现了思想的独特性。戈尔丁作品中所展现的成功是人物通过实践与反思后所获得的精神上的启示，是认识层面质的飞跃，与物质财富关联不大。戈尔丁笔下的海洋正是以其辽阔深邃为人物反思与男性气概建构创造了有利的自然条件与文化语境。戈尔丁也正是借助其涉海小说与西方众多海洋文学作品中家国情怀的互文性融入西方叙事传统，彰显了其作品在思想迷惘时代的独特人文价值。

在困境中彰显男性气概的精神内核是戈尔丁涉海小说创作的显著特色。戈尔丁通过娴熟运用二元对立手法将众多人物置于竞争与合作的复杂情境之中，动态地呈现男性气概的不同侧面及多重样态，使读者在阅读中感受人物面临的自然与社会困境，以洞悉人性的本质。《蝇王》中拉尔夫的强健、勇敢、坚忍的品质与猪崽子慵懒、懦弱但智慧超群对照鲜明。拉尔夫与杰克是荒岛上的"首领"，在政治理想上的对立这条叙事主线的引导下，二者经历了从起初默契的和平相处、共同应对生存困境到为领导权而明争暗斗，再到矛盾激化后灾难性残杀的过程。此过程中的每个环节人物之间的潜在或实际的对抗展现了勇气、力量、胸襟、坚忍、智慧等男性气概因子。

---

① FOULKE R. The sea voyage narrative[M]. New York: Routledge, 2013.

《品彻·马丁》中纳撒尼尔的单纯善良与马丁的邪恶形成二元对立。马丁面对海洋环境的生存困境所展现出的力量、面对生死考验展现出的韧性表面上看是十分可贵的男性气概，但作者通过其对死亡的恐惧与对世界的怨恨的书写揭露了马丁男性气概的虚伪性。这与其回忆中所展现的贪婪自私的致命缺陷形成单一人物性格不同侧面的并置。作者以马丁男性气质中道德堕落的极致书写呈现了现代人的一种生存困境："马丁的困境是现代人的伦理精神品质的困境，是个体生命因内在涌动的强大动力与混乱喧嚣的公共经验之间发生的分裂与紊乱的本体困境"[1]。《启蒙之旅》中塔尔博特在道德上的提升与完善并收获美好结局与科利的堕落直至因羞愧而死形成走向完全相反的两种人生曲线，一方面呈现了男性气概的复杂多样性与在同一个体内的矛盾性，另一方面也突出了自我认知与自我克制对社会个体成长的重要意义。"海洋即命运"的命题在两位主人公人生曲线的鲜明对照中得以阐释，让人在扼腕叹息之余也不禁对人性与社会进行反思。《近地点》和《甲板下的火》中两位大副萨莫斯和贝内分别通过传统和科学方法找到相同的正确航线，突出了航行所激发的男性气概中的智慧元素。贯穿整个航程的是男性气概中感性与理性、直觉与科学的二元对立。

除正面着笔，反面揭示也是男性气概精神内核展现的重要手段。《品彻·马丁》中的主人公的形象刻画即是对男性气概中务实担当精神的反面揭示。马丁看似始终保持着清醒的头脑与乐观的心

---

[1] 肖霞.扭曲的个体生存意志力的悲歌：论《品彻·马丁》中的现代伦理困境[J].天津外国语大学学报，2011（1）：50-55.

态，精心算计着自己的获救："热疖子？等天下雨，我要脱光衣服洗个澡。要是那时候还没有获救的话。"[1] 实际上是面对困难与责任时的退缩。"男士们出门之前请整肃衣衫"[2]，马丁想"洗澡"以及对外表形象的重视表现出一种文明人的习惯特征，是"英国性"的真实写照。然而，结合其回忆中的所作所为不难发现，其体面的外表恰恰暗示了道德上的虚伪。马丁的男性气概体现在与大海搏斗中的顽强意志以及永不放弃的执着精神："他又游了起来，突然觉得浑身没了一点力气，一下子陷入了绝望的境地。看到船之后，第一阵兴奋过去了，他的精力用得差不多了，这会儿情绪又陷入低迷的状态之中。他脸色铁青，继续游着，竭力划动手臂，弓形眼眶朝前望去，心中存在着这样下去可以获救的希望。"[3] 体能已耗尽的马丁在极端恶劣的自然环境下，依然保持着获救的希望。然而，这种死死抓住生的幻象的顽强意志与其回忆中所展现的极度自私与贪婪形成并置，让读者很难想象的是这两种具有强烈反差的品质竟然出自同一个生命体，因此会让读者印象深刻。认真思考便不难发现，马丁的顽强生存意志实际上不过是惧怕死亡，不肯承认死亡事实的体现，因而，其男性气概只不过是一种外强中干的自我表现，是一个

....

[1] 威廉·戈尔丁.品彻·马丁[M].刘凯芳，译.上海：上海译文出版社，2000：122.

[2] 威廉·戈尔丁.品彻·马丁[M].刘凯芳，译.上海：上海译文出版社，2000：59.

[3] 威廉·戈尔丁.品彻·马丁[M].刘凯芳，译.上海：上海译文出版社，2000：13.

懦弱的灵魂在死亡面前的百般抵赖。

(三) 男性气概的全方位建构

戈尔丁一生与海结缘,海洋是其创作灵感的重要源泉。对男性气概的文化焦虑贯穿戈尔丁整个创作生涯,尤以其涉海小说展现得最为具体和突出。在戈尔丁的涉海小说中,各种机缘促使不同的男性人物离开英国文明社会,投入到海洋的怀抱,海洋成为其涉海小说男性气概得以建构的契机。戈尔丁涉海小说中男性气概的建构包括身体、心灵、道德情操等全方位发展历程。在戈尔丁笔下,海洋对男性气概的锻造正如《所罗门王的宝藏》中的夸特曼说的那样:"只有辽阔大海和怒吼狂风的洗刷,才能吹净他们的是非之念,把他们改造成真正的绅士"[1]。这种理念在戈尔丁的涉海小说中有着十分深刻而又全面地呈现。在他看来,海洋、荒岛、礁石、航船为原始纯粹的男性气概的回归创造了得天独厚的条件,海洋是检验男性气概最好的标尺。首先,海洋的原生态环境为人物展现自我创造天然的舞台,为展现男性气概中的勇气、力量、坚忍等品质创造物质空间。《蝇王》中,英国男孩们因本土发生核战争而被疏散,遭遇空难后流落到太平洋的荒岛上。离开了文明社会,这群孩子必须凭借自己的力量与智慧在生存逆境中建设家园。他们不仅要解决基本的生存问题,更要重建荒岛秩序,从某种意义上说,这一力量与智慧的展现过程即是男性气概的建构过程。《品彻·马丁》中的低等

---

[1] HAGGARD R. King Solomon's mines[M]. GERALD MONSMAN, ed. Lethbridge: Broadview Press. 2002:16.

军官马丁因船难而坠海,他在与大海的生存抗争中创造了富含悖论色彩的现代普罗米修斯神话,一个邪恶的灵魂在大海中的炼狱过程展现了男性气概中的坚忍、顽强。《航海三部曲》以航程纪事完成对航船上众生脸谱的刻画,在对航船小社会的书写中展现了塔尔博特、安德森、萨莫斯、贝内等人物不同特质的男性气概。

戈尔丁涉海小说中众多的男性形象呈现了男性气质的不同侧面,形形色色的形象展现了男性气概的多样性:体格强健、执着于文明与理性的拉尔夫;执迷野蛮与权力争斗、嗜血成性的杰克;身体羸弱、崇尚科学的猪崽子;紧握生命幻象不放、自私贪婪的马丁;善良单纯的纳撒尼尔;从自视清高到责任担当的塔尔博特;缺少自我与社会认知、渴望同性情感认同的科利;勤勉、自律、保守的萨莫斯;自信的科学狂人贝内等。"身体力量与体育精神是19世纪末男性气概的重要构成因素。"[①] 戈尔丁在其涉海小说男性气概建构中沿袭了维多利亚历险小说传统,即通过将主人公置于极端环境下经受各种苦难与考验来使其智慧、勇气、力量、坚忍等诸多与男性气概有内在关联的因子得到充分展现,表达了经历身心磨炼是男性气概得以建构的必要条件。"威廉·戈尔丁、D. H. 劳伦斯或约翰·福尔斯等作家选择而非书写男性气概,他们更喜欢从隐藏在文本表面之下的更深层次的焦虑与矛盾中挖掘男性气概,这些使人产生了

---

① 王荣. 维多利亚时代历险小说中帝国的男性气概:以《所罗门王的宝藏》为例 [J]. 广东外语外贸大学学报, 2020(6):123-132.

存在平等的错觉，实际上是'人类状况'的真实写照。"①对于《蝇王》中的男性气概，肖明文认为："打猎不仅是一项业余爱好和生存手段，更是男性气概和价值的决定因素。"②按传统观念，以杰克为首的"野蛮派"所选择的打猎和以拉尔夫为首的"民主派"所选择的坚守信号火源分别是男性与女性的行为表征。荒岛社会的失序与人物的堕落映射了女性缺席是荒岛社会最终走向崩溃的重要原因之一。正如邵可进所认为的："虽然《蝇王》以女性缺席为背景建构文本，但女性的缺席和男孩们的堕落恰恰揭示了女性在场的重要性。"③

男性气概建构过程与人物的身心成长是同步的。《蝇王》中的海洋是流落荒岛的孩子们回归之路的最大阻隔，使孩子们不禁望洋兴叹，并且在经历挫折后面对大海进行反思并不断调整自己的行为方式。《航海三部曲》主要讲述从英国出发，经由赤道驶往澳大利亚航船上的小社会发生的故事。狄波拉·西蒙顿（Deborah Simonton）的观点恰恰印证了小说的男性气概与成长主题："'出海'的概念多数情况下与劳动相联系，也同等程度上与男性气概以及通

---

① KNIGHTS B. Masculinities in text and teaching[M]. Palgrave Macmillan: London, 2008: 235.
② 肖明文.乌托邦与恶托邦：《蝇王》中的饮食冲突[J].外国文学,2018(3): 124-132.
③ 邵可进.探析《蝇王》中女性缺席的合理性[J].西安外国语大学学报, 2009, 17 (3): 69-71.

第二章 威廉·戈尔丁涉海小说现代社会主题的主要类型

过仪式（Rites of Passage）相关"[1]。封闭的航船承载着鲜明的舞台隐喻色彩，为各色人物的表演及男性气概的展现提供空间。戈尔丁将海上航行作为人物成长及男性气概习得的契机，作者借塔尔博特之口表达了对执政者提升执政能力的希冀："那些野心勃勃想达到掌理国家大事地位的人，或者是那些由于特殊的家事，必然会运用那种权力的人，如果能经受我们这样的航行的考验，对他们一定有益的。"[2]《启蒙之旅》中主人公的男性气概在其身体的磨炼、心智与道德的成长过程中得以彰显。正如方刚认为："康奈尔强调男性气质是一个在实践中建构的过程"[3]。戈尔丁通过漫长航行中人物应对各种风险、困难与挑战来建构男性气概。叙事主人公塔尔博特以忍耐和含有鸦片剂的药酒应对航海中的身体不适，通过学说"水手话"和扩大交际圈来调适心理以适应漫长航程。其在狭小的卧舱内的世俗"性狂欢"表明了其道德成长的起点及男性气质。然而，在经历科利之死事件后，在大副萨莫斯的引导下，他逐渐认识到了自己在航船小社会中的责任，为其男性气质增添了社会担当的元素，使其道德得到质的提升。《航海三部曲》书写从英国到澳大利亚的殖民航程，航船承载着国家利益，这一点可以从塔尔博特表达希望建立强大海军和开拓海上航线中得到进一步印证。从这个意义上说，主

---

[1] SIMONTON D. A history of European women's work[M]. New York: Rouledge, 1995:125.

[2] 威廉·戈尔丁.启蒙之旅[M].陈绍鹏，译.北京：北京燕山出版社，2017：118.

[3] 方刚.当代西方男性气质理论概述[J].国外社会科学，2006（4）：67-72.

人公在航船上的责任象征着青年一代在国家发展中的使命担当，是作者以小见大、爱国情感的书写。爱国精神的注入使小说中的男性气概实现了格局与视野上的跃升。

除在常规航程中建构男性气概，战争也是作者为建构男性气概所设置的重要场景。《蝇王》结尾处流落荒岛的儿童分裂成的民主派与野蛮派之间紧张激烈的战斗场景彰显了男性气概中的勇气、力量与智慧。在《启蒙之旅》的续篇《近地点》中，经过赤道无风带的航船即将遭遇海上的另一艘航船。由于处于英法战争期间，全船乘客误将来船当作法国战舰。在面对敌舰的紧急时刻，全船水手及包括塔尔博特在内的大部分男性乘客表现出了不畏强敌、誓与航船共存亡、向死而生的英雄气概和无畏精神，是男性气概的典型表现。这从侧面诠释了作者对这一传统的传承，因为这种男性气概由来已久："到了19世纪末，男性气概本身已经成为目的，其典型特征就是随时准备'冲上去'"[①]。不料，来船是一艘英国战舰，带来了英法战争结束的消息。于是，全船乘客皆大欢喜，将两船并排，并以狂欢的方式庆祝战争的结束。狂欢中具有性意味的舞蹈则在彰显男性与女性气质差异的同时使男性气概带有了浓郁的荒诞色彩。整部小说中的男性气概表达蕴含于有张有弛的情节设置之中。

除男性气概以外，"等级"也是戈尔丁涉海小说《蝇王》和《启蒙之旅》的主题之一。两部小说中对"等级"的书写各有侧重，分别揭示了等级制度的脆弱性、异化性和毁灭性，呈现一定程度的嬗

---

① 陈兵.英国维多利亚时代历险小说中的异域风景与英国性建构[J].外国文学研究，2019（4）：89-100.

变，反映了作者对等级社会认识的不断深化。戈尔丁通过语言、空间、服饰、行为、社会关系等的书写建构等级，同时又以各种方式对其进行解构，在等级的建构与解构的过程中塑造特色鲜明的文学形象，反映英国社会制度的缺陷，揭示人性固有的弱点。戈尔丁的等级书写和人物形象塑造启示世人：爱与责任担当是医治人性缺陷和社会问题的良方。在戈尔丁的后期作品中，各阶层通过对话达成妥协，反映了戈尔丁创作后期具有保守乐观主义特点的社会理想和对等级社会"命运共同体"的期许。戈尔丁小说中的等级书写反映了他对社会等级制度、身份角色和伦理规范等问题的深入思考，不仅对英国社会历史和现实具有一定的认知意义，对当今社会关系的建构也具有一定的启示意义。

　　以海洋为叙事背景来呈现国家、人性及男性气概主题是不少西方作家的共通之处。麦尔维尔、康拉德、海明威等作家在其海洋小说中对上述主题都进行了十分精彩的阐释。戈尔丁分别以寓言神话和现实主义的方式在其涉海小说中呈现了国家、成长、人性、男性气概等主题，是对西方海洋与荒岛小说传统的传承，有鲜明的时代烙印，在启发读者深刻思考方面有独到之处。

第三章　威廉·戈尔丁涉海小说现代社会主题的艺术呈现

威廉·戈尔丁涉海小说现代社会主题在艺术呈现方面凸显了与同时代作家迥异的特点。这几部小说具有突出的道德寓言色彩和鲜明的实验性。其中依托海洋环境而建构的故事情节、蕴含海洋精神的人物形象和自然诗化的语言等都强化了国家、人性、成长、男性气概等主题的表达，展现了独具匠心的艺术魅力。"诺亚方舟"情结贯穿作者涉海小说创作始终，是小说丰富意象得以生发的重要契机。作者以二元对立建构叙事矛盾，以体系化的象征手法增强物象与情感联系，使作品思想意蕴更为深刻。其涉海小说以不同个体对生命的独特感觉为出发点展开叙事，贯穿其中的是鲜明的生态伦理意识、社会批判思想和家国情怀。小说还通过有意味的空间布局呈现表征人类生存困境和人性欲望的实体空间、心理空间和社会空间，充分展现了小说空间艺术的舞台属性。小说中的借代、戏仿、讽喻等修辞艺术使小说语言表现更具表现力，增强了小说的阅读趣味与感染力。

一、以理为经以情为纬的结构艺术

结构是作品的骨架或布局，关乎作品的艺术表现和主题表达。戈尔丁在涉海小说中采用了繁复的结构形式，他以理为经以情为纬编织小说的叙事。最具典型性的是以具有普遍性的二元对立建构叙事矛盾，以矛盾推动小说的叙事进程，使故事呈螺旋上升式发展。此外，他的涉海小说还以体系化的象征来增强物象与情感联系，在实现情景交融的同时自然呈现小说的哲理性。

（一）建构叙事矛盾的二元对立

作为一种文学现象，二元对立由来已久，且在东西方文学中具有一定的普遍性与普适性："物质与精神、身体与灵魂、本质与现象、形式与内容二元对立的思维模式早在柏拉图的思想中就体现了出来。"[①] 同一个体或事件中可能存在多种二元对立的矛盾特征。在同一个体身上，会表现出高贵与低贱、理性与盲目、宽容与褊狭、粗暴与温柔、勇猛与怯弱等矛盾的语言和行为；同一事件也可能会出现严肃与荒诞、理性与感性等矛盾特征。二元对立是现代西方形式主义文论中的重要概念，是贯穿戈尔丁涉海小说现代社会主题结构艺术的突出特征。如沈雁认为："《蝇王》中的人物构成二元对立，两个小头领拉尔夫和杰克一正一邪，西蒙的宗教意蕴对应猪崽子的理性主义，人物各具象征意义，在小说主题表现上各司其职。这一

---

① 焦小婷.人类学视域下的海洋文学探究[J].河南大学学报（社会科学版），2010（4）：108-112.

手法在《自由坠落》《教堂尖塔》《黑暗昭昭》《航海三部曲》的人物设置上多次使用。"[1]戈尔丁涉海小说以二元对立建构叙事矛盾，二元对立还兼具塑造人物形象、推动小说叙事、揭示作品主题等功能。二元对立是戈尔丁创作的标志性特点，其小说中的理性与感性、科学与神学、善与恶、美与丑、光明与黑暗等都来源于其现实物质世界与人类精神世界的矛盾。海洋在实现现实世界与精神世界的融合方面具有无可比拟的优势。丰富的思想意蕴及强大的互文性支撑使海洋成为承载人类理性与感性的理想空间，成就了戈尔丁作品的二元对立，也呈现了丰富而深刻的思想意蕴。

《蝇王》中的拉尔夫与杰克是作者笔下具有鲜明二元对立色彩的人物形象，故事发展的主线可以看作是民主派与野蛮派二元对立关系的动态呈现。整个故事从某种意义上来说就是这种二元对立形成、逐步激化和破裂的过程。戈尔丁以空间艺术的方式表达这种二元对立的精神实质。流落荒岛的孩子不得不面对海洋与荒岛两种空间的对立，也正是这种对立造成了小说叙事的基本矛盾。野蛮派与民主派斗争的主要方式之一是两派人物对活动场所的不同选择：山林空间与海滩空间。从人物活动空间的角度看，故事的发展过程可以概括为：共同栖息的海滩空间—海滩与山林空间的分化—海滩空间的复归与山林空间的覆灭。两派矛盾的根源在于对未来发展道路的不同选择，以拉尔夫为首的民主派主张维持篝火以待救援，以杰克为首的野蛮派主张上山打猎走向原始。因此，空间的选择具有深

---

[1] 沈雁.威廉·戈尔丁小说研究[M].苏州：苏州大学出版社，2014：20.

层的象征意义。不仅如此，两种空间还表征着人物的心理状态：民主派光明正大，野蛮派阴暗可怖。小说中两派人物的活动空间在故事发展的不同阶段呈现不同的样貌，相互影响与制约，从来都不是静止与孤立的。由此来看，故事总体上呈现由空旷明亮的海滩空间向阴郁黑暗的山林空间转移的态势，两种空间不断发展的二元对立关系不仅表征了人物关系的变化也决定了故事的走向。最终，当两派矛盾激化，民主派仅存的幸运儿拉尔夫也不由自主地被裹挟进象征黑暗的山林空间而无法脱身。山林里燃起的大火及其引来的航船表面上意味着两种空间二元对立关系的消解，深层次则象征着故事人物心理隔阂的消除。

从表层看，《品彻·马丁》对一名海军军官坠海溺亡过程的书写中的人海二元对立关系清晰可见。马丁所在航船遭遇轰炸，自马丁坠海后，海洋是他奋力挣脱的生存威胁。事实上，从现实角度来说，马丁作为正常的生命个体在坠海后不久便已死去而成为海洋的猎物，他甚至连防水靴都没来得及踢去。然而，马丁与一般生命个体的最大差别在于他与海洋对抗的意志力。他顽强而近乎顽固的意志力在生死瞬间紧紧抓住生命的表征不放，马丁的强大意志力在头脑中建构的对过往的回忆以及种种幻象也在不断暗示人物生命延续的幻象。完全将生存现状歪曲的马丁在潜意识里将自己臆想为希腊神话中反抗不朽之神以解放人类的斗士普罗米修斯以及顽强适应与改变荒岛环境的鲁宾孙克鲁索等英雄人物形象。马丁在与海洋抗争中所展现的顽强生存意志与遭受的苦难确实与二者有神似之处。塞缪尔·海因斯将普罗米修斯定义为"一个不可摧毁的生命崇拜形象，他的存在与他所遭受的苦难相互赋予意义"[1]。戈尔丁以书写马丁这一小人物的苦难实现了对神话原型人物与英国小说经典形象的戏仿。然而，马丁与普罗米修斯和鲁滨逊在精神实质上的显著差异是植根于其骨髓的极端利己主义。作者通过两种空间的二元对立书写揭示的是马丁与自然世界的对立及其自私、贪婪与虚妄的本性，也是人类邪恶的思想根源所在。实体海洋空间与虚幻心理空间的二元对立贯穿马丁溺亡过程的始终，具有揭示人物性格与作品主题的艺术效果。

从整体上看，《航海三部曲》中的航海叙事实现了航海本身的行进性与叙事时间向前性的统一，所呈现的鲜明线性特征蕴含着时间与空间二元对立的意识。正如王卫新所说："时间与空间的二元对立思想在英国小说方面的体现是线性时间观念的普遍存在。"[2]《航海三部曲》的三部小说中分别展现了人物、故事情节、环境等小说要素不同层面的二元对立。《启蒙之旅》中两位主人公塔尔博特与科利自身性格中的缺陷及二者命运的二元对立在作者空间与伦理叙事的编织中十分鲜明。《近地点》中两艘英国航船在茫茫大海邂逅，叙事空间的扩展形成了叙事话语中新的二元对立：塔尔博特由理性向感性的转变，最为显著的是对查姆利小姐的一见钟情；由逃避责任向社会担当的转变，是自我身份认知由贵族转变为平民。《甲板下的火》中自然的神秘与人类的智慧、历史传统与现代科学的二

[1] HYNES S. "On Pincher Martin." novels, 1954-1967[J]. A Casebook, 1987: 125-134.

[2] 王卫新.英国后现代小说的时间艺术[J].国外文学，2008（1）：27-33.

元对立以及主人公对其成长路上的引路人萨默斯看法的转变等都是作者试图建构的动态意象，展现了人类历史发展历程中的不可控因素，突出了人物成长的主题。《启蒙之旅》中，出身贵族的塔尔博特在上层权势的庇佑下有恃无恐，即使船长也对他的社会背景有所忌惮。即便自身道德上规避责任的缺陷也难以动摇其在航船上绝对优先的特权，在航船小社会的社交圈中，他左右逢源，如鱼得水。以塔尔博特的视角来看，出身社会下层的科利身上有一种与其等级身份格格不入的反抗精神，但受限于下层出身以及自我与社会认知的缺陷，在等级社会的强大洪流中无法左右自己的命运。与塔尔博特在清醒时策划并实施的世俗性狂欢截然相对的是科利在酒醉后发现自我本性，并热切地渴望跪在一个名叫比利罗杰斯的水手面前："我看到一个年轻小伙子——一个细腰、细臀可是阔肩的'海神之子'——这个紫铜色的年轻人，浑身都是灼热的'灵液'，他就是那个大王，我慷慨地逊位了，并且渴望跪在他的面前。于是，在一阵热情的渴望中，我整个的心脏都快跳出来。"[①]完成直接致使他在羞辱中了结此生的同性性行为。此过程中，科利作为牧师的身份与其失范的行为之间构成了强烈的对立与反差，突出表现了信仰跌落的主题。"树枝上的干果"和"池塘里漂浮的叶子"是对科利悲剧与矛盾形象的生动写照，从某种意义上来说，个人与社会的双重桎梏使其无法摆脱在羞辱中了解自己生命的宿命。塔尔博特与科利命运的二元对立书写中突出了个体遭遇偶然性中所蕴含的社会束缚的

---

① 威廉·戈尔丁.启蒙之旅[M].陈绍鹏,译.北京：北京燕山出版社，2017：187.

必然性和强大的破坏力量，揭示的是英国等级制度的残酷本质。

塔尔博特在科利生前和死后对其的态度也形成了明显的二元对立。在科利生前，塔尔博特以高高在上的贵族视角俯视牧师科利这一下层小人物，对其百般厌恶并意图将自己与妓女私通的丑事嫁祸于科利，但由于各种原因未能得逞。科利死后，受到萨默斯的引导，塔尔博特偶然读到科利的长信后对其态度发生了由俯视到平视的根本转变，对其遭遇能感同身受而且意识到自己对科利之死负有不可推卸的责任。塔尔博特对科利态度的转变揭示了其道德层面的真实自我，凸显了小说的社会教育意义。

《近距离》中突出了主人公世界观中实用理性与价值理性的二元对立。塔尔博特在航海日志中坦陈了自己带有典型实用理性色彩的认识现状：政治上保守，婚姻观上的实用主义以及由此而生的对浪漫爱情的不屑。然而，随后航行中的遭遇彻底颠覆了塔尔博特的认知。一场风暴折断了航船的主桅，船体剧烈摇晃致使塔尔博特头部受到撞击。风暴过后，"守护者号"在海上艰难行进，与另一艘英国航船"奥尔塞尼号"不期而遇。它带来英法战争结束的消息，两船乘客因此而欢腾，随后两船被牢牢地拴在一起，举办宴会和舞会共同庆祝英法战争的结束以及这次海上邂逅。其间，塔尔博特对"奥尔塞尼号"上的查姆利小姐一见倾心，无法自拔，但两艘船第二天即分离，塔尔博特不得不忍受爱情失落的极度痛苦。小说结尾，查姆利小姐所在的"奥尔塞尼号"再次来临，有情人终成眷属。在上述过程中，塔尔博特的认知在不知不觉中实现了由实用理性向价值理性的转变。在这场漫长的航行中，戈尔丁着力凸显的是主角塔

第三章 威廉·戈尔丁涉海小说现代社会主题的艺术呈现

尔博特在"理性"和"情感"之间的纠葛和挣扎。

工具理性与价值理性的二元对立还体现在第三部《甲板下的火》中萨默斯和贝内修复航船基座与主桅的不同方案之中。风暴将主桅折断后,航船的基座也随之裂开。来自"奥尔塞尼号"的贝内中尉提出利用烧红的铁条遇冷收缩的原理来固定基座,重置前桅。但大副萨默斯和一些船员认为这个方案风险极高,不仅沉重的桅杆可能将航船戳穿,烧红的铁条在桅杆的木制基座中也有死灰复燃的可能性,这会引发大火,可能导致船毁人亡。小说结尾,航船的甲板下确实燃起了无名大火,誓与航船共存亡的萨默斯因为贝内的修复方案付出了生命的代价。针对上述问题,他们提出了更加保守和稳妥的解决方案。不仅如此,两位人物的对立还体现在对航海路线的测定上:萨默斯依靠经线仪的传统方法对航线做出了大致判定,而贝内则完全通过计算天体间的距离得出准确的精度。两位主人公对待同一问题总会采用不同的方案,这种对立与统一的实质是两位主人公萨默斯和贝内谨慎的传统和激进的科学主义之间的矛盾,是守正与创新之间的矛盾,也是作者对狂飙突进的科学时代的回应以及对实用理性的深刻反思。从宏观角度来看,小说中二元对立体现在塔尔博特在航程中的发现与成长及其在航程中所失去的童真与友谊。

从叙事学的角度来说,《航海三部曲》是由各种二元对立及其多样转化编织而成的航海故事,二元对立这一叙事艺术特征直接指向文本的深层结构。具体而言,这是一个以航海的行进性以及不同等级人物的对立、生与死的二元对立为经,以善与恶、智与愚、隐秘与公开、成长与堕落等二元对立与转化为纬的展现社会及人性复

·171·

杂性的自足叙事体系。总的来看,海洋环境下人类社会呈现较之于陆地背景下人类更为显性的矛盾对立,海洋与陆地关系中的二元对立是支配戈尔丁涉海小说情节发展的内在逻辑。

（二）增强物象与情感联系的体系化象征

象征是文学艺术创作中重要的表现手法,主要指通过某一特定具体的形象来表现与之相近或相似的概念、思想或感情。威廉·戈尔丁十分擅长用具体的形象表达抽象的概念,象征是其涉海小说中最为典型的艺术表现手法之一,具有相当的普遍性与系统性。毫不夸张地说,戈尔丁涉海小说人物形象的成功塑造得益于其象征手法的运用。海恩斯一语道破戈尔丁象征手法的精妙之处:"戈尔丁最引人注目的天才之处在于,他能够让他的人物体现抽象的概念而自身又没有变成抽象的概念"。[1] 殷企平教授强调从整体上把握小说中象征的重要性:"从广义上讲,当任何一事物被用来'代表'另一事物时,这一事物就构成了一种象征。在文学作品中,这种广义的象征手法从一开始就存在了。"[2] 象征是一种重要的小说艺术表现手法,戈尔丁对于小说手法的有效性有过精辟的论述:"只有当小说的手法完全渗入小说的事件、人物和基调时,它才能真正奏效。"[3]

体系化的象征是戈尔丁涉海小说重要的结构艺术。戈尔丁涉海

---

[1] HYNES S. "On Pincher Martin." Novels, 1954-1967[J]. A Casebook, 1987: 125-134.

[2] 殷企平. 小说艺术管窥[M]. 天津：百花文艺出版社,1995：51.

[3] GOLDING W. Interview with Kermode, Lord of the Flies casebook edition[M]. G.P. Putman's Sons, New York, 1954:282.

第三章 威廉·戈尔丁涉海小说现代社会主题的艺术呈现

小说中的象征与传统意义上的象征的显著区别在于他追求象征意义的多层性，他说："象征本身就是具有不可描绘含义和效果的东西，我从未听过意义的多层性，但我一直在体验这种多层性。"[①] 戈尔丁运用象征手法旨在传达这样一种理念，一部作品的伟大之处在于能够发现并书写人类经验的丰富性、复杂性与不确定性。从小说叙事的角度看，《蝇王》的主要线索是人性恶在内心的隐藏和转化，整个故事象征着人类文明的发展简史。

《蝇王》中的象征不仅是表现人性堕落这一主题的重要手法，也是整体和系统地渗入小说事件、人物和基调的结构艺术。象征手法主要表现在故事的象征性、人物（行为）的象征性、实物的象征性和场景的象征性。《蝇王》中的人物具有深刻的象征意义。拉尔夫象征着文明、理性与民主；杰克象征着野蛮与非理性；猪崽子象征着科学和智慧；西蒙象征着先知与基督教的博爱。《蝇王》中的荒岛与英国大多数小说中的荒岛相似，褪去了现代文明与理性的一切元素，象征着人与自然最原始的对立状态。也只有在这种状态下，所展现出的人性才是原初的、纯粹的和最具批判原型意义的。海螺象征着荒岛上的权威与秩序。在荒岛上的集会中，只有拿到海螺的人才有权发言，其权威来自文明社会人类的理智，理智一旦丧失，海螺的权威也就不复存在了。另外，海螺还有易碎的缺点，这正与民主在专制、野蛮面前的脆弱性相类似，戈尔丁以此来象征西方民主制度脆弱的一面。海螺从被发现到毁灭的经过象征着人类文明秩

[①] GOLDING W. Hot Gates[M]. San Diego: A Harvest/HBJ Book. 1965:74.

·173·

序的产生、发展和灭亡的过程,与人类发展的简史有着某种程度上的类似。

另外,《蝇王》中的火的象征意义稍显复杂,起初,孩子们在荒岛上燃起烟火向过往的船只发出求救信号,"火"象征着归家及回归文明的希望与梦想。然而,事与愿违,由于各种原因,火灭了,孩子们获救的希望也渐行渐远。故事结尾,杰克集团为了追杀拉尔夫而纵火烧山,荒岛变为了火海和人间地狱。出人意料的是,这本意为杀人之火却引来了来自海上的救援,成就了戈尔丁的"把戏"(gimmick)——"机械降神法"。由此可见,戈尔丁这部小说中"火"的意象颇有点有心栽花和无心插柳的反讽意味,昭示着人类社会发展的不确定性和其中不受人类控制的因素。曾莉发现了"火"的象征意义中的矛盾因素,她认为《蝇王》中的"篝火"与"狩猎"是故事发展中的一对主要矛盾:"篝火代表着生存、归家、向往文明的人类社会;狩猎则意味着苟活、野蛮和满足于原始。"[1]

《蝇王》中海洋场景的书写已超然于单纯的景物描写的边界,具有十分丰富的象征意义。对于小说的人性堕落主题,国内外大多数学者有着较为一致的看法。然而,多数学者却忽略了导致人性堕落的外部因素。殷企平教授认为外部条件是造成人性堕落的重要原因:"可是这种堕落与其说是与生俱来的,不如说是外部条件造成的"。小说的第六章("兽从空中来")是小说的中心,"也是人性从

---

[1] 曾莉. 岛和登岛的人们:英国荒岛文学现代性研究[J]. 小说评论,2013(S1):132-138.

光明变为黑暗的转折点。"[1]一方面，对于困于荒岛上的孩子们来说，海洋象征着获救的希望，因为来自海上的船只是他们获救的唯一途径。这一象征意义与《圣经》中水是再生与希望的象征有着密切关联。环礁湖是孩子们的游乐场，给孩子们带来温暖与快乐，让他们暂时忘记远离亲人的焦虑。光明的海滩空间作为孩子们集会议事的主要场所，是理性的象征："集会可以被看作理性的象征……荒山可以被视为野蛮的象征"[2]。另一方面，在造成人性堕落的诸多外部原因之中，海洋起到了推波助澜的作用。海洋的另一重象征意义是神秘与恐惧，在故事的第五章"兽从水中来"有明显地体现。正是对想象中的来自海上怪兽的莫名恐惧使孩子们心理上发生了微妙的变化，频繁出现在孩子们视野中的海上蜃景给孩子们带来了获救希望渺茫的心理暗示。等待救援的过程中，孩子们逐渐丧失理智，才会在"野蛮派"首领杰克的唆使下由文明逐步走向野蛮，走向残杀同类的深渊。除此之外，海洋的混沌也象征着人类的群体无意识，海洋永无止息的律动与孩子们由善及恶、由理性到野蛮的心理欲望暗自膨胀有着某种隐秘的关联。在心理分析学的理论框架下，"水总被认为是无意识的象征，是心理生活阴暗的、未知的层面。就像生命源于水一样，自我源于无意识"[3]。海洋环境对孩子们心理造成

---

[1] 殷企平.《蝇王》中的"人性堕落"问题和象征手法[J].杭州师范学院学报，1990（1）：88-92.

[2] 张和龙.战后英国小说[M].上海：上海外语教育出版社2004：47.

[3] MOON B. An encyclopedia of archetypal symbolism[M]. Boston & London: Shambbala Public Inc. 1997:455.

的潜在影响是使他们的控制与杀戮欲望在恐惧、盲目与无所适从中蔓延滋长,这一点在西蒙与猪崽子被杀的过程中体现得尤为明显。

总之,《蝇王》中的象征体系在建构小说结构和深化作品主题上发挥着重要的作用。正如殷企平教授所认为的:"('上山''扔石头'和'杀猪')三大事件序列是小说的中心象征。它们像音乐的主旋律一样,在书中反复出现,起了深化主题,加强结构的作用。"① 丰富的意象和象征不仅增强了作品的艺术感染力,也为读者打开了更为广阔的思维空间。

《品彻·马丁》是对坠海军官在海中挣扎及炼狱经历的书写,整体上象征着邪恶的灵魂无法摆脱上帝的审判,难以实现自我救赎。其中的海洋具有人性镜鉴的象征意义。海洋作为水的具象型符号,既是马丁为了生存进行抗争的对象,又是其为维持个体生命表征而刻意建构的生命意象。小说对海洋景色着以大量笔墨,海水及周围的一切都呈灰暗色调,频繁的阴雨以及暗黑的海上波涛不禁让读者联想到世界末日的情景氛围。这一海洋场景象征着上帝将对一个邪恶的灵魂进行最后的审判,这与水在宗教语境中的神圣意象密切关联。除此之外,水还具有"净化"灵魂的象征意义,这源于基督教语境中"水"这一物质的涤罪意义。"因为水本身具有涤罪的特征,因此被视为神圣。洗礼的圣水能够洗刷罪孽,并且一生只赐予一次。圣水能使人脱胎换骨,使一段经历死亡,成为新人。"②

---

① 殷企平.《蝇王》中的"人性堕落"问题和象征手法 [J]. 杭州师范学院学报,1990(1):88-92.

② 邱永旭. 论海明威小说中水的意象 [J]. 域外小说研究,2009(5):221.

然而，马丁罪恶的灵魂即便是身处海洋这一"净化"的绝佳环境也拒绝忏悔，无法得到救赎是其必然的宿命。对语言的关注一直是戈尔丁的兴趣所在，从其童年时期如收集邮票般积累词汇可见一斑。语言不仅象征着人类文明，也象征着理性。在《品彻·马丁》中，主人公的语言行为象征着其紧紧抓住生命表征不放的执迷意念。作者"通过突出'点名''对话'等行为以及其失效，隐喻地表现了现代社会的文明、理性在认识上的有限性，并以此引起读者对一种绝对理性的认识模式影响的警惕。"[①]

语言是人类特有的行为能力，也是人类区别于其它动物的主要特征。马丁以自己熟悉的名称对礁石上的各个地点命名的行为不仅是在暗示自我生命的延续，也是在宣誓对海中礁石的占有和支配，有着深刻的殖民文化意义。他在漫长七日炼狱的第六天甚至创造了上帝并命令上帝只能使用自己创造的词汇："他想要朝着那只充血的眼睛纵声大笑，但听见的只是像狗吠样的声音。他朝那张面孔嚷道：'在第六天他创造了上帝。因此，你只能使用我的词汇，别的我都不准。他按照自己的形象创造了他。'"[②] 然而，随着故事的发展，原本被支配的物体对命名不再做出回应，这一行为的有效性受到质疑，马丁的意识也慢慢变得迟钝。故事结尾，上帝以黑色闪电的形式完成了对马丁邪恶灵魂的审判，马丁的嘴巴讲了一会儿之后便安

---

① 温馨.戈尔丁小说中的语言象征与理性批判：以《品彻·马丁》为例[J].文化创新比较研究.2021（28）：50-53.

② 威廉·戈尔丁.品彻·马丁[M].刘凯芳，译.上海：上海译文出版社，2000：176.

静下来，最后连嘴巴也消失了。马丁的灵魂连同嘴巴一齐消失，命名能力也毫无踪影，与之一起消失的还有化作冻结纸片的海洋，它本身就是马丁意识的建构。最后，只剩下马丁身体的"中心"还在力不从心地抵抗着，并发出"既无声音又无词语的呼喊：'我诅咒你这混账的天！'"[①] 随着闪电再次袭来，马丁的身体及头脑中建构的一切全部消失，仅存的是一对象征马丁贪婪自私灵魂的龙虾的龙虾的钳子。一个在生死边缘挣扎，连最基本的生存问题都无法解决的人，抑或是灵魂似乎稍有一丝喘息的机会，就忙着对一块不毛之地宣示主权，说明占有一切是他精神特质的标签，其殖民思想与殖民意识已深入骨髓。这部小说创作于20世纪50年代，正值英国国力日益衰落和殖民地人民民主意识日益高涨的时期，英国在全球的殖民统治迅速瓦解。作者对马丁"命名"行为的书写表达了其在无可殖民的时代背景下对殖民心态的嘲讽和对英国殖民史的深刻反思。

"水是生命的力量，意味着治疗、清洗、破坏与再生。"[②]《航海三部曲》属于非典型意义上的航海小说，主人公以航海日志的方式展现英国社会百态。小说中呈不同形态的水具有核心象征意义且对表现作品主题发挥了不可或缺的作用。其中的第一部小说《启蒙之旅》聚焦贵族青年塔尔博特的成长，客观上与另一主人公牧师科利的堕落形成鲜明对照，二者的命运曲线在总体上呈近乎相反的变化

---

① 威廉·戈尔丁.品彻·马丁[M].刘凯芳，译.上海：上海译文出版社，2000：181.

② MOON B. An encyclopedia of archetypal symbolism[M]. Boston & London: Shambbala Public Inc. 1997:456.

第三章 威廉·戈尔丁涉海小说现代社会主题的艺术呈现

趋势。在两位主人公命运发展的关键节点，水这一物质起到了指示作用。登船后不久，塔尔博特便凭借其贵族身份和家庭背景在船上畅行无阻，就连船长也惧其三分。自以为是的科利冒失地登上后甲板时则遭到了船长的斥责与威胁。船长之所以对牧师如此嫌恶与其家庭出身和航海文化有密切关系。不仅如此，在穿越赤道的仪式中，科利被当作"壳背"浸入盛满尿液与污水的池中当众受辱。若不是大副萨默斯在紧急关头鸣枪制止，科利恐有性命之危。科利遭遇的污水浸洗象征着其牧师身份的脱冕及悲剧命运的开端。在遭遇污水浸洗后，科利的身份被降格，变得放纵不羁，不仅在甲板上唱淫秽小调、当众便溺，还在酒醉后同水手发生同性关系，最终因受到牧师身份与自身行为巨大落差带来的刺激，羞愧万分而自绝于卧舱。塔尔博特的遭遇与人生轨迹与科利相比有天壤之别。与穿越赤道仪式中科利遭污水浸洗同时发生的是塔尔博特在自己的卧舱与同船妓女上演的性狂欢。狂欢中跌落的书籍象征着理性的彻底颠覆，身上的汗水则象征着主人公在生理上成人礼的完成。纵观整部小说，塔尔博特的道德水准在这一颇具争议且充满象征意义的性仪式后触底反弹，这也使其完成了从年少稚气到思想成熟的蜕变，为其由贵族到平民身份的认知转变奠定了基础。航船行至深海区，淡水十分稀缺，沐浴成为困扰每一位乘客的难题，穿越赤道时由于船底水草的阻碍航船行驶缓慢，再加上气候让人湿热难耐，无法忍受的塔尔博特终于抓住机会趁着浓浓的夜色在下雨时跑出卧舱用雨水沐浴。塔尔博特这一看似荒唐可笑的行为象征着人类在自然面前顽强的适应能力以及在复杂情境下自我灵魂的净化能力，使他后来换上水手服值班的举动看起来更加顺理成章。航船偏航,朝着南极的方向进发,意外出现的冰山为小说增加了戏剧元素,也象征着人生的不确定因素。冰山作为水的固态形式,为航行带来了极大的不确定性,也为两位遵循不同路线的航海者贝内和萨默斯创造了展现不同才华的机会。二人以近乎对立的方式:理性(天体运行规律)和感性(经验)来规划航线,结果却殊途同归。《航海三部曲》是关于从旧世界(英国)向新世界(澳大利亚)的航程想象,水即希望的象征意义贯穿小说的始终。然而,"火"也会偶然不失时机地出现并扼杀希望(小说的第三部名为《甲板下的火》),这构成了作者航程书写中的二元对立。"一声可怕的爆炸,几乎就在我的脚边,噼里啪啦地在空中飞过,接着又发生了两次爆炸,一个接一个。我看到甲板在我脚下裂开,一直延伸到船头。整艘船的门都打开了,升起了一个燃烧着的塔,剩下的主桅在塔的中央倒塌了。一个巨大的火星从我们头顶的火堆中喷射出来。"[1]

故事结尾,航船终于如愿到达对跖岛,航船乘客即将在新世界开启新生活,故事也即将就此落下帷幕,在给人希望的同时作者也似乎在有意制造悲剧结局,让读者几近绝望。航船在到达终点后莫名燃起大火,乘客纷纷弃船登岸,然而,已升至船长职务的萨默斯誓与此船共存亡,最终葬身火海。吞噬航船及萨默斯的大火是否是之前修复主桅作业时留下的隐患所引发已无从考证,但是有一点可以肯定的是无名大火引发的悲剧象征着萨默斯所代表的保守谨慎传

---

[1] GOLDING W. To the ends of the earth[M]. London: Faber & Faber. 1991: 1104.

统的式微以及贝内所代表的科学理性的崛起乃至失控。《航海三部曲》中的海上航行象征着人物的命运旅程，这是西方海洋文学传统在探索人类经验时的常见形式。

二、凸显人类生存困境的叙事艺术

从总体上说，威廉·戈尔丁涉海小说呈现了当今人类所面临的生存困境。海、岛、船等人类欲望空间表征，个体的欲望膨胀和群体的堕落是这种困境的根源。以个体生命感觉为依托的伦理叙事和具有舞台意蕴的空间叙事使这种困境的呈现更具艺术特色。戈尔丁涉海小说的叙事艺术是对工具理性和人类中心主义的批判，彰显了鲜明的社会生态意识。

（一）以个体生命感觉为依托的伦理叙事艺术

戈尔丁涉海小说中的荒岛、礁石及航船是小说人物赖以生存的小环境，方舟的意象十分鲜明，小说叙事中蕴含着人类同舟共济、命运与共的共同体意识。他通过以海洋为背景的人类生存困境来展现对共同体意识的焦虑。这种生存困境中自然包括人类无法摆脱的伦理困境："戈尔丁能够在20世纪50年代初便意识到共同体观念所蕴藏的伦理困境，并以《蝇王》表达他对那种未经深思熟虑的共同体重建冲动的审慎姿态，已经是相当难能可贵了。"[1]《蝇王》中的孩子对海洋及荒岛环境的伦理态度是充满矛盾的。一方面是这一环境

---

[1] 杨国静.共同体的绝境时刻：论《蝇王》中现世民主与猎猪部落的双重崩塌[J].国外文学，2020（3）：107-116.

的自然禀赋是他们生存与快乐的来源。初登荒岛的孩子感受到的更多是自由和快乐，他们眼中的海洋环境也自然是无忧无虑的。另一方面，海洋的隔绝性和海岛的封闭性使他们感受到自然的单调与恐惧，海洋也在他们眼中变得愚钝和不可理喻。随着时间的推移和获救希望的渺茫，对自然环境的恐惧与焦虑渐渐超过了热爱与向往。人与自然和谐相处的生态意识逐渐让位于控制及杀戮心理的现实需求，孩子们的分裂变得不可避免，人与自然之间相对平衡的伦理关系也随之被打破，人类不断膨胀的欲望是造成这种局面最为直接的原因。戈尔丁的伦理叙事艺术在于对人性潜在欲望多角度地呈现。年龄较小的孩子亨利对海边小生物的控制展现了人类对生存环境的控制以及存在于潜意识中的恶；罗杰从向人投掷石子到滚巨石杀人的转变是对杀戮欲膨胀及环境因素的揭示；杰克以猎杀野猪及吃猪肉的方式实现对集团成员的心理控制是对群体邪恶机制的揭露；作者以海洋无意识的律动与人类群体的盲从意识相类比，揭示了主观与客观世界运动变化规律的共性。

《品彻·马丁》的伦理叙事艺术要从人类对于生命的感觉谈起。刘小枫认为："什么是伦理？所谓伦理其实是以某种价值观念为经脉的生命感觉，反过来，一种生命感觉就是一种伦理。有多少种生命感觉，就有多少种伦理。伦理学是关于生命感觉的知识，考究各种生命感觉的真实意义。"[1] 换句话说，有什么样的价值观念就会有什么样的生命感觉。从伦理叙事的视角来看，在这部小说中，马丁

---

[1] 刘小枫. 沉重的肉身 [M]. 北京：华夏出版社，2007：4.

第三章 威廉·戈尔丁涉海小说现代社会主题的艺术呈现

被塑造为一个价值观念极度扭曲的生命个体，这就决定了他的生命感觉也是扭曲的。为了揭示马丁生命感觉的扭曲，戈尔丁将马丁这一生命个体置于浩瀚、冰冷的大西洋，以极端的环境实现对人物生命感觉的极致书写。反过来，马丁生命感觉的扭曲也在不断印证其价值观念的扭曲。这种价值观念最大的特点就是虚妄，马丁在与大海的抗争中毫不示弱，不肯承认自我在海洋巨大力量面前的微不足道，以不断地自我肯定验证着逐渐消逝的灵魂，紧握逝去的生命表征的行为与意识从根本上代表着思想与灵魂的虚伪本质。

首先，被马丁奉为信条的实质上是以丛林法则为基础的极度自私的价值观。如"吃"这种人类与生俱来和习以为常的行为在马丁看来具有丰富的象征意义："吃东西这整个过程具有特别的意义。在各种层次上人们都将它固定成为一种仪式，法西斯分子将它作为一种惩罚，宗教徒将它作为一种礼仪，吃人的部族不是将它当作仪式，就是当作药或者作为宣告战胜敌人的大庆典。被杀掉了吃下去。"[①] 从马丁坠海后不断展开的片段式回忆中不难发现，作为马丁价值观中核心关键词的"吃"实质上就是占有，不择手段地占有：他软硬兼施地占有了朋友的未婚妻和剧组老板的妻子。剧组里最好的角色，被同伴嘲讽为最适合出演"贪婪"这一角色最好的位子，为了占有他从来都是不择手段。在小说结尾，马丁的意识化作了一对龙虾的钳子，这是对马丁扭曲价值观的形象诠释，也是作者对此类人无法回避结局的有力批判。价值观的扭曲使马丁之流将自我意

---

① 威廉·戈尔丁.品彻·马丁[M].刘凯芳，译.上海：上海译文出版社，2000：73.

识凌驾于现实之上，纵然能感受海洋环境的残酷现状也无法把握救赎的机会，只能在贪婪与虚妄的精神道路上渐行渐远。马丁扭曲的价值观与他在坠海溺亡过程中迥异于常人的生命感觉从伦理精神上是高度一致的，叙事场景与主题的高度契合是作者高超艺术水准与丰富人生经历的折射。

《蝇王》与《品彻·马丁》的伦理叙事艺术意图揭示人类自身无法克服的缺陷和难以走出的怪圈：将私利凌驾于自然生态法则与社会生态伦理之上，为了满足人类的一己私欲，对自然进行无限度的索取，对同类实施无底线的控制。这类行为与生态伦理中关爱自然、敬畏生命的基本理念完全相悖，是作者从生态伦理的高度对人类历史的反思。作品中所蕴含的人类处理与自然与他人关系的理念，对当今国际社会诸多问题的应对有一定的启示与借鉴意义。

《蝇王》中孩子们初登海岛，陶醉于海岛的自然生态美："棕榈树密布海岸，向阳伫立，或倾斜，或歪倒，碧绿的枝叶朝百尺高空伸展开去……环礁湖像山地的湖面那样平静，呈现深深浅浅的碧蓝、墨绿和青紫等颜色。"[1] 海岛上的自由为孩子们展现天性创造了优越的环境，孩子们出于本能地适应着环境，也在无形中按照人类文明的规则建构海岛秩序也进行着破坏。其中，最为典型的是对野猪的无情猎杀和对大自然的贪婪索取。前者导致孩子们的分裂，后者直接揭露人的本性。人类的控制与杀戮欲望决定了野蛮派必然占据上风，这时，海岛社会彻底失序，遭到焚毁的海岛象征着社会理

---

[1] 戈尔丁.蝇王[M].龚志成，译.上海：上海译文出版社，2018：4.

性秩序的彻底崩塌，失控的情境使人震撼："烈火蔓延到海边的椰林，噼里啪啦地把它吞没了。一条似乎是无关紧要的火舌，像个杂技演员那样飘荡过来，把石台上的棕榈树顶全烧着了。"[①]《蝇王》中海岛自然状况的演变揭示了文明被野蛮击溃的过程，表达了作者对社会生态失范及自然生态失衡的忧虑与批判。

《蝇王》中，戈尔丁将一群稚气未脱的英国男孩作为主人公，将风光旖旎、气候宜人的热带海岛作为故事背景是有很深用意的。他认为荒岛上玩耍的孩子们是表现人性堕落主题的最佳方式："……于是，我决定采用儿童小岛历险记这一文学模式……这样就可以显示，他们所组成的社会形态如何受到他们那病态、堕落人性的限制。"[②] 小说中互不相识的孩子们临时组成的荒岛小社会既有人类文明无法抹去的印记又有与成人社会完全不同的可塑性，其发展历程是人类历史的缩影。小说所反映的生存困境实质上是一种人类在失去信仰之后的精神困境："戈尔丁通过西蒙的悲剧表达了他对20世纪人们摒弃上帝的忧思，认为抛弃信仰会导致虚无与混乱，野蛮和黑暗将横行，失去信仰的现代人也会如同荒岛上的孩子们一样，无可挽回地走向堕落和毁灭。"[③] 小说的典型环境是荒岛与海洋，荒岛是人类基本生存条件的依托与人类得以立足的支点。浩瀚的海洋所呈

---

① 戈尔丁.蝇王[M].龚志成，译.上海：上海译文出版社，2018：228.
② 张中载.当代英国文学论文集[M].北京：外语教学与研究出版社，1996：158.
③ 李雅婷.《蝇王》对荒岛文学的继承和发展[D].武汉：华中科技大学，2016：37.

现的混沌表象与人类失去信仰后群体无意识状态高度契合，为展现人性之恶与人类面临的生存困境创造了理想的条件，客观上也起到了见证人类堕落的效果，形成了叙事场景与小说主题在精神境界上的高度契合。

《航海三部曲》的第一部《启蒙之旅》的核心事件是航船穿越赤道的"越界仪式"和牧师科利之死。首先，从科利事件本身来看，其行为本质是一种与"普适"道德相悖的自杀行为。根据康德的三条道德律令之一"行为必须具有可普遍性"[①]来判断，自杀行为因不具有可普遍性，所以不符合道德。由此来看，对于科利的悲剧，其制造者们虽难辞其咎，但科利的自我认知与自身性格缺陷应是事件的主要矛盾。这一事件虽能看作是社会小人物在巨大的社会压力之下对自我尊严的维护，但个体生命为之付出的代价未免过大。关联起来看，导致科利之死的直接原因是其缺乏自律。按照康德的第三条律令"意志自律"："实践意志的第三项原则，作为自己和全部普遍实践理性相协调的最高条件，每个有理性东西的意念都是普遍立法意志的观念。"[②]换言之，康德认为人具有"意志自律"的自由。科利有充分的自由进行自己的道德判断，但缺乏自我与社会认知的他却不具备做出合理道德判断的能力，在内外部因素的诱导（酒醉与水手）和以船长为首的上层社会精神与肉体的双重迫害下自食其

---

① 周中之，黄伟合.西方伦理文化大传统[M].上海：上海文化出版社，1991：246.

② 周中之，黄伟合.西方伦理文化大传统[M].上海：上海文化出版社，1991：249.

果,郁郁而死。船长对他的迫害与乘客的冷遇虽是他死亡的诱因,但不构成主导因素,他依然有决定自己命运的自由和主观能力。

在调查科利死因的过程中,船长安德森看似避重就轻地中途停止(谎称科利死于"低热"),并以"在船上种花要习惯损失"向塔尔博特暗示自己行为的合理性。这使坚称要为科利伸张正义的塔尔博特颇为不满,并扬言要将此事详尽地记入日志待其爵爷追查。早在1970年,大卫·斯皮策就认为:"明与暗之间的斗争是一个让戈尔丁关注到着迷的主题。"① 可见,直到戈尔丁创作生涯后期,戈尔丁在这方面的兴趣也丝毫没有发生转移。然而,对于科利死因的调查,认真思考便不难发现,船长的做法有其合理之处。因为科利事件不仅涉及多名水手,还与某些海军军官无法脱离干系,继续追查可能引发十分危险的后果,整个船上的秩序恐怕会受到严重影响。航海是人类具有相对隔离性与封闭性的探索世界的活动。这个封闭的航船社会在运作机制上犹如一个国家,上层统治的稳定事关航船的安全。上层统治基础的问题会严重威胁国家统治秩序,航船也就会处于极度不确定的风险之下。戈尔丁通过航程书写巧妙地将伦理叙事融入西方航海叙事中以船喻国、以航程比拟人生的大传统。航船如国家,船长安德森的做法貌似是为了使自己规避罪责,却十分契合黑格尔所倡导的"国家至上"理念。"黑格尔认定:'国家是伦理理念的现实。'这就是说,国家是绝对精神在伦理阶段中最完善的体现。他又说:'国家是绝对自在自为的理性东西。'这就把国家

---

① SPITZ D. Power and authority: An interpretation of Golding's "Lord of the flies" [J]. The Antioch Review. 1970, 30(1): 21-33.

看成是绝对合理的、永恒存在的东西。"[1]在国家根本利益面前,任何个人或团体的利益都显得无足轻重。换言之,国家是个体存在的前提和基础,在国家利益面临威胁的情境下,为了国家利益放弃自我利益是每一个社会个体的责任和义务。"皮之不存,毛将焉附"的道理在这一事件中得到了生动的诠释。在这一过程中,行使"国家领导人"职权的船长安德森发挥了关键作用。他以看似无所作为的方式恪尽职守,维护了全船的稳定,使之能够顺利向前航行。由此出发,在个人与国家的关系上,黑格尔强调国家至上。他认为,"个人本身只有成为国家成员才具有客观性、真实性和伦理性","成为国家成员是单个人的最高义务"。这种国家至上的道德观与其哲学体系是相一致的。"[2]在个人与国家利益问题上,戈尔丁再次彰显了一位"道德家(moralist)"应具备的艺术匠心与功力。由此看来,"直至世界尽头"(《航海三部曲》的英文书名及以其为蓝本的电视剧名)的标题蕴含了作者希望国家之舟行稳致远的美好愿景。

"人类生存的这一特性决定了任何个体都无法摆脱各种秩序的规约。伦理秩序就是其中之一。"[3]《航海三部曲》中的伦理叙事艺术蕴含于从"旧"到"新"的转变之中。这一转变从表面上看是航船

....

[1] 周中之,黄伟合.西方伦理文化大传统[M].上海:上海文化出版社,1991:253.

[2] 周中之,黄伟合.西方伦理文化大传统[M].上海:上海文化出版社,1991:254.

[3] 龚刚.存在与叙事:从伦理叙事学到哲学叙事学[J].语言与文化论坛,2018(3):2-11.

由旧世界驶往新世界的漫漫航程。主人公的精神境界与道德品质在航程经历中得到了质的提升、旧的文化传统不断受到各种新思想的挑战。从伦理叙事的角度来看，航行象征着历史潮流中新事物代替旧事物的必然性。安德森代表的上层统治中的专制思想受到来自科利、德弗雷尔等的民主思想的挑战。虽然这些挑战最终以失败收场，却代表着一种不可阻挡的进步力量，是历史发展必然趋势的推动因素。萨默斯依靠自我奋斗实现人生理想，代表着依循传统的进步因素，以贝内为代表的激进思想派以现代科学思想为强大支撑，构成对传统保守势力的巨大冲击。

以英国美学家克莱夫·贝尔所提出的"有意味的形式"为视角观察《启蒙之旅》中采用的双视角叙事手法能展现人物隐秘的内心世界，科利写给其姐姐的长信可视为塔尔博特航海叙事的辅助视角。双视角叙事的伦理意义暗示了等级社会中上层的话语权居于主导地位，下层在社会话语行为中处于从属地位。然而，通过下层视角却往往能洞悉隐含的社会主要矛盾与问题，社会伦理意义更为突出。科利的长信从另一视角充实了读者对航船事件，尤其是越界仪式与科利个人生活经历的认知，填补了叙事主视角阴影下的留白，展现了与塔尔博特迥异的航海体验以及对社会截然不同的认知，凸显了伦理叙事的不确定性。

戈尔丁的涉海小说叙事展现了鲜明的生态伦理意识已在国内学界形成共识。从生态视角来看，《蝇王》中不时出现且呈动态变幻的自然环境状况与人类生存境遇息息相关。姜峰认为："戈尔丁在《蝇王》中对现代性进行了深刻反思，并传达了自己的生态伦理意识。戈尔丁将流落荒岛的孩童们的命运与大自然融为一体展现了人与自然相互联系、彼此依存的生态整体性，批判了破坏生态整体性的人类中心主义和技术理性，在批判现代性的同时贯穿着超越现代性的生态伦理诉求。"[1]《蝇王》中所呈现的人与自然相互影响与制约的密切关系揭示了作者将人与自然视为有机整体的生态观。其中的主人公拉尔夫和杰克展现出对待自然截然相反的态度，一个顺应自然，一个悖逆自然。前者守护火种以待救援、遵循包括卫生习惯在内的种种文明习惯，顺自然之势而为，潜意识中隐含了以保持原生态自然为目的的环保意识，是生态发展观的代表。后者主张回归山林猎杀野猪，保持野蛮生存状态，以牺牲自然环境实现自我欲望的满足，是悖逆自然的典型代表。

《蝇王》是寓言小说，作者从一开始选择荒岛作为叙事背景是有很深用意的，薛家宝道出了荒岛的深层寓意："荒岛在《蝇王》中已不再是荒岛，而是人类现实环境的一种象征，是西方文明社会的一种变形"[2]。在生态批评学者劳伦斯·布依尔（Lawrence Buell）提出的"环境无意识"[3]的理念视角下，戈尔丁涉海小说中的海洋环

---

[1] 姜峰.《蝇王》中的后现代生态伦理意识[J]. 南华大学学报（社会科学版），2021（5）：103-109.

[2] 薛家宝.荒岛：人类文明的"透视镜"——论《蝇王》对传统荒岛小说的突破[J]. 南京师大学报（社会科学版），1999（6）：96-101.

[3] Buell, Lawrence. Writing for an Endangered World: Literature, Culture and Environment in the United States and Beyond[M]. Cambridge, MA: Harvard University Press. 2001:18-27.

境一直被塑造为人类行为无声的承受者,是作品悲剧意识表达的重要方式之一。人类在欲望的驱使下对环境无情地的索取与破坏,而自然界的每个存在物都有自己独特的存在价值与内在的合理性。这体现了戈尔丁的整体生态观中对生态整体性的重视以及对人类中心主义的批判。

戈尔丁对海洋、荒岛与航行的书写本质上是人类对自然与对自我的探寻,这种探寻从未止步且以自我发现与启示为目标导向,过程的意义通常大于结果:"每一次追求都是由所追求的东西引导的。此外,在被探寻的事物中,也存在着通过探寻而被发现的东西;这才是真正的目的。有了这个,探究就达到了它的目标。"[1]肖霞从人与人之间关系的伦理视角对戈尔丁前后期作品进行了比较分析,她认为:"这种伦理关系视角下,戈尔丁小说中人物形象的衍变趋向呼应了人文学科其他领域时代反思的诸多成果,是小说创作与时代互动的有力例证。"[2]然而,人是万物的尺度,从生态伦理的角度出发,这种"给予"的关系实际上也适用于人与自然的互动,是贯穿于戈尔丁创作生涯的生态意识的深刻诠释。

戈尔丁希望人物通过自我反思及反省实现救赎,以个体的道德完善来实现一种社会的文明价值。更多地通过人物的内心自律而不是社会规范实现社会秩序,实质上是一种对社会理想状态不太切合

---

[1] HEIDEGGER M. Being and time[M]. MAUARRIE J, Trans. New York: State University of New York Press, 2010: 24.

[2] 肖霞. 从"悲恸"到"给予":威廉·戈尔丁小说中"我""你"关系的衍变[J]. 语文学刊,2020(6):76-83.

实际的想象。戈尔丁对人性的发掘与阐释就是人性中隐藏的因子会随着环境的变化而发生变异，这对我们认识人性具有一定的启示意义。社会个体的素质对于社会文明建设固然重要，然而，人类只有建立保障全体成员的文明体制，才有可能最大限度地保障每个个体的根本利益。

（二）具有舞台意蕴的空间叙事艺术

威廉·戈尔丁一生与海洋结缘，海洋自然成为其叙事作品不可或缺的元素。其笔下的荒岛、礁石与航船都依海而生，小说也因海洋实现了时间与空间的双重跨越，建构了蕴含丰富的指涉系统。涉海空间是其小说《蝇王》《品彻·马丁》《航海三部曲》的核心意象，具有揭示作品主题的意蕴。戈尔丁笔下的涉海空间是一种社会空间，不仅是人性、成长、等级等主题建构的基础，更彰显了顽强、进取、包容的海洋精神。戈尔丁小说的涉海空间又是一种极致的文化及叙事动力空间，反映了现代人类思想迷茫、情感无所寄托的状态，回应了20世纪中后期西方社会的重大关切。依托西方海洋文学传统中的丰富意象，戈尔丁小说的涉海空间呈现多重意蕴。《蝇王》中的海洋既给人希望又令人敬畏，其中的海洋与荒岛空间隐喻不同的社会理想；《品彻·马丁》中的海洋空间封闭而又极具张力，具有人性镜鉴的意蕴；《航海三部曲》中的航船空间是人性的试验场，象征英国等级社会。航行如人生，促进人物身体、心智与道德成长。涉海空间中的人物展现了顽强、进取、包容等海洋精神。涉海空间是参与小说叙事的主题空间，其空间转换是小说的隐形叙事动力。

第三章 威廉·戈尔丁涉海小说现代社会主题的艺术呈现

威廉·戈尔丁是二战硝烟中的幸存者，也是不太走运的"弄潮儿"。在二战期间他在英国皇家海军服役并参加知名海战，在《蝇王》获得成功后，他还购买帆船多次驾船出海，虽遭遇风暴或船难落水等不测，但都所幸安然上岸。据 BBC 专门为其拍摄的纪录片，戈尔丁最喜欢的事情之一就是独自坐在海边长时间地凝视大海冥思。

受其生活经历影响，戈尔丁创作中的海洋元素十分突出，海洋被赋予多重意蕴。他惯于让主人公在海洋这类极端环境下暴露自我本性。不仅如此，戈尔丁与麦尔维尔作品中的海洋都有与神性相关联的意象："在麦尔维尔（Herman Melville）的《白鲸》中，海洋的力量在最根本的层面上与神性紧密相连"[①]。《品彻·马丁》中的海洋象征对马丁进行审判的上帝，《航海三部曲》中的海洋在牧师科利死后展现出了对人类航行的惩罚。作为人类认知与实践边界的海洋，为戈尔丁笔下的人物提供了理想的舞台。他笔下所呈现的荒岛、岩石、航船等与海洋相关的空间承载着丰富的意蕴：人性表征、生存状态、舞台隐喻和叙事动力。

戈尔丁小说中的涉海空间是人性欲望的表征。涉海小说选择远离英国小说陈规的主题与场景，在封闭与孤立的海洋环境下展开叙事，其笔下的涉海空间是为人性实验而创设的异境空间。《蝇王》中的涉海空间见证人性之恶。《蝇王》中流落热带海岛的孩子们起初享受着大自然的馈赠，他们自在游乐，随遇而安，甚至为所欲为。作者以一群天真无邪的儿童初登海岛的快乐展现人类对自然的向

[①] 段波."海洋文学"的概念及美学特征[J].宁波大学学报（人文科学版），2018（4）：109-117.

往。然而，这种自然空间给人带来的简单快乐是短暂的，很快被人类试图控制一切的欲望所打破。在内心恐惧与控制欲的双重作用下，以杰克为首的野蛮派与拉尔夫为首的民主派的争斗持续始终。大海见证了人类的控制欲，他们当中最小的亨利用木棒在沙滩上挖出小水沟，通过行使对小生物的控制权感受自足的快乐。孩子们的控制欲还表现在对大自然的肆意破坏和贪婪索取上：猎杀野猪、焚烧山林。"智胜那头活家伙，把自己的意志强加于它身上，结果它的性命，就像享受了那香味常驻的醇酒。"[①]

  大海也见证了由人类的杀戮欲引发的人道危机。在一个狂风暴雨的夜晚，受到狂热杀戮气氛浸染的猪崽子和拉尔夫急切地加入野蛮派以控制内心的恐惧与不安，共同杀害了道破真理（野兽其实是我们自己）的西蒙。在西蒙被当作"野兽"猎杀的过程中，孩子们在海岛空间经历了从杀猪吃肉、情绪失控再到野性爆发的渐变过程。这一过程中，暴风雨下的海洋极端环境引发了潜藏于人类内心的控制与杀戮欲望。当被孩子们当作真正"野兽"的飞行员尸体被雨水冲向大海，一切归于平静。西蒙死后，海中的小生物为其尸体镶嵌银边，为这位本就神秘的主人公平添了几分玄幻色彩。最终，不断上涨的潮水使西蒙的尸体轻轻地漂向了更为辽阔的海域，实现了人物的神圣化定格。西蒙死后，岛上秩序不再，猪崽子首先成为野蛮派猎杀的目标，当他被罗杰撬下的巨石吞噬而漂入海中后，大海"发出来缓慢而又长长的叹息"[②]，尸体随之被海浪卷走。这时的

---

① 戈尔丁.蝇王[M].龚志成,译.上海：上海译文出版社，2018：76.
② 戈尔丁.蝇王[M].龚志成,译.上海：上海译文出版社，2018：212.

海洋空间饱含对主人公遭遇的同情与悲悯。西蒙与猪崽子死后漂入大海象征着人类向大自然的回归,形成人物精神升华的意象,生态意蕴鲜明。正如钟燕认为:"'回归故乡''回归大海母亲的怀抱'等文学上的比喻有着生态学上的真实性。"[①] 作品的人性主题在充满生态观照的人物书写与反生态主义的杀戮欲所形成的强烈对照中得以彰显。

小说结尾,杰克集团为追杀拉尔夫而将荒岛付之一炬。熊熊大火意外地引来了途经的战舰,拉尔夫幸免于难,孩子们摆脱了沦为野蛮人的命运。物质层面的大海阻隔了孩子们的归家之路,海洋环境似乎助长了人性恶的滋生,然而,大海另一边的文明世界才是人性恶的真正源头,正是那里的核战争导致孩子们流落荒岛。辩证地看待海洋在小说叙事中的作用便不难发现:大海并非阻隔文明的实质性障碍,真正使人类与文明秩序渐行渐远的是人类不加节制的贪欲。因此,文明需要人类共同创造与维系。《蝇王》中时而平静,时而澎湃的大海"看来就像某种巨兽在呼吸"[②],象征着人类潜藏于内心的欲望。这种欲望与荒岛社会的失序、争斗及"群体无意识"的思想氛围相契合,是20世纪上半叶人类社会动荡与灾难根源的生动写照。

《品彻·马丁》中的海洋镜鉴人性之恶。镜鉴是世界文学的常见主题,至少有两层涵义:一是见证,二是洞察。张隆溪认为:

---

① 钟燕.水球有机论与蓝色批评[J].江苏大学学报(社会科学版),2017(3):40-44.

② 戈尔丁.蝇王[M].龚志成,译.上海:上海译文出版社,2018:117.

"……但从比较的角度来看，我们可以清楚看到镜或鉴具有跨语言和文化界限的普遍性"[1]。以大海镜鉴人性是西方海洋文学的重要传统。小说《品彻·马丁》详细记述了一个无恶不作的低层海军军官马丁因所在军舰被击沉而落海、奋力抗争以及在挣扎中展开回忆的全过程。整个过程中，海洋不仅是叙事的主体空间，也是镜鉴极恶人性的核心意象。落水之初，海洋构成马丁最大的生存威胁。在他看来，海水如地狱之火，对他灼烧，令他窒息，毫不姑息，对此他唯有抗争。抗争之际，他似乎听到了涡轮发动机运转失灵的声音，头脑中不时闪现霓虹的轨迹，现实的生存威胁与虚幻的回忆在他的头脑中轮番登场。马丁的抗争越是剧烈，海水越是汹涌，他对大海说："你不过是台机器……我所要做的一切就是忍受。"[2]海洋恢复平静后，马丁似乎逐渐恢复意识并妄言要将大海击溃。马丁与大海的互动中面对自然伟力顽强不屈，大海见证了他的顽强。当他坚定地看向大海时，才突然间意识到自己是在透过一扇窗户朝外看，"他是在自己身体里面的顶端"[3]。因为身体的其他部分已逐渐失去知觉，就连自我也仅仅保留了头脑中的一种建构。他先是以意识建构海洋，尔后又利用回忆与现实之联系建构身份。马丁在海洋中抗争与其说是为了保持身份，不如说是为了维系生命。

---

[1] 张隆溪. 从比较的角度说镜与鉴[J]. 文学评论，2019（2）：5-12.
[2] 威廉·戈尔丁. 品彻·马丁[M]. 刘凯芳，译. 上海：上海译文出版社，2000：43.
[3] 威廉·戈尔丁. 品彻·马丁[M]. 刘凯芳，译. 上海：上海译文出版社，2000：67-68.

第三章 威廉·戈尔丁涉海小说现代社会主题的艺术呈现

海洋也洞察了一个灵魂的极端自私与邪恶。马丁在抗争中不断闪现的片段化的回忆是对他极其自私卑劣而又作恶多端的灵魂的无情揭露：以软硬兼施的卑劣伎俩占有好朋友纳特的未婚妻，并试图致他于死地而后快，还蓄谋致使另一位朋友伤残。在作者看来，马丁是一个注定要被毁灭的人，这个没有灵魂的人在极端环境下贪婪地求生，不惜一切代价，内心没有一丝悲悯。因此，落水求生的经历从侧面展现了其卑劣的人生观，而海洋则是这一人生观的洞察者。戈尔丁在小说中戏仿了上帝造人的七日模式，并在最后一天让黑色闪电击中马丁，完成代表正义的上帝对极恶的代言人马丁的审判。

小说结尾，作者对围绕海洋中处于溺亡状态的马丁所进行的建构予以解构，揭示了其落水不久便已死去的事实，马丁赖以生存的礁石不过是其牙齿的幻化，奋力抗争的场景不过是他自己编织的美梦。戈尔丁以出人意料的方式消解了一个充满争议与矛盾的形象，一个在死亡面前顽强抗争的英雄和现实中无恶不作的小人合二为一的形象，海洋镜鉴了一位充满私欲的精神虚妄者内心世界的幻灭。

《航海三部曲》中的航船是欲望空间的表征。《航海三部曲》讲述了19世纪初期英国各阶层人士由本土出发经由赤道驶往澳大利亚的航程故事。戈尔丁通过航船空间来表征人物身份：下层移民肮脏昏暗的生活空间、塔尔博特卧舱的书籍、科利的祷告台、安德森船长的卧舱"仿佛有皇宫一样面积"[1]及其间肆意生长的绿色植物都表征了人物迥异的身份与隐秘的欲望。

---

[1] 威廉·戈尔丁.启蒙之旅[M].陈绍鹏,译.北京：北京燕山出版社，2017：137.

叙事主人公贵族青年塔尔博特此行是去殖民地担任要职。他以这个狭小简陋的卧舱为视点所撰写的航海日志构成了小说的主体。从空间上看，这一卧舱使主人公实现了与舱外世界的相对隔离。然而，门上"相当大的洞"是主人公对陌生环境监管欲望的体现。这是对静态小世界的监管欲望，除此之外，他对大环境的忧虑也体现在学说"水手话"的想法上，也暴露了主人公适应航行环境的努力及监管航程的欲望。

此外，主人公的欲望是空间展现的另一维度。塔尔博特与妓女季诺碧亚的"幽会"欲望萌生于"在觉察女性的魅力和服用烈酒之间，有一种联系"[①]之时，其实是受了那涂脂抹粉、衣着暴露的妓女的诱惑。他虽承认此种行为愚蠢至极，却借口说这是航行所导致的精神迷乱，如果回到岸上就会清醒，暗示了其道德上的虚伪。趁着所有乘客都去参加"越界仪式"时，他在自己狭小的卧舱内与季诺碧亚上演了世俗的"性狂欢"。对此欲望空间的书写带有鲜明的航海色彩，采用了"进攻敌舰""中桅帆""大桅"等航海术语。卧舱中"搏斗"的混乱场面，尤其是跌落的书籍增添了这一空间意象的滑稽意味，是小说后现代风格的注脚，也意味着现代理性秩序在狂欢中被颠覆。从戈尔丁对"风俗喜剧"的航海叙事中，读者可以读出他对两性伦理的体认及其创作生涯后期崇尚简单快感的"道德倾向"。

作者对另一主人公牧师科利欲望空间的书写极具戏剧性。科利

[①] 威廉·戈尔丁.启蒙之旅[M].陈绍鹏，译.北京：北京燕山出版社，2017：64.

第三章 威廉·戈尔丁涉海小说现代社会主题的艺术呈现

出身社会下层，费尽心机取得牧师身份后他一心想着向上层社会攀登。为跻身上层，他费尽心机登上象征更高等级身份的后甲板，不料却在森严的等级壁垒前屡屡受挫，不仅遭到船长的公开斥责，还在穿越赤道的仪式中被当众进行污水浸洗，险些丧命。他虽吃尽苦头却不甘任人摆布，企图通过与下层水手交往得到更大范围的认可，不料却在酒醉后暴露"天性"，在隐秘的空间与数名水手发生同性关系，闹得"满船风雨"。他以发现"天性"的方式完成了欲望展现。事后，自觉亵渎圣灵的他最终因"羞愧"而自绝于卧舱。

航船空间对塔尔博特和科利来说是欲望展现的空间，也是自我发现的空间。具有隔离属性的航船空间为欲望展现创造了条件，也自然地展现着人物对空间的不同焦虑。这印证了米歇尔·福柯的观点："我们时代的焦虑与空间有着根本的关系，比之时间的关系更甚"[1]。科利死后，塔尔博特在航船行进中邂逅了玛丽安小姐，对其一见钟情。为了挽留心上人，他主动提出搬出自己的住处而住进科利的卧舱，生活空间的置换诠释了其道德与心理上的积极转变，是成长的重要标志。龙迪勇认为："对空间与人物性格关系的洞悉与否，是衡量一个作家是否具有创造性的标志之一。"[2] 从这个意义上说，戈尔丁以荒岛空间表征人性失范与社会失序，以海中礁石镜鉴人性，以航船的时空跨越隐喻新旧世界的转换与人物成长，算得上一流的

---

[1] 米歇尔·福柯.不同空间的正文与上下文[M]//陈志梧，译.包亚明.后现代与地理学的政治.上海：上海教育出版社，2001：20.

[2] 龙迪勇.叙事作品中的空间书写与人物塑造[J].江海学刊，2011（1）：204-215.

作家。

戈尔丁以涉海空间表征人类生存状态。作为人类认知与实践边界的海洋空间在戈尔丁笔下成为表征人类生存困境、思维变幻与等级社会的文化空间。《蝇王》中的荒岛空间是人类生存困境的表征。出版于1954年的《蝇王》是人类对战争反思、对核战争焦虑的产物。未来的核战争中一架从英国疏散的飞机被击落,飞机上的幸存儿童流落到一座小岛上。这座无名的太平洋小岛便成为孩子们新的生存空间。四周被海水包围的孤岛呈船形,形成滔滔洪水中的"诺亚方舟"意象,是人类无处逃遁的无奈选择,象征着人类岌岌可危的生存境况。海岛上的自由与限制、文明与野蛮形成的强大对抗张力不仅生动地展示了法西斯势力的生成过程,从某种意义上说也是人类发展简史的再现。《蝇王》中的荒岛使孩子们摆脱成人社会的限制而获得自由,这是一种控制环境与塑造世界的自由。然而,这种自由存在诸多限制,最显见的就是大海对孩子们自由行动构成的天然空间障碍,即对身体自由的约束。

孩子们登岛后不久便分裂为以拉尔夫为首的"民主派"和以杰克为首的"野蛮派"。《蝇王》中的荒岛空间不仅是两派进行权力角逐的争斗场,也是人物性格冲突的空间表征。阴郁、昏暗、湿热的荒山空间是"猎手"们向往的空间,折射出人类心理的阴暗面,是冲动与暴力的空间表征,充满失序、野蛮与杀戮。开阔的海滩与浩瀚的海洋构成的空间维系着孩子们的获救希望,承载着民主派始终保有的对光明与理性的向往。小说主人公"对抗—妥协—争斗"的空间联系也是人物关系的写照,是人物欲望展现以及不断竞争与选

第三章　威廉·戈尔丁涉海小说现代社会主题的艺术呈现

择的结果，建构了作品以空间光线变化为基调来表征人物性格的自然生态意义。作者似乎在通过《蝇王》这部寓言小说中的空间冲突告诉读者：逃离了人类生活的"文明社会"，远方的孤岛也并非世外桃源，不管身处何方，如果人类不对自己的欲望加以节制，争斗便永无休止。

《品彻·马丁》中的空间是一种"我思故我在"的幻化空间。马丁落水后执于生的信念，千方百计应对一切困难和挑战，其中最大的挑战莫过于海水带给他的死亡威胁。在整个过程中马丁不断地思考着现状与过去，试图紧紧抓住自己的身份以对抗大海给他带来的肉体覆灭。他视大海如仇敌，这个无比强大的敌人以一种如野兽般无可抗拒的力量威胁着他的生命。当大海恢复平静后，马丁奋力攀上孤礁，他为孤礁上的各个地点命名的行为是其在极端恶劣的自然环境下实现自我控制欲望的彰显。在马丁的潜意识里，面对极端环境，思考能力意味着身份的维系和生存的可能，因此，他以对幻化空间的支配检验自己最基本的思考能力。《品彻·马丁》中马丁的存在空间是依赖思考而存在的幻化空间。

小说的叙事在实体海洋空间与马丁臆造的虚幻心理空间的不断切换中展开。其心理空间最显著的特征是为满足一己私欲而置世界于不顾，执迷于自我，生死之间始终不忘提示自我的存在并紧紧握住身份的标签不放，体现了戈尔丁定义的虚妄原罪本质。作者以马丁自我幻化的原罪表征空间向读者昭示：人类是宇宙强大力量的微观世界形象，思考是这种强大力量的源泉。然而，思考并非无所不能，人类不可能仅仅依赖思考而获得存在的基础。以海洋为基础的地理条件是维系马丁个体生命最低水准的常规建构框架。恶劣的海洋环境使马丁的生存空间超出了他的控制，因此他难以完全控制自我。然而，他却不断幻想得救的场面，并积极创造自认为合理的获救条件。他将海草拼成十字形以获得空中救援，以编织自然的非自然模式向世界昭示人类思想的伟力。马丁认为自己可以战胜大海，认为自己可以设计、控制并获得救赎，但实际上，迎接马丁的只有来自上帝的审判。作者以对马丁"我思故我在"幻化空间的颠覆实现了对纯粹实用理性主义的嘲讽。

《航海三部曲》中的航船空间是等级社会的表征。故事发生在一艘从英国驶往澳大利亚的航船上。这个由船长、贵族、牧师、水手、下层移民等构成的航船小社会空间局促，人与人空间距离的接近与心理空间的隔阂使各种荒唐事发生与曝光成为常态。人物对各自前途、身份与命运的焦虑使他们展开了明争暗斗，一幕幕悲喜剧因此而上演。航船空间所具有的象征性是作家的兴趣所在，作者的精神世界在这部小说中有所映射。戈尔丁对英国等级社会之困体会颇深。戈尔丁鲜明的等级意识反映在小说对航船空间的书写上。

小说对航海中的乘客的起居与社交空间有着严格的划分：下层乘客生活在阴暗肮脏的舱底，中下层乘客生活在前甲板，位于船只高处的后甲板是上层军官的专属区域，便于对全船实施监管。前后甲板间不容跨越的白线是等级分化的象征，船长以此宰制空间，展现无上权威，实现对下层的权力规训。以牧师科利为代表的下层社会成员面对空间规训不免心生压抑，与船长抗争碰壁，他酒醉后"自我发现"，唱着淫秽的小调，只穿一件上衣在船舱乱跑，并在舱

第三章　威廉·戈尔丁涉海小说现代社会主题的艺术呈现

底与下层水手发生同性关系。这一系列的失范行为是下层社会对等级体系不满情绪的本能爆发。然而，这种空间宰制对上层人士却形同虚设。塔尔博特自恃出身高贵，擅闯后甲板禁地，船长向他咆哮，他以大笑回应，说出其教父及教父兄长总督的大名，结果"这很像一个人迅速地亮出一对手枪，来吓阻一个劫路人，使他不敢近身"[①]。自此之后，他成了后甲板的常客，社交范围不断扩大。

　　牧师科利因擅闯后甲板禁地遭到船长斥责，其在船上的布道行为受阻，并因此成为航船穿越赤道的越界仪式中代塔尔博特受辱的替罪羊。这一仪式中观看者的权力空间被无限扩张，被观看者的隐私空间被无限压缩，等级空间暂时得以消解。科利最终因"羞愧而死"，这一悲剧结局固然是因其性格缺陷与各种机缘巧合造成的，但令人窒息的英国等级制度造成了下层生存空间的极度压缩，难辞其咎。由此可见，《航海三部曲》中航船空间的"权力容器"性质十分鲜明，空间是权力的象征，是上层对下层进行操控的基础："空间是一种通过权力建构的人为空间，是权力机构控制民众的一种方式"[②]。

　　海洋空间是小说叙事重要的推动力。龙迪勇认为："在许多小说中，尤其是现代小说中，空间元素具有重要的叙事功能。小说家们不仅仅把空间看作故事发生的地点和叙事必不可少的场景，而且利用空间来表现时间，利用空间来安排小说的结构，甚至利用空间

----

① 威廉·戈尔丁.品彻·马丁[M].刘凯芳，译.上海：上海译文出版社，2000：25.
② 吴庆军.当代空间批评评析[J].世界文学评论，2007（10）：46-49.

· 203 ·

来推动整个叙事进程。"[1]戈尔丁小说中的涉海空间就兼具叙事场景、小说结构和叙事动力的功能。

《蝇王》中的涉海空间是叙事动力的生发要素。《蝇王》中被困荒岛的拉尔夫面对海洋的阻隔发出这样的感慨："但是在这儿，面对着这蛮横而愚钝的大洋，面对着这茫无边际的隔绝，谁都会觉得束手无策，谁都会感到孤立无援，谁都会绝望，谁都会……"[2]小说的叙事主线是来自海上救援的可能性，人物的活动场景从海滩到山林不断切换。荒岛被海洋围困，限制了自由，海洋所承载的获救希望促使孩子们维持火种以发出救援信号，野蛮派与民主派围绕保护火种抑或上山打猎产生的矛盾推动故事进展。海洋与山林在空间关系上彼此分隔而又相互依存，形成叙事空间上的并置与呼应。殷企平认为："猎手们上山意味着走向野蛮及理性的丧失，到达海滩意味着回归民主和理性"[3]。象征人类内心黑暗与非理性的山林空间与象征光明与理性的海洋空间因两派的对抗而产生张力，构成小说的叙事动力。

从更深层次来看，海洋与山林空间象征着流落荒岛的孩子们迥异的社会理想。以拉尔夫为代表的民主派主张维系火种，吸引救援，以回归文明社会；以杰克为首的野蛮派热衷上山打猎，对重归文明态度漠然。野蛮派选择充斥着原始的黑暗、野蛮、血腥与暴力的山

---

[1] 龙迪勇.空间叙事学[M].北京：生活·读书·新知三联书店，2015：40.
[2] 戈尔丁.蝇王[M].龚志成，译.上海：上海译文出版社，2018：123-124.
[3] 殷企平.《蝇王》中的"人性堕落"问题和象征手法[M]//陆建德.现代主义之后：写实与实验.北京：中国社会科学出版社，1997：123-131.

林空间；民主派始终没有放弃通过获救而回归文明的希望。对孩子们来说，山林与海滩空间都是生存困境，是面对绝望的无奈选择。走出这一困境的唯一希望是来自海上"诺亚方舟"的救援。获救的希望虽然渺茫，但仍需坚守。拉尔夫向往海洋空间象征着人类对浪漫自由的追求，是人性复归的空间表征。

　　自然空间的光线变化是影响孩子们空间感知的重要因素，造成其心理的微妙变化。在光线充足的海洋及海滩空间，理性总能在众声喧哗中占据主导地位。然而，每当夜晚来临，之前建构的理性秩序被颠覆，荒谬至极的事情随时可能发生，最为典型的就是包括拉尔夫和猪崽子在内的孩子们在暴风骤雨的夏夜将西蒙当作野兽猎杀。对海中怪兽及"空中来客"的恐惧使孩子们逐步丧失理性，这个荒岛小社会随之走向失序，故事在两种空间的不断切换中铺展开来，涉海空间的叙事动力功能得以实现。介于海洋与荒岛之间的沙滩是两种势力相互妥协的空间，在叙事中起着缓冲与承接的作用，是叙事节奏的调节器。

　　《品彻·马丁》以物理与心理空间的切换来推动叙事。整个故事在马丁落海后的抗争与回忆的交替中展开，承载抗争行为的海洋空间与回忆的心理空间不断切换，形成叙事的推动力。落海后，马丁奋力求生，这一过程中夹杂其间的各种回忆是他竭力逃避死亡而紧紧握住自我身份标签不放的产物。一方面，海洋作为一种客观存在，是马丁与死亡抗争的物理空间；另一方面，在抗争过程中，不断闪现的回忆展现了其心理空间。海洋空间既是见证了其顽强求生意志的物理空间，又是其自私与贪婪的心理空间存在的前提。与客观存在的海洋空间相对立的是由海上孤礁构成的第三种空间,实际上是马丁的牙齿幻化的产物,是马丁物理与心理空间切换的介质空间。

在马丁与海洋抗争的后期,他不仅在绝望中幻想出了孤礁这一介质空间,还给上面的每个地点命名,并用海草搭出十字架以吸引途经飞机的注意。这揭示了主人公贯穿始终的强烈控制欲:从落海奋力抗争到为了逃避死亡而不断闪现回忆以维系身份,再到幻想孤礁空间与自我救援,是对小说标题中 pincher(意为"攫取者")一词完整地诠释。由此可见,马丁落水后的一切行为都围绕其"不愿死去"的主观意志展开,这种意志是贯穿小说叙事的主要线索。在伊格尔顿看来,他不愿死去是因为"他不具备爱的能力","而只能在生与死、炼狱与地狱之间苦苦挣扎"[①]。这展现了戈尔丁小说创作的一贯意旨:爱是解决一切社会问题的良方。故事结尾,两位军官的对话揭示了马丁落水不久便死去的事实。叙事又被拉回到了真实的物理空间,作者以出人意料的方式解构了整个故事,也将读者由虚幻的叙事空间拉回现实,使读者完成了对小说叙事空间认知上的转换。

《航海三部曲》中以"隔离"空间的转换推动叙事。《航海三部曲》中,航船的行进属性与常规叙事时间上的向前性形成契合。时间的方向性与空间在人物身份心理上的表征造成了时间的空间感,使航行本身成为叙事的重要推动力。另外,航船空间相对隔离的特点及漫长的航程使人物空间转换自然可能。《航海三部曲》的

---

① 林骊珠.邪恶与罪恶:伊格尔顿的文学"伦理—政治"批评探析[J].英美文学研究论丛,2014(2):313-321.

首部《启蒙之旅》以人物的空间矛盾冲突为主线，突出反映在上层对下层的空间宰制与规训上。航船的物理空间、以人物关系为线索形成的社会空间以及人物心理空间的不断切换共同推进叙事。《近地点》中海草使航行受阻、航船主桅受损折断以及《甲板下的火》中航船偏航遭遇冰山等困扰航行的问题使航船与海洋成为叙事的焦点之一。航海故事的矛盾冲突在海洋与航船空间的不断切换中得以延展和化解。

整个《航海三部曲》采用了以塔尔博特为单一视角的叙事方式，以他眼见耳闻的空间细节推进叙事。三部小说中叙事主人公所设定的目标读者的变化反映了塔尔博特心理空间的变化，构成小说隐性叙事动力。《启蒙之旅》明确日志是为其位高权重的教父所作，《近地点》承认日志为自己所写，《甲板下的火》表达了将日志发表的愿望，反映了航海时空变换对主人公心理认知产生的影响，最为显著的是塔尔博特心理格局的积极转变："从某种意义上来说，日志的变化是作者写作民主化的过程，这种变化也记录了塔尔博特从一个自负的年轻贵族向柯勒律治所说的'更悲观而明智'人的转变：从崇尚经验与奉献到更能接受社会建构所带来的妥协的社会个体。"[1]

海洋空间是戈尔丁笔下人物生存语境的有机组成部分，戈尔丁惯于在小说中完成对某一主题的建构后再对其进行解构，如《蝇王》和《品彻·马丁》中的人性恶主题，《航海三部曲》中的社会

---

[1] STAPE J H. Fiction in the wild, modern manner: metanarrative gesture in William Golding's to the end of the earth trilogy[J]. Twentieth century literature, 1992, 38(2): 226-239.

等级主题等。这种建构加解构的叙事方式与海洋所具有的复原性相统一，戈尔丁小说涉海空间的书写展现了叙事技巧与媒介的高度契合。《蝇王》《品彻·马丁》和《航海三部曲》三部小说在空间艺术表现方面都呈现鲜明的试验性，展现人类相对性、常态化的行为状态，是人物的社会存在方式，也是英国文化海洋性建构的重要特色。戈尔丁小说的涉海空间叙事所展现的是人作为一种生物所拥有的自由意志与无法摆脱的环境之间的抗争以及如何在这一过程中保持平衡的努力。戈尔丁海洋之旅中的主人公以海洋空间为视角观察陆地，这里的岛屿、礁石、航船是人类社会与自我微观宇宙的另一种表征，体现作者对过往的反思和未来的希冀。

三、匠心独运的修辞艺术

王晓燕等认为："文学语言要通过对日常语言的颠倒、扭曲等陌生化手法来刺激读者感官，使读者从日常生活中挣脱出来，也使表达对象更加可感"[①]。威廉·戈尔丁对语言艺术匠心独运，他通过借代、戏仿、讽喻等典型的修辞艺术实现小说中语言的视觉化，增强了作品的艺术表现力与感染力。

（一）表征人物心理状态的借代

在戈尔丁的涉海小说中，"船"是重要的借代意象，与小说的主题表达密切关联，是贯穿小说的核心意象。《蝇王》中的海岛"有

---

① 王晓燕，李贝贝.有意味的形式、陌生化的面具：论康拉德的叙事风格[J].江苏大学学报（社会科学版），2015（6）：79-83.

第三章 威廉·戈尔丁涉海小说现代社会主题的艺术呈现

点像船"。《蝇王》中的海岛是类似"诺亚方舟"的微型社会。流落海岛的孩子们起初尚能相互迁就,和谐相处,然而,当内心的欲望逐渐膨胀,当走向野蛮成为少数人的政治裹挟及整个荒岛社会不可逆转的大趋势,人道主义灾难的降临亦不可避免。作者最终采用机械降神的方式结束小说叙事,暗示了这艘"诺亚方舟"的航向是迷茫不定的。如陈静所言:"'方舟'这一意象在小说《蝇王》中生动地象征着人类岌岌可危的生存境况"[①],也是冷战时期人类对未来悲观心态的写照。《品彻·马丁》中马丁赖以栖身的"似船形"的海中礁石实际上是其生死迷离之际在头脑中建构的牙齿幻化的意象,主人公意欲以此作为规避海浪冲击的栖身之所,以此作为实现命运转变的契机,但其自私虚妄的灵魂试图将这里的一切据为己有。植根其灵魂深处的贪婪与虚妄完全背离基督教教义,注定了实现救赎如海中礁石一样不过是一厢情愿的幻想;《航海三部曲》的故事发生在从英国驶往澳大利亚的航船上,贯穿小说始终的闹剧特征使这艘航船与塞巴斯蒂安·布兰特的《愚人船》(Das Narrenschiff)具有颇为相似的意象,"疯狂"充斥着、也破坏了人们对现实的认知:"从威利斯先生'阁楼里的虚弱',到塔尔博特(对季诺碧亚)的因鸦片而助长了的谵狂和'热带疯狂',再到精神错乱的马丁和普雷蒂曼先生'疯狂地'在船上'巡逻',试图通过射杀信天翁来消除迷信。安德森船长被认为'疯了',科利的'岌岌可危的理智'随

---

① 陈静.燃烧的方舟:从《蝇王》看戈尔丁的人类生存境况观[J].兰州大学学报(社会科学版),2008(6):58-63.

之而来的是他的堕落，他屈服于'导致疯狂的忧郁'"[①]。航船空间是各色人物表演的绝佳舞台，展现了英国的社会百态。戈尔丁在书写航程中回应对社会问题的关切，将航程作为主人公实现人生转变的契机，因此，航船具有文明之舟驶向永恒的意象。总之，"船"是戈尔丁涉海小说的重要意象，既是故事发生的主要场景，也包含人类文明之舟陷于危难的寓意。作者以"船"作为借代意象，一方面是由于"以船喻国"是西方文学的重要传统："船如国家（The Ship of State）是一个古老的修辞，柏拉图曾在《理想国》之中以此为喻，讨论国家（城邦）的领导权与公民关系的问题。"[②]戈尔丁借助"船"形成的与《圣经》故事中"诺亚方舟"的互文意象，为实现其小说的社会教育功能奠定基础。戈尔丁涉海小说中"船"作为借代意象的另一重要原因是"船"空间的包容性及其相对隔离的特质能为人物展现自我本性提供绝佳场所。戈尔丁的涉海小说是对人类生存异质空间的独特想象，这种空间最突出的特点是相对孤立性，在远离人类社会的世界之外似乎不存在任何其他空间。在戈尔丁的几部涉海小说中，他借助海洋、荒岛、礁石和航船建构自己的"人性实验室"，让人的本质属性在自然极端环境和各种社会压力下充分暴露，从而验证并丰富了起源于基督教神话的原罪说。

除了"船"的意象，戈尔丁涉海小说另一借代意象是服饰。作

[①] CRAWFORD P. Politics and history in William Golding: the world turned upside down[M]. Columbia : University of Missouri Press, 2002: 206.

[②] 柏拉图.理想国[M].郭斌和，张竹明，译.北京：商务印书馆，1986：235-236.

为一种文化，服饰既是构成完整意义上的人的重要元素，也是人物身份与心理状态的一种表征。戈尔丁小说中的换装书写具有表征人物心理以及自我认知变化的作用。《蝇王》中以杰克为首的"野蛮派"为了打猎用颜料将脸涂花。杰克涂花脸后甚至无法认出自己："他跪着捧起一果壳水。一块圆圆的太阳光斑正落到他脸上，水中也出现了一团亮光，杰克惊愕地看到，里面不再是他本人，而是一个可怕的陌生人。"[1]"涂花脸"是一种另类的换装行为，揭示了儿童在缺少社会规范约束的荒岛上心理及自我认知的显著变化。"他停下来环顾四周。因为脸上涂得五颜六色，杰克摆脱了羞耻感和自我意识。他可以一个个把他们挨次看过来。"[2]"涂花脸"为孩子们提供了一种外表的掩饰，让他们潜藏于内心的欲望更加肆无忌惮地暴露，是以杰克为首的孩子们由文明向野蛮转变的重要标志。戴耕认为，服饰是人类自我认知与沟通的重要途径："人的自我认识也就是个体认识自己的存在，首先是基于某些可见的纬度（如身体）以及通过身体和存在于周围的物件（如服装）来进行沟通。"[3]以杰克为首的"野蛮派"，"涂花脸"前后在与拉尔夫为首的"民主派"沟通方式上发生了变化。随着时间的推移和获救希望不断破灭，"野蛮派"行为在隐秘性与暴力程度上都显著提升。

《品彻·马丁》中马丁的"防水靴"是困扰读者理解马丁遭际

---

[1] 戈尔丁. 蝇王[M]. 龚志成, 译. 上海: 上海译文出版社, 2018: 67.
[2] 戈尔丁. 蝇王[M]. 龚志成, 译. 上海: 上海译文出版社, 2018: 161.
[3] 戴耕. 身体与服装: 西方服饰文化透视[J]. 深圳大学学报（人文社会科学版）, 2004（3）: 112-115.

的一个谜。按小说开头的叙述，为了摆脱海水带来的死亡威胁，马丁在落水后不久便踢掉了沉重的防水靴，继续挣扎后找到海中礁石设法维生直至被黑色闪电毁灭。然而，小说结尾，负责搜寻遇难者尸体的两位军官的对话却揭露了马丁还未来得及踢掉防水靴便已溺死的事实。这个困扰读者与学界的问题被称作马丁的"二度死亡"。这个问题的核心是"防水靴"，是表征马丁死亡时间的借代意象。按照王卫新的观点："二度死亡之谜其实是内视角和外视角两个不同的叙述层面对读者交叉作用的结果"[1]。踢掉"防水靴"及后续行为实质上是马丁死亡之际头脑中的一种建构，象征着一个贪婪与卑劣的灵魂死死抓住生命不放的韧性。"身份牌"同样被马丁赋予了生命的指代意象，马丁在弥留之际展开的回忆以及苦苦搜寻的身份牌也是紧握生命不放的一种表征。在马丁的潜意识里，对生命过往的回忆代表着思维的存在，也就意味着个体生命的延续。身份牌是他最后苦苦搜寻的生命表征，有了身份牌他就能够对抗死亡的降临，逃脱死亡的宿命。防水靴、海中礁石、回忆、身份牌等事物都是马丁在生死迷离之际在头脑中的建构，这些事物对马丁来说都有生命表征的意味。作者对马丁意识建构的一系列行为书写的实质是对理性主义的批判。

《启蒙之旅》中一系列的换装行为的书写展现了人物在航行中身体和心理的双重变化。塔尔博特第一次换装行为暗示人物身份正在经历从陆上到海上的转变，也表明他以积极心态适应航程的开

---

[1] 王卫新. 从叙述学角度谈品彻·马丁的二度死亡 [J]. 解放军外国语学院学报，2005（2）：81-85.

始。从更深层次来说,服饰是自我身份认知的表征。塔尔博特由表征其贵族身份的"有三重披肩的大衣"换上了更能适应航海雨水风浪的"黄油布衣服",隐喻了他对自己实用理性主义思想本质的自我认知。"他对我说我们正遇到大风浪。他认为我那件有三重披肩的大衣太讲究了,不可在浪花四溅的船上穿。接着,他还神秘兮兮地说,他可不希望我穿得像一个教士一样!不过,他说,他自己有一套没穿过的黄油布衣服……他帮我穿上那套衣服,扎好带子,给我一双橡皮靴穿,并且给我戴上一顶油补帽子。爵爷要是看到我这副模样就好了。不管我站得多么不稳,我必定很像一个正规的船员。"[1]对这种换装行为的书写可见作者本身对航海的热爱,以及通过人物由外至内的转变揭示的作者知行合一的人生观。

塔尔博特的第二次换装发生在其代替平民出身的大副萨默斯值班的过程中。此种行为不仅象征着在经历了科利死亡事件后二人的个人关系和心理距离更进一步,也暗示了塔尔博特的身份和社会认知的重大转变,成为其个人成长的外在表征。这种社会认知的重大转变体现了塔尔博特社会责任感的提升和心理的逐渐成熟:由自恃清高的贵族心态向勇于担当的平民心态的转变。这次换装行为体现主人公由内而外的转变,即身份与自我认知转变在先,是与第一次换装书写的显著区别。两次"换装"书写分别隐喻了主人公对新环境的焦虑以及身体与道德的成长,是小说叙事的隐形动力,喻示了"人生如航程"的朴素道理。

----

[1] 威廉·戈尔丁.启蒙之旅[M].陈绍鹏,译.上海:上海译文出版社,2017:9-10.

小说中"换装"书写是主人公成长的表征。作者在塔尔博特的成长叙事中采用了其惯用的二元对立：对"变"与"不变"的书写。"变"指服装及身体装饰上的变化，暗示个体身份或命运的转变，作者以此暗示人物心理认知或道德情感上的变化。小说中的"换装"滥觞于希腊神话，象征着主人公身份心理的转变，是其心智和道德成长的表征。社会认知的重大转变体现了塔尔博特社会责任感的提升和心理的逐渐成熟，即由自恃清高的贵族心态向勇于担当的平民心态的转变。塔尔博特在成长过程中的"不变"是其绅士风度与贵族精神，这是其成长的基础，也是其精神内涵中最为可贵的优秀品质。这种优秀品质的显著特点之一是主张正义不畏强权的精神："我发现责任和意愿一同促使我采取行动。我可不愿让那老谋深算的船长颐指气使！"[1] 正是这种精神使他始终将正义与社会责任置于船长的个人威权之上，保持着与"暴政"抗争的勇气，他曾形容此航船为"具体而微的暴政之船"[2]："你知道我为什么在那里了！我不愿向暴政屈服！"[3] 故事开头，科利唐突地登上后甲板而遭到船长斥责，在隐蔽处的塔尔博特意图劝阻，但又担心这样会让科利伤了自尊，故而选择沉默与回避。之后，酒醉的科利因冒渎神灵一心自决

---

[1] 威廉·戈尔丁.《启蒙之旅》[M].陈绍鹏,译.上海：上海译文出版社，2017：53.

[2] 威廉·戈尔丁.《启蒙之旅》[M].陈绍鹏,译.上海：上海译文出版社，2017：119.

[3] 威廉·戈尔丁.《启蒙之旅》[M].陈绍鹏,译.上海：上海译文出版社，2017：58.

第三章 威廉·戈尔丁涉海小说现代社会主题的艺术呈现

于卧舱。在大副萨默斯的劝说下,塔尔博特到科利卧舱探望,并在偶然中发现了科利写给其姐姐的长信,决心在其中找到船长专制的罪证为科利申冤。科利死后,对其死因,塔尔博特等人参加了船长组织的类似于听证会的调查,最终不了了之。这看似是塔尔博特对船长权威的妥协,再次展现了"英国性"的特质,而实际上是出于对航行安全的考虑,因科利死亡事件涉及多名船员,若追查下去可能会引发哗变。这也从侧面展现了航船小社会的协商民主体制,也生动阐释了社会担当是绅士风度中的必不可少要素,是对英国优秀传统文化的弘扬,同时也是作者对国家治理出路的关切。由此可见,戈尔丁成长叙事中"变"与"不变"的二元对立是作者辩证哲学思想与知行合一人生观的深刻反映。这部曾获1980年英国布克奖的小说以航海日志的艺术形式阐释了英国由来已久的社会等级问题以及上层统治者应有的社会担当,回应了时代与社会的关切,反映了作者带有传统乐观保守主义的社会理想和对社会上层的希冀。正如诺贝尔文学奖对其的授奖词中所说:"戈尔丁的寓言世界是悲剧性的、感伤的,但并不令人压抑和绝望,那里有一种生命,它比生存条件更强大。"[1]

威廉·戈尔丁的《航海三部曲》向读者提出了一些问题,尤其是如何将遥远时空叙事与作者对当代社会进行评论的明确意图相关联。借代被定义为一种概念机制,可扩展超越修辞上的单字替换,借代的使用和频繁的语境重构使读者更易阅读。在这个故事中,戈

---

[1] 宋兆霖.诺贝尔文学奖文库:授奖词与受奖演说卷[M].杭州:浙江文艺出版社,1998:172.

尔丁延续了《蝇王》中的风格特征,"自我感知的变化是以外表的变化为标志的"[1]。《航海三部曲》中的一系列概念转喻,转喻的功能在于突出传统的信念,组织一个重要事件的发展,促进读者对主题材料的解释。作者用书写外在变化的方式来表达人物内心自我感知的变化,海洋景观书写即是这种外在变化的重要因素。

(二)"消费"历史的戏仿

戈尔丁深受西方社会文化传统的影响,其创作深深植根于西方文学土壤,其作品有丰富的诗学谱系和深厚的文化渊源。乔治·斯坦纳认为:"《蝇王》尖刻地戏仿了卢梭的儿童之梦和高贵野蛮之梦"[2]。在《蝇王》中,戈尔丁多次提到《珊瑚岛》,似乎有意强调小说与《珊瑚岛》的互文性关联。不可否认的是,《蝇王》对巴兰坦《珊瑚岛》的戏仿具有颠覆性。《蝇王》如《珊瑚岛》一样讲述了英国男孩在热带海岛上的历险故事,甚至主人公的名字也与《珊瑚岛》有几分相似。《珊瑚岛》属于英国维多利亚时期传统的荒岛文学,展现的是小主人公热爱生活、勇于探索、乐于助人的精神风貌,意在凸显资本主义社会文明与典型文化无可比拟的优越性。然而,在一个世纪以后,戈尔丁创造性地对《珊瑚岛》的故事主题进行颠覆。将原作表达的美好人性主题转变为人性难以摆脱恶的本质

---

[1] Anne Pankhurst. Interpreting unknown worlds: functions of metonymic conceptualization in William Golding's The Sea Trilogy[J]. Language and Literature, 1997(6): 121.

[2] 乔治·斯坦纳. 语言与沉默:论语言、文学与非人道[M]. 李小均,译. 上海:上海人民出版社, 2013: 333.

第三章 威廉·戈尔丁涉海小说现代社会主题的艺术呈现

束缚的主题。两部小说在主题上的巨大反差实质上是历史造就文学的深刻体现。戈尔丁以此来唤起读者的理性联结，从而理解他戏仿的动机和目的。侯静华博士认为，伯纳德·奥德赛在《威廉·戈尔丁的艺术手法》[1]中分析了《蝇王》对英国荒岛文学的继承与发展，认为在前人荒岛小说的基础上，《蝇王》更具批判意识与思想性。从作品的时代价值来看，《珊瑚岛》与《蝇王》都具有各自时代思想的鲜明印记，前者是对英国维多利亚时代精神的颂扬，后者是对二战的深刻反思。《蝇王》以对巴兰坦的荒岛小说《珊瑚岛》戏仿的方式颠覆对人性美好的一如既往的认知，有着深深的时代烙印。《蝇王》中的荒岛是作者为充分展现人性而创设的独特物质及精神空间，实质上是一种文化象征。张德明引用美国学者葛里格·德宁（Greg Dening）的观点认为岛屿是一种精神和文化的建构："在越过海滩的时候，每个航海者都带来了某种新的东西，并制造了某种新的东西。"[2] 从这个意义上说，《蝇王》中的荒岛使人类认清善与恶的界限，是二战后人类为反思战争根源和人性本质而进行的一种精神上的建构。

《品彻·马丁》中马丁在与死亡抗争中展现出的顽强生命意志以及工具理性与《鲁滨孙漂流记》中的同名主人公的遭遇与精神在表面上有相似之处。然而，二者最显著的区别是鲁滨孙在荒岛上开

---

[1] Bernard Oldsey and Weintraub Stanley. The Art of William Golding[M]. New York: Harcourt, Brace&World, 1965.

[2] 张德明.荒岛叙事：现代性展开的初始场景[J].浙江大学学报（人文社会科学版），2009（3）：79-86.

拓进取的务实精神与马丁紧握生命表征不放的虚妄心理。马丁在海中溺亡的过程中为自己幻想出多重角色：通过创造自己的虚幻世界或宇宙来扮演上帝的角色，在与礁石周围环境的抗争中试图成为一个圣人（基督），同时制造矮人。最后，他将自己史诗般的生存演绎为对死亡的反抗。马丁所有的努力尝试都是为了以臆想的方式躲避无法摆脱死亡。

《启蒙之旅》戏仿了美国海洋小说赫尔曼·梅尔维尔（Herman Melville）的航海小说《水手比利·巴德》（*Billy Budd*）中的同名主人公。牧师科利所暗恋的水手比利·罗杰斯外形酷似麦尔维尔笔下的水手比利·巴德，身材魁伟、相貌英俊。比利·罗杰斯是戈尔丁小说中的一名英俊的领航员，航海技能出色，却参加了船上的牧师科利耻辱的最后一幕，与其发生了同性关系致使其因羞愧而死。事后，他隐瞒事件的真相，还涉嫌将了解内情的乘务员惠勒抛入大海。《水手比利·巴德》是一则与法律有关的寓言，借以说明在邪恶面前理性和智力如何无力保护纯真无辜。英俊的水手比利·巴德最终成为人类不肯妥协让步的牺牲品。可见，两位"比利"有着截然不同的道德品质，前者亦正亦邪，后者刚直不阿。然而，戈尔丁起初并不承认二者有任何相似之处。在后来接受詹姆斯·贝克的访谈中，他补充道："我觉得这个比利和另一个比利完全没有共同之处。他们完全相反。"然而，戈尔丁承认在他心里确实对二者进行过对比。事实上，戈尔丁笔下的比利·罗杰斯是对梅尔维尔的比利·巴德形象的反讽和有意倒置，比利·巴德的正直清白与比利·罗杰斯的道德败坏形成鲜明对比。另一方面，与《启蒙之旅》一样，《水手比利·巴德》同样是以一个历史事件——1842年发生在美国海军的 Somers 哗变为叙事的切入点。此外，值得注意的是，赫尔曼·梅尔维尔的故事发生的时间和背景是1797年拿破仑战争时期，当时英国海军处于强势地位，这与《启蒙之旅》的故事时间，英国处于繁盛的维多利亚晚期颇为相似。

《启蒙之旅》中作者以戏剧化的方式重现了英国经典叙事长诗中的诗句。于是，我们又听到她（季诺碧亚）一大套话，叙述她在她的小黑屋子里如何浑身发抖地度过漫漫的长夜。我们是孤零零的一条船。她用令人毛骨悚然的腔调说：

"孤单，孤单，

极度，极度的孤单，

孤孤单单的，在这广阔，广阔的海上！"[①]

季诺碧亚所朗诵的是柯勒律治的长篇叙事诗《古舟子咏》中的名句，以做作之态表达人物孤独之感。人类在漫长的航行中面对浩瀚无际的海洋确实会产生百无聊赖之感，然而，在大庭广众之下，一位衣着暴露、举止轻浮的小姐如此表达，对周围别有用心的男士（如故事的叙事主人公塔尔博特）而言却有故意招惹之嫌。以至于使他产生了"在大男人面前她现在变得愈来愈像无人保护的女人了"的非分之想。小说中对这种欲望也有象征性的关联表达："事实的确如此。遮蔽那个大窗户的是一排排攀爬的植物，每一株都盘绕着一

[①] 威廉·戈尔丁.启蒙之旅[M].陈绍鹏，译.上海：上海译文出版社，2017：48

棵竹子，由靠近甲板的暗处升起，我的想象中花盆就是摆在那里的。"水手们认为船上的绿色植物能够为航船的主桅提供有力的支撑，以确保航船安全。这当然是早期航海人面对航行中不确定性的一种不科学的认识和美好的企望。然而，这些植物却与人类欲望有着隐秘的关联。海洋的隔离性使航海这一行为具备了自我发现的特质，这种自我发现当然也包括对自身欲望的发现与节制。塔尔博特直白地描述自己的欲望冲动的时候说："崇高的教父啊，假若我冒犯你了，那么就斥责我吧。一到岸上，我就又清醒了。那时候我就成为那个明智而又公正的顾问和行政官——你曾经扶着他步上成功的第一层阶梯。"这里对柯勒律治诗歌的互文性书写不仅展现航海中两性情感的微妙变化，也是为后文的"世俗狂欢"埋下的伏笔，是戈尔丁对20世纪80年代世俗文化消费潮流的某种迎合。

除此之外，《启蒙之旅》还戏剧性地叙说了普列特曼射杀信天翁的企图。普利特曼坚信信天翁无关航行安全，并三番五次扬言要亲自射杀信天翁以验证此行为会对航行安全构成威胁这一观念的荒谬性。为了等待时机的出现，他整天持枪在甲板上闲逛，但未能如愿。最后，他武断地最终得出结论：射杀海鸟无关航行安全，禁止水手们伤害海鸟主要是因为它们的肉难以下咽。故事的实质在于以实用理性的视角对传统的航海叙事进行反讽。这与英国诗人塞缪尔·泰勒·柯勒律治的叙事长诗《古舟子咏》中对老水手无意射杀信天翁导致全船人罹难的典故形成了互文关系。虽然后人对这一典故有诸多解读，但其鲜明的生态意义是不容置疑的，那就是旨在教育人类关爱自然、热爱生命，与大自然和谐相处。小说中的互文性书写所展现的是西方航海传统中的生态观。戈尔丁将这一故事置于后现代色彩鲜明的闹剧模式下展开,在向经典致敬的同时也嘲讽了实用理性主义思想,实际上是以戏谑的方式暗示生命的可贵及人类行为中的非理性因素。

戈尔丁的《航海三部曲》中对历史轶事的再现以及所体现出的闹剧元素确实体现了"消费历史"的倾向,受到了文化市场导向作用的影响,即杨金才教授所说的"向后(retro)的文学消费要求"。戈尔丁有效地利用了戏仿这一使作品产生并扩大影响的手法,其小说也由英国广播公司改编成微型电视剧而广为传播,得到了读者和观众的认可,体现了文学作为文化消费品的社会价值。

此外,戈尔丁涉海小说还以讽喻的手法来影射作品与现实的深层关联。其笔下的人物生存环境几乎都离不开战争背景,反映了战争对作者创作的深刻影响,也是对战争反思的体现。潘绍中认为:"在某种意义上,可以说他的全部小说构成了一个关于西方文明、关于人性的多层多面、蕴含无穷的现代讽喻"[1]。戈尔丁涉海小说的讽喻是一种隐含现实道德意义的书写,体现了作品的寓言性,也渗入了时代的悲痛。戈尔丁涉海小说中的讽喻具有一定的普遍性。《蝇王》中的表征战争历史的"伞兵尸体"、象征圣贤的西蒙、象征科学的猪崽子;《品彻·马丁》中极恶的马丁因战舰被鱼雷击沉而坠海;《航海三部曲》中牧师科利死于专政的迫害和自身的缺陷、荒岛和航船最终付之一炬等都不仅仅是故事自身情节的写照,而且有

---

[1] 潘绍中. 讽喻·现实·意境·蕴含:评威廉·戈尔丁小说的解读及其意义 [J]. 外国文学,1999(5):3-11.

着深刻的现实关联。《蝇王》中"装备整齐的巡洋舰"、《航海三部曲》中的海军的经济窘境、《品彻·马丁》中马丁将礁石上的地点命名为"红狮饭店""牛津广场"以及反英雄主义都是作者对人性、历史、实用理性主义等的批判。讽喻不仅提升了作品的思想深度,更彰显了作品的时代价值。

第四章 威廉·戈尔丁涉海小说现代社会主题的意义

威廉·戈尔丁运用现实主义的叙述手法创作寓言神话，在西方世界被誉为"寓言编撰家"。其涉海小说既有对英国社会百态的宏观透视，又不乏对生命个体的微观厚描，是镜鉴英国历史的一面镜子，也是了解英国当代社会思想与文化精神的一扇窗口。其丰富主题深植于西方文学悠久传统，是这一伟大传统精神血脉在反思战争以及重温复古风潮的社会文化语境下的承继。其涉海小说在人海互动中呈现人类生存困境，彰显人类本质及内在精神力量，书写方式上既展现出非同一般的辛辣和严肃深沉的冷峻，又不吝惜轻松、诙谐、细腻的情感，其独特的美学意义体现在因人物心境而变幻的自然美、向上与向善的社会美以及体现生命本然的哲理美。威廉·戈尔丁涉海小说现代社会主题表达深邃隽永、意象建构丰富多元，在丰富以海洋意识和海洋精神为内核的海洋文化方面具有鲜明的时代意义。

一、审美意义

海洋是人类生命起源的地方，人类与海洋彼此参照，若即若离，是一对既对立又统一的矛盾。戈尔丁笔下的海洋具有人类文明荒芜的意象，与二战后人类信仰缺失的思想语境相契合。然而，戈尔丁小说中的海洋却蕴藏着永无止息的生命力，表征他对人类的希望。海洋的永恒律动象征着人类社会的生生不息。从不同视角来看，涉海文学呈现不同的美学特征，曲金良认为："海洋文学艺术，是人类所创造的丰富灿烂的海洋文化的华彩乐章。它们是人类对海洋的理解、对海洋的感情、与海洋的生活对话的审美把握和体现，作为人类的海洋生活史、情感史和审美史的形象展示和艺术记录，在人类文明发展史上具有无可替代的价值。"[1] 台湾著名诗人朱学恕从文学审美的层面提出了涉海文学的四大特征："情感的海洋""思想的海洋""禅理的海洋"和"体验的海洋"[2]，是对这一问题比较有代表性的观点。戈尔丁涉海小说现代社会主题的审美意义依托海洋的丰富意蕴而建构，因人物身体、心理的极致行为而生发，展现了表征人物心理变化的自然美、向上与向善的社会美和体现生命本然的哲理美。读者在对涉海小说的阅读中，思绪被置于远离世俗与常规的海洋环境，在对人性与社会的深刻反思与洞察中审美体验得到提升。

（一）因人物心境而变幻的自然美

古今中外书写海洋之美的文学作品不可胜数。"涉海文学最基本的审美特征是崇高之美。毫无疑问，海洋本身是最容易引起崇高

---

[1] 曲金良. 海洋文化概论 [M]. 青岛：中国海洋大学出版社，1999：172.
[2] 陈思和. 试论90年代台湾文学中的海洋题材创作 [J]. 学术月刊，2000（11）：91-98.

这一审美感受的自然事物。"① 海洋之美首先来自它的宏大以及给人带来的震撼。海洋相较于人类生活大陆的边缘位置、原始气息以及由此产生的陌生化效果使其具有激发读者敏锐感知的审美功能。英国著名画家和艺术理论家威廉·霍加斯（William Hogarth）认为事物庞大的量对美的生成起着重要作用："宏大的形状，纵使样子难看，然而由于它们的巨大，无论如何会引起我们的注意，激起我们的赞美……广阔的海洋以其巨大的容量使我们敬畏；但是，当大量的美的形状呈现在眼前时，心中的快乐增加了，而恐怖则缓和下来变成了崇敬。"② 浩瀚无垠而又神秘莫测的海洋是戈尔丁涉海小说现代社会主题得以建构的物质基础。在深受基督教影响的作者笔下，海洋所具有的不可抗拒的灾难性力量导致了人类对它的敬畏与逃离，承载着"方舟"意象的《蝇王》中的荒岛、《品彻·马丁》中的礁石以及《航海三部曲》中的航船即是这种逃离的无奈选择，是当代社会人类生存困境的具象表达。因此，从某种意义上说，基督教文化语境是戈尔丁涉海小说叙事得以展开的精神契机。

戈尔丁对于海洋由衷地热爱，他认为海洋承载着丰富的意象。在BBC为其拍摄的纪录片中他谈及海洋的意象时说："（在海边）我发现很难在这里讲话，因为我一直在望着大海。大海总是让我时刻注视着它。我花了好几个小时，不只是望着大海，而是看着一波又

---

① 王青.论海洋文化对中国古代小说创作的影响[J].江海学刊，2014（2）：195-200.
② 北京大学哲学系美学教研室.西方美学家论美和美感[M].北京：商务印书馆，1982：106.

一波的海浪袭来。如果它代表任何意象，我认为它象征着我们的无意识，我们头脑中的无意识。或者你可以反过来说，我们每个人的头脑中都有一片海洋。毕竟我们是海洋生物，学会了在陆地上行走，不是吗？也许，无论如何，我们回到海洋。每晚当我们梦回那片深蓝，那么美丽，那么可怕，那么神秘。所以，真的，大海不是一个单一的意象。它几乎可以成为人类大脑能发现的任何东西的意象。"①

可见，在戈尔丁的头脑中，海洋既是人类生命的发源地，又是每个人头脑中的一种意识存在。他认为海洋承载着十分复杂的意象，并将这种意象泛化为人类头脑中的各种无意识。正是基于此种对海洋的认识，海洋成为其想象力与创作力的基础与源泉。用"一切景语皆情语"来形容戈尔丁对海洋景色的书写毫不为过，其涉海小说中海洋主题的自然美在于因人物心理状态不同而不断变幻的自然景色。《蝇王》这部寓言小说中海洋的自然美因光、影、色彩而建构，随孩子们心境的变化而呈现多彩的变幻。初登荒岛的孩子们摆脱了社会及家庭的束缚，因此，在他们看来，大海是自由与欢乐的象征。他们眼中之所见，有"鳞波闪烁的海水""雪白的浪花""湛蓝的辽阔大海"，拉尔夫自在享受地在"水比他的血还暖"的环礁湖里畅游，虽有"波涛撞击着礁石那永无休止的、恼人的轰鸣"，却也有对海上蜃景虚幻之美的欣喜。总的来说，这时的海洋与荒岛是孩子们展现天性的天堂，是自由与欢乐的象征。孩子们的身心、命运与海洋、荒岛融为一体，展现了人的自然生态属性，蕴含鲜明的

---

① ANTHONY WALL . The dreams of William Golding[EB/OL].(2012-03-17)[2024-10-16]. http://www.bbc.co.uk/programmes/b01dw5kb.

生态意义。随着荒岛小社会的初步构建完成,岛上诸如生存、管理及获救等现实问题日益凸显,这时,海洋似乎变得更贴近真实:"海水绚烂、礁石林立、海藻丛生"[①]。象征秩序的海螺在这个小社会发挥着重要的作用,与荒岛秩序形成对抗张力的是这里如海潮般"集体无意识"的思想氛围,最鲜明的体现是包括拉尔夫和猪崽子在内的孩子们野性暴发,在暴雨夜跳起了冒渎神灵的舞蹈,狂舞中杀害了道破真理(野兽就是我们自己)的西蒙。作者对西蒙死后的海景书写美轮美奂:海中神奇的银色小生物为西蒙的尸体镶上了一圈银边,将西蒙这位先知式的神秘人物神圣化,最终,西蒙的尸体轻轻地漂向了大海。海洋似乎完全变幻了面目,美好不再,成为阻隔孩子们回归文明社会的障碍,也衬托了人物的悲恸心理。随着故事的进展,野蛮派与民主派在未来道路选择上的分歧日益显现,矛盾日益尖锐,人性中的阴暗面也日益显露。猪崽子被罗杰所杀,象征秩序的海螺也被砸得粉碎,海洋似乎具备了人类的情感,发出"缓慢而又长长的叹息"。在故事发展的整个过程中,海洋始终发挥着渲染气氛与推动故事进展的作用。故事结尾,杰克集团为追杀拉尔夫而放火烧山,不料吸引了来自海上的救援。海洋既是阻隔孩子们回归文明的障碍,又是救援的来源地,其二元对立的意象反差增添了整个故事的戏剧性。作者以娴熟所展现的变幻的自然美也是其对人物命运深刻感悟的写照,在给读者带来丰富视觉体验的同时也促使读者深刻反思作品的思想内涵。

---

① 戈尔丁.蝇王[M].龚志成,译.上海:上海译文出版社,2018:28.

深入洞察小说中的自然空间意象是真正领略小说的美学意蕴的前提。薛敏、张中载从文字的视觉化效果的角度分析了《蝇王》中的自然空间之美："戈尔丁在小说《蝇王》中描绘了一个明暗交织、色彩丰富的空间世界，这个空间世界既是情节发展的自然空间，也暗示了各个人物独特的精神空间。"[1]《蝇王》中海洋自然美的另一特征是其神秘性。小说措辞的准确性堪称现代小说的典范。其中的自然景色带给读者丰富的视觉体验，使读者对自然的神秘身临其境；戈尔丁对自然的神奇之美有深刻的洞见和独到的感受："有时候，虽然我身在遥远的地方，我却看见自己在那个洞穴前，当海水退去，我在看着那闪耀的月光，并且为我们共有的世界中的神奇之美感到安慰。"[2]《蝇王》中孩子们因核战争而逃离英国，被迫荒岛求生，其海洋及荒岛具有极强的象征意义，是二战后无法在现实社会中找到出路的人类在无所依托的状态下所逃往的目的地，是人类精神困境的写照。其作品中海洋的神奇之美依托海洋自身的神秘性而存在，又因故事情节的发展而升华。潮起潮落宛如海中巨兽的呼吸，深不可测的海水中似乎蕴含着无限可能。对海中巨型怪兽的想象连同海洋在茫茫黑夜中发出的巨大声响令流落荒岛的孩子们陷入恐惧，无法自拔。孩子们头脑中有关海中怪兽的想象使大海的神秘被无限放大的同时也在影响在孩子们当中蔓延的"群体无意识"，最终使他

---

[1] 薛敏，张中载.时间艺术中的空间艺术：评《蝇王》的空间美 [J]. 外语教学.2013（5）：81-84.
[2] 宋兆霖.诺贝尔文学奖文库：授奖词与受奖演说卷 [M]. 杭州：浙江文艺出版社，1998：182.

第四章 威廉·戈尔丁涉海小说现代社会主题的意义

们变得嗜血和暴力。小说中海洋神秘之美的产生缘于多重因素，首先是海洋本身的浩瀚与渺茫所带来的文学上的神秘意境；其次是观察海洋的主体是在认知上具有明显局限性的儿童；最后是对海洋感受的特殊心境，受困于荒岛，漫漫长夜中的恐惧心态是海洋神秘性产生的直接原因。小说在自然之美的书写中实现了现实主义与象征主义的平衡，文中人物与环境在精神与物质层面都实现了完美融合。《蝇王》的小说叙事巧妙地将海洋意象的神秘性与人类内心欲望隐秘且无意识的特点相互穿插关联，在实现叙事背景与主题有机融合的同时展现了海洋主题因人物心理变化而生发的自然美。

《品彻·马丁》中海洋的变幻之美渗透在主人公溺亡过程中与海洋抗争的不同阶段。从某种意义上说，海洋既可被视为马丁"表演"的舞台，又是其思想的舞台，还充当着小说的配角，在很大程度上配合着主人公的表演与思考。马丁的表演从其坠海后便开始，小说以后现代的书写方式将马丁的死亡瞬间无限拉长，按照其表演特点和海洋形态可分为四个阶段。

从极力挣扎到逐渐适应是表演初始阶段的关键词，在这一阶段人物完成了从与海洋对抗到逐步和解的转变。落海之初，马丁不顾一切地奋力挣扎，海水如地狱之火对他灼烧、令他窒息，毫无姑息。海水是马丁必须面对的头号敌人，他的挣扎越是激烈，海水就给他更为致命的打击。它不断地拍打和挤压马丁的身体，似乎一定要将其置于死地。马丁几近绝望，却异常顽强地坚持着，渐渐地他似乎适应了海里的一切，逐渐平静下来。这时的海水也变得温柔起来，不再给他带来那么严峻的生存威胁。这时的马丁对海洋虽有些许怨恨，却保持着对周围环境客观冷静的认识，在他眼里，"白痴样的海水"[1]是冰冷和深不可测的。马丁持续地以顽强意志对抗着海洋，只是改变了坚持的方式，他不再挣扎，而是躺在海水上，听凭其摆布。海洋似乎也对他温柔起来，"它不再狂暴地咆哮，而是轻轻地托住他，就像猎狗衔着猎到的鸟那样小心翼翼地载着他直晃动。"[2]作者以如地狱般灰暗色调的海景表达了主人公面对死亡时的绝望心情，似乎在暗示这时的主人公已堕入地狱。然而，作者又以一丝隐约的亮色带给读者生的幻象，让他不断垂死挣扎，展现求生欲望与自我本性。

在马丁继续为生存而挣扎的第二个阶段，叙事的全部重心在于他的意识在真实的大海与虚幻的回忆之间不断切换。真实的大海使他感受到了身体的痛苦和周围的一切，只是这种感受随着这个遭受惩罚的生命个体意识的逐渐远去而变得越来越微弱。海洋渐渐地变成仅仅是由他的自我意识进行的一种建构。马丁竭力保持清醒，海洋似乎在以给人带来客观体验的方式提醒他生命的延续；马丁头脑中虚幻的大海是他不断从现实模式切换到回忆模式的起点，虚幻及对过往生活的闪回逐渐主导了他的意识，似乎在暗示马丁即将到来的生命终点。周围的环境是马丁以自我意识建构起来的，这种建构随身体的极致感受展现出不合常理的奇幻色彩："他眼睛眨了几眨，睁了开来，拱形的眉毛成为青色大海的边框。有那么一会儿，他的

---

[1] 戈尔丁. 蝇王[M]. 龚志成, 译. 上海：上海译文出版社，2018：12.
[2] 威廉·戈尔丁. 品彻·马丁[M]. 刘凯芳, 译. 上海：上海译文出版社，2000：27.

眼睛只是望着,尽管外界的东西映入他的眼帘中,他却什么都没有看见。随后,他整个身体猛地一跳。那个小火花成了火焰"[1]。然而,马丁始终紧紧握住已然逝去的生命的一丝丝迹象,其生存意志宛如海中龙虾的钳子,就连他不断展开的回忆也成为提示身份与生命延续的手段,对抗着死亡的宿命。在马丁与海洋的互动中,海洋如镜鉴般见证了他卑劣的人生观。作者巧妙地将人物的思想行为与海洋的多姿样态相融合,这一阶段的海景之美在于人海互动中海洋形态在真实与虚构之间的变幻。

在马丁表演的第三个阶段,他以牙齿幻化的礁石为中心进行了鲁滨孙式的建构。海洋依然是他最大的生存威胁,处于弥留之际的马丁依然保有生的希望和乐观的心态:"大海的喧嚣在他耳朵里化成了一个音符"。他幻想着自己被海水冲到了一块巨大的礁石上,忍着全身的疼痛,为了自我救援,他用海中的贻贝充饥,在岩缝中寻找淡水,用海葵当糖果,用海草搭成十字的形状吸引救援。马丁为救援而做的准备工作让他愈发的自信,连眼中的大海也明亮起来。他对着平静的大海发表宣言,表达获救的决心:"我并不是要逞什么英雄。但我身体健康,受过教育,有头脑。我要战胜你。"[2]然而,"大海什么也没有说。他傻傻地朝自己咧嘴笑了笑。"逐渐地,他似乎适应了礁石上的生活,快乐时会在那里歌唱,心情不好时会

---

[1] 威廉·戈尔丁.品彻·马丁[M].刘凯芳,译.上海:上海译文出版社,2000:23.

[2] 威廉·戈尔丁.品彻·马丁[M].刘凯芳,译.上海:上海译文出版社,2000:63.

咒骂大海。他还用自己熟悉的名字来命名礁石上的各个地点，以此来宣誓对它的占有。他还幻想趁机猎杀海豹以实现其吃肉和穿皮衣的奢望，完全是一种自我中心主义的做派。

在最后阶段，上帝以黑色闪电的方式将马丁幻想的世界吞没，完成了对这个拒绝救赎的、执迷与邪恶灵魂的最终审判，马丁为期七天的表演结束了。整部小说书写了一个被鱼雷击沉的驱逐舰上的孤独幸存者执迷于坚如磐石般的自我的故事，这种执迷后来成为他自我救赎的障碍，他被一种生活的欲望所激励，这使他存在于一个不同的道德与物质维度的主体。承载着大自然伟力的大海在这一过程中因人物的行为心理差异而呈现的多彩的形态，一直是马丁最大的生存威胁，既是他为了生存而无法逃避的对抗对象，又犹如一面映照人性的镜子，动态、详尽而又完整地将这个生命个体的极端顽强的精神、邪恶自私的灵魂呈现给读者。《品彻·马丁》的海洋主题以斗海为主要基调，又有着完全不同于传统海洋文学斗海主题的主旨意义；以人海全方位多角度的互动为主要内容，生动诠释了作者具有生态意义的海洋观；以镜鉴人性的本质为主要展现方式。作为小说主场景的大海自始至终呈现冷峻的灰暗色调，与小说叙事展现出的对人性的悲观态度以及对人物的审判情境相契合，生动演绎了一个执迷的邪恶灵魂无法获得启示与救赎的故事，实现了小说的情景交融，具有独特的审美意义。

《航海三部曲》海洋主题变幻的自然美在航船行进中海洋多重样态的书写中得以展现，又因人物性格情趣的差异得到升华。海洋是航海小说的重要角色，在拖着航船前行的过程中也推动着故事发展。在叙事主人公塔尔博特眼里，海洋有时展现凶悍的一面，航船在它的狂风巨浪中挣扎前行，给初次航行的人们带来种种不适；人们有时能邂逅壮丽的海景："我们的船有风催动着，风力是够，却也不会过猛。波涛闪闪发光，海面上反映出千变万化的云，还有其他的景色"①，这些使人备感轻松；这艘风帆时代的航船在赤道无风带无奈停泊，船底遭遇海草的缠绕。这时，水手们用拖绳清洁船底以加快航行速度，一只巨大的"怪物"现身了："我清楚地看到……有点像从杂草中伸出来的头冠……那东西升了起来，一车杂草在它周围和上面挂满了花。那是一个头，一个拳头，或者一个前臂，是一个像利维坦一样巨大的东西。它和船一起滚在杂草里，升起，沉下去，再升起。"②航船也遭遇了在暴风雨中失去主桅的危难时刻；航程中既有在海上浓雾中两船相庆的狂欢场面，也有随时撞上冰山的惊心动魄。戈尔丁的航程书写诠释了人生的无常与无奈，也展现了人类命运中的不确定性。在具有不同情趣与阅历的人物眼中，海洋景色和航程境遇是不同的，在科利眼中，海上的日月同辉是上帝的造化："我们这条大船一动也不动。她的帆依然垂下来。她的右方，红日正在西沉；她的左方，正升起一轮明月"③。牧师科利眼中的自

---

① 威廉·戈尔丁.启蒙之旅[M].陈绍鹏，译.北京：北京燕山出版社，2017：32.

② GOLDING W. To the ends of the earth[M]. London: Faber & Faber. 1991:457-458.

③ 威廉·戈尔丁.启蒙之旅[M].陈绍鹏，译.北京：北京燕山出版社，2017：200.

然美展现的某种神秘宗教色彩与其身份与性格高度契合，带给读者非凡的阅读体验。

《航海三部曲》中的航船从英国出发，目的地是新西兰的对跖岛。这次由旧世界向新世界的航行本身就极具象征性，故事情节的设置象征个体人生观的转变，也象征前途与命运的转变。航船社会的等级主题不断深化，主人公的命运使读者不禁发出航海即命运的叹息。《航海三部曲》以航行这一人类征服海洋的方式展开叙事，第一部小说《启蒙之旅》可视为一则海上道德寓言，其核心事件是航船在穿越赤道时为驱散对大海的恐惧所进行的"獠皮囊酒会"，有冒渎神灵的意味。

小说讲述的是发生在1803—1815年拿破仑战争期间的历史故事，海上航行本身具有的历史纵深感以及"水手话"、老旧战舰等诸多历史元素为小说蒙上了一层神秘的面纱。除此之外，小说的双视角叙事也给故事增添了更多的悬念与不确定性。《航海三部曲》有浓郁荒诞与悲剧色彩的神秘之美，展现在每部小说的死亡事件之中，分别是《启蒙之旅》中科利的"羞愧而死"、《近地点》中惠勒的神秘失踪和吞枪自尽以及《甲板下的火》中萨默斯在航船失火中的以身殉职。

自然伟力与人类渺小的强烈反差是给人一种震撼之美。海上航行是对人类的考验，塔尔博特对此深有体会："即使一个坚忍派的哲学家渡过几英里波涛汹涌的大海就受不了"[1]。展现了他知行合一、

---

[1] 威廉·戈尔丁.启蒙之旅[M].陈绍鹏,译.北京：北京燕山出版社,2017：8.

第四章 威廉·戈尔丁涉海小说现代社会主题的意义

重视实践的态度。在某种程度上,塔尔博特思想中有着一种颠覆正统的叛逆性:"塞内加要想入睡,鸦片的效果比他的哲学思想更大呢!"[①]然而,这种叛逆性并没有掩盖他的本性,他始终是英国统治阶级思想的代言人,其贵族精神、绅士风度和正义感是不容置疑的,尤其体现在他听到船长训斥科利时并没有现身以给科利带来更大的尴尬,在科利奄奄一息时到科利卧舱探望以及科利死后参与其死因的调查等。这种叛逆也没有影响他从一个自视清高的贵族青年成长为有责任担当的执政者,或者换句话说,他实现了自我突破。

与塔尔博特突破自我,在思想上变得更为成熟形成鲜明对比的是船上的牧师科利受困于自己的等级身份,奋力挣脱却始终未能摆脱这种束缚。两人初次见面时,塔尔博特对科利晕船状态的描写即是科利短暂人生的生动写照:他长袍上的袍带让狂风吹得在喉部乱打,犹如"困在玻璃窗上的小鸟"[②]。"小鸟"意味着科利卑微的出身以及不遗余力地向着社会上层攀登的精神。"玻璃窗"是英国等级社会封闭性的象征,是社会下层努力冲破的无形枷锁。"困"是科利社会身份状态的特点,也是其短暂人生的写照。

二元对立是戈尔丁涉海小说建构自然之美的重要方式。《蝇王》中,涉海空间之美的建构中二元对立的核心是"景随情变"。有关海洋美的虚(如海市蜃楼)与实(壮美景色)、人与自然的和谐相

[①] 威廉·戈尔丁.启蒙之旅[M].陈绍鹏,译.北京:北京燕山出版社,2017:9.

[②] 威廉·戈尔丁.启蒙之旅[M].陈绍鹏,译.北京:北京燕山出版社,2017:11.

处与情景融合之美在小说前半部分比比皆是。然而,随着故事的进展,野蛮派与民主派的矛盾加剧,人性之恶的主题逐渐显现,小说后半部分的海洋与海景变得美好不再,且发挥了渲染紧张、悲伤甚至恐怖气氛的功能。

《品彻·马丁》中的涉海空间之美是通过物理空间与心理空间的自然切换与有机融合来展现的。涉海空间整体所呈现的阴沉黑暗色调与人物心理空间的邪恶阴暗相契合,人海二元对立的主题十分突出。《品彻·马丁》中的海洋是一种超越了原始存在的极度压缩而又充满张力的人性表征空间。作者运用后现代叙事手法将马丁溺亡的瞬间拉长,将海洋幻化为承载人物欲望、记忆与选择的空间。王卫新指出:"后现代小说则是时空一体压缩,戈尔丁走的就是孤立压缩时空的路径。"[①]海洋空间之美在于它已超越物理空间而成为人性的镜鉴。当马丁奋力攀上孤礁,似乎摆脱了海洋的直接控制,然而,海洋依然是他无法逾越的极限空间,不仅制造了各种恶劣的生存环境,也使他缺乏食物、淡水等最基本的生存条件。故事前半部分以海洋的巨大威力来突出表现马丁顽强的生命意志,展现了戈尔丁对西方海洋文学中"斗海"主题的反讽。这种反讽一方面是人类自我本质力量的彰显,另一方面也是对海洋镜鉴作用的深刻诠释。海洋既是马丁为生存而抗争的意志力空间,也是作者建构的人性表征虚拟空间。戈尔丁以海洋这一极具隔离与包容特质的物质为载体,全方位地展现了一种极端邪恶的人性。以海洋作为人物对立

---

① 王卫新. 英国后现代小说的时间艺术 [J]. 国外文学, 2008 (1): 27-33.

面建构的人性镜鉴意象折射出的是现代人类的欲望与伦理困境。

《航海三部曲》以典型事件建构空间二元对立之美。航船上与塔尔博特世俗性狂欢同时发生且形成对比的是科利被迫遭受的污水浸洗,即小说的核心事件"海神袋"——航船穿越赤道时的狂欢仪式。两个事件同时发生,形成叙事上的时空并置。从空间视角来看,一个隐秘,一个公开;一个静谧,一个喧哗,形成鲜明的二元对立,展现了二者近乎相反的命运曲线。两位主人公卧舱位置对称,布局相似,但命运的走向却截然相反,令人不禁慨叹深思。《航海三部曲》中的航船完成了从旧世界(英国)向新世界(澳大利亚)地理上的跨越,主人公也在漫长的航程中实现了自我成长。航程象征着人的自我发现之旅,航程成为人类认识外部与自我世界的独特视角。

(二)蕴含向上与向善意识的社会美

传统海洋小说主题如海纳百川般包罗万象,戈尔丁涉海小说现代社会主题的特色之一就是其极强的包容性。本书第二章"戈尔丁涉海小说现代社会主题的主要类型"充分体现了这一点。除了前文论述的国家、成长、人性、男性气概等几个主题外,戈尔丁的涉海小说还有更为宏阔和耐人寻味的次要主题,如人海关系、生态伦理、历史与未来想象、爱情书写、西方文化精神等。

人海关系是西方海洋文学的重要主题。在其中,人类对于海洋的认识经历了从恐惧到敬畏再到迷恋的复杂情感历程。戈尔丁笔下的海洋承载着丰富的意象,既是故事建构的背景与重要的叙事动力,又以永恒的律动和蔑视一切的冷漠,镜鉴着人性,见证了成长,承载着自我发现与救赎以及人类社会发展中的种种痼疾,是作家反思人类与社会的重要载体。《蝇王》中对流落荒岛的儿童书写是在人类经历两次世界大战后对人性与社会的深刻反思,《品彻·马丁》中对极端邪恶而又顽强的个体书写,既是对人性的反思,也是对西方殖民史及人海关系的反思,《航海三部曲》既是对帝国逝去辉煌的追思也承载着作家对未来的希冀。

戈尔丁涉海小说现代社会主题的社会美缘于涉海空间的舞台意象。涉海空间的相对封闭性是其舞台意象的基础,这种荒岛小说的重要传统在莎士比亚的作品中有迹可循。学者乔纳森·贝特(Jonathan Bate)认为莎士比亚意识到海岛是小说叙事的重要压力点,他对海岛剧情的设置感兴趣是因为海岛是在一个更大的地缘政治环境中形成的一个特殊封闭空间,或许有点儿像一个大的城市环境中存在的封闭的剧院。戈尔丁受到了这一传统的深刻影响,在他的几部涉海小说中,不仅是荒岛,所有的涉海空间都是一种具有舞台意义的文化建构。荒岛、孤礁、航船等涉海空间的舞台意象都十分鲜明,这当然与戈尔丁当过编剧的工作经历不无关联。"戈尔丁运用多种手法创作《航海三部曲》,使其具有高度的虚构性,并通过戏剧的意象与隐喻,使其虚构性始终为读者深切感知。这艘船被呈现为一个"漂浮的剧场",许多表演在那里发生,尤其是中心的,滑稽而又富有悲剧性的科利的堕落死亡。"[1]

---

[1] PAUL CRAWFORD. Politics and history in William Golding: the world turned upside down[M]. Columbia and London: University of Missouri Press, 2002:195-196.

第四章 威廉·戈尔丁涉海小说现代社会主题的意义

张德明认为荒岛是包含反讽因素的现代性主体本身的象征："荒岛叙事打开的乌托邦—反乌托邦空间既体现了现代性对秩序的追求、对理性的信仰，也包含了对现代性的肯定和否定、批判和赞美、追求和怀疑。"[①] 戈尔丁涉海小说现代社会主题的社会美体现在社会个体对真理的追求，展现的是社会美中的"真"。按照蔡仪的观点，自然美可以通过"人"这一桥梁发展到社会美："社会事物原来就是由自然事物发展来的……人是自然美和社会美的桥梁，通过这座桥梁，自然美发展到更高的社会美。"[②] 在戈尔丁的涉海小说中，包括航海在内的人类海洋实践活动是自然美向社会美发展的媒介。海洋实践过程展现的是人类对自然真理的追求，是社会美的体现。《蝇王》中流落荒岛的孩子在登岛之初尚能团结合作，共同解决生存问题。随着内心恐惧的增长和欲望的膨胀，孩子们逐渐分化为崇尚理性的"民主派"和向往原始生活的"野蛮派"。作者在两派的争斗中建构以追求真理为特征的社会美。但这种社会美并不纯粹，最为讽刺的是两派人物均参与了杀害道破真理的西蒙。然而，这并不意味着小说中不存在追求真理的人物和社会美。"民主派"的代表人物拉尔夫面对恶劣的自然环境和险恶的、逐渐占据压倒性优势的"野蛮派"，执着坚守回归文明的希望，几乎到了生命的最后一刻也未曾有一丝放弃的意识，展现出一种为真理而不惜一切的

[①] 张德明.荒岛叙事：现代性展开的初始场景[J].浙江大学学报（人文社会科学版），2009（3）：79-86.

[②] 蔡仪.新美学（改写本）[M].北京：中国社会科学出版社，1995：286-287.

社会美。这种社会美因主人公稚气未脱和自然与社会环境的极端性而更显亮丽。

海洋一度是人类认知与实践的边界，因人类的实践活动而承载了丰富的文化意蕴。作者在小说创作的过程中充分利用这种因文化意蕴而产生的美感，读者也会在阅读小说的过程中对此心领神会。在人类历史上，航海作为人类探索未知世界的方式，是近现代人类文明发展的重要动力。航海的历史文化底蕴赋予了航海小说创作者们广阔的空间。《航海三部曲》中航海历史文化在多维度的展现中彰显富含底蕴的文化美：以学说"水手话"的方式适应海上航行，致敬福尔克纳，以射杀"信天翁"的情节形成与柯尔律治《古舟子咏》的互文指涉，以水手比利罗杰斯这一人物书写使读者联想到麦尔维尔经典的航海作品《水手比利·巴德》，以塔尔博特与萨默斯的"换衣"书写指涉希腊经典文学中的友谊，以贝内与萨默斯在航海路线算法上的差异回应对科学时代的看法，以航船的"疯人院"意象指涉塞巴斯蒂安的《愚人船》，以航程中遭遇的艰难险阻指涉经典海洋叙事作品《奥德赛》等。《航海三部曲》以繁复杂糅的方式书写航程，并以主人公的成长贯穿始终，实现了作品杂而不乱的有序性。

戈尔丁涉海小说现代社会主题社会美的另一维度是其所呈现的社会样态的复杂性与人物形象的鲜明性。这一维度之美是通过海洋建构的空间来实现的。吴治平认为："空间不是简单意味着的几何学与传统地理学，而是一个社会关系的重组与社会秩序的建构过程；不是一个抽象逻辑结构，也不是既定的先验的资本主义的统治

第四章 威廉·戈尔丁涉海小说现代社会主题的意义

秩序,而是一个动态的实践过程。"[1]《蝇王》中由英国男孩构成的荒岛社会可视为人类发展历史的缩影;《品彻·马丁》中马丁在与海洋进行生死抗争的回忆中所建构的社会以独特的视角呈现了社会的各个侧面和不同片段,展现了一个自私、贪婪的个体对朋友、异性、上级和下级的不同面孔;《航海三部曲》中,作者以在漫长航行中从等级分化到等级秩序逐步消解的航船社会为载体展现了社会百态与人生百味,一个个鲜活的人物形象跃然纸上,这是一个直接或间接与海洋产生关联的社会,也是一个因海洋的不同样态而发生改变的社会。

航船乘客有着各种身份和性格特点,既有在穿越赤道的越界仪式中旁观的冷漠,又有面对想象之敌的慌乱、胆怯与勇武,也有海上邂逅同族时歇斯底里的狂欢。小说叙事节奏张弛有度,以略带黑色幽默色彩的戏谑笔触呈现了航船小社会的纷繁样貌,有人趾高气扬,有人路见不平,有人离奇死去,有人不知所踪,有婴儿出生,有风流韵事,有人被迫结婚,也有真挚爱情……寓教于乐,不愧为意蕴丰富的航海故事,是作者深厚文化积淀全方位、多角度地呈现,将航海小说社会美的包容性展现得淋漓尽致。

戈尔丁涉海小说人物为了自由和进步而奋斗展现出的是社会美中的另一层面——善。纳撒尼尔是《品彻·马丁》中必不可少的配角人物。马丁正是在试图谋害他的前一秒钟被鱼雷击中而溺海身亡。小说以纳撒尼尔的"善"反衬马丁的"恶"。从故事内容来看,前

---

[1] 吴治平. 空间理论与文学的再现 [M]. 兰州:甘肃人民出版社,2008:2.

者的"善"最显著的特点是"不争"。纳撒尼尔被塑造为事事无争、与人为善的圣人形象；后者的"恶"最突出的表现是"争"，事事俱争，一切以自我为中心，马丁是典型的"恶"人。故事善恶相生相报的结局似乎是在倡导和宣扬社会美的道德意义。《航海三部曲》中的英国青年塔尔博特的经历充分地诠释了这种社会美。塔尔博特出身贵族，自视清高是他与生俱来的品性。航行之初，在他看来，周围的一切都要听命于他，任他摆布。最为显著的是他咒骂侍从、对待下层出身的牧师科利的不屑以及将那位特殊身份的女性作为发泄情欲的工具。然而，在作者笔下，他身上的贵族精神使他不会偏离推动社会进步的正确轨道。首先，他不惧强权，敢于公开挑战船上的独裁者——船长的权威，令其大为恼火却忌惮这位贵族的背景，无计可施。其次，他在纷乱的社会环境下能坚守明确的是非观念，在其成长"引路人"——大副萨默斯的感召下成为一个对航船社会担负救助责任的人，并在这一过程中使自己的人生态度发生了质的转变。最后，最难能可贵的是，从其对萨默斯升任船长一事的漠然态度来看，塔尔博特并不看重个人的权力地位，国家兴衰与社会发展才是他关注的重点问题。塔尔博特身上展现出的社会美在戈尔丁看来是合规律性以及合目的性的，是对英国传统价值观的揭示与坚守，也是资产阶级社会进步观念的生动诠释。

《航海三部曲》社会美的另一个方面是对航海即命运的书写。航海中人物命运的不确定性在增添故事浪漫色彩的同时也迎合了航海小说读者的期待视野。对主人公捉摸不定的爱情经历书写在这一点上有鲜明体现。身为贵族的塔尔博特原本的想法是娶一位年轻貌美、家境殷实的女士为妻。不料，在航行中受到科利事件深刻影响的他在爱情观念上产生了很大变化，邂逅了亨利爵士的养女查姆利小姐并与其一见钟情。海上航行为这份纯洁爱情增添了浪漫色彩，大海在见证世间美好的同时也成为爱情的阻隔。好景不长，出身及航程目的地的差异使两人不得不各奔东西。也许是由于这样的结局会让读者心生不悦，也许这不符合年逾古稀作者的创作旨趣，在小说结尾，二人终于在新世界重逢，有情人终成眷属，人物成长的主题在爱情层面得到升华。萨默斯虽晋升为船长，却因难以舍弃失火的航船而殉职，让人不禁慨叹命运的无常。漫长的航程终究在略带哀伤的喜庆氛围中收尾。值得一提的是，2005年，英国广播公司（BBC）将《航海三部曲》拍摄成电视剧《直至世界尽头》，形成纸质图书与电影的传播相互促进的局面。因此，这部小说的流行也得益于现代光影与互联网技术的发展。随着其小说及影视作品的传播，戈尔丁也成为家喻户晓的作家。

　　《航海三部曲》中的航船小社会是英国等级社会的典型写照，因此小说以船喻国的意味十分明晰。位于航船前后甲板之间的白线象征着英国社会等级分隔的壁垒，科利之死与跨越这条白线有关。当暴风雨来临，航船岌岌可危，船上乘客摒弃等级差别共同应对，挽救受损航船于危难。白线在这一过程中也被冲刷干净，象征着等级分隔的消解，也隐含了作者对于英国社会前景的希望。"原来横在主桅甲板上的那条白线，现在似乎已被冲得一干二净。我发现这不仅仅是一个简单的事实——它实际上是对我们现状的一种隐喻！

但更多的是在以后的日子里。"[1] 小说漫长航程中各色人物的不同遭际是作者以航程比拟人生,展现丰富人生画卷与多彩航海文化的依托。其中蕴含的勇于探索、务实担当、团结协作、开放包容、知行合一等精神是对西方优秀航海文化的传承,是社会美的精神实质之所在,也是使作品具有恒久价值的重要因素。

(三)展现生命本然的哲理美

不少学者认为戈尔丁属于神学小说家,他们都注意到了戈尔丁小说的主题聚焦于特定的神学关注,特别是原罪和罪过、天真和堕落、个体责任和为过错赎罪的可能性以及灵魂的救赎。但戈尔丁并未过多关注特定的基督教徒以及宗教和信仰体系。他所设立的辩证法既不是天主教的,也不属于新教。实际上,他的辩证法在文学术语中得以澄清,在他的文学作品中得以论证,而本身不具备神学的或哲学的地位。他所用于论证的文本确实代表这种地位或对这种地位进行文化上的想象。然而,他是通过文学技巧进行论证——并列、呼应、解构,而不是通过叙述中的说教。张和龙认为,戈尔丁以其小说中独特的艺术形象"为50年代的英国文坛注入了一股与众不同的清流"[2]。

海洋是力量的象征,也是激发人类想象力与行动潜力的源泉。面对无边无际的大海,人类自身鲜活的生命力会在无形中被唤起。

---

[1] GOLDING W. To the ends of the earth[M]. London: Faber & Faber. 1991:711-712.

[2] 张和龙.战后英国小说[M].上海:上海外语教育出版社,2004:87.

在东西方文化传统中都具有深刻哲学涵义且能唤起人类生命力的原始意义上的自然是戈尔丁涉海小说反复涉及的本体。曲金良认为："就海洋文化的哲学与审美蕴含而言，它具有生命的本然性和壮美性。"[①] 戈尔丁小说中的海洋（航海）蕴含着冒险、竞争、开拓的精神力量，这种精神力量源自西方社会有将海洋视为男性气概的试验场和人类追求自由与天性象征的文化传统。无论是《蝇王》中以拉尔夫和杰克为代表的流落荒岛的英国男孩，《品彻·马丁》中在海中挣扎的低级军官，还是《航海三部曲》中以塔尔博特、萨默斯为代表的航船乘客都以积极开放的心态应对海洋环境所带来的各种风险挑战，在以海洋为依托而建构的环境中不断突破自我、环境与社会的束缚，追求着自我与社会定义的成功。这一过程中不乏社会意义上的失败者，杰克放弃回归文明社会的希望火种而向象征野蛮的山林过渡，实际上是人类文明的倒退；马丁在与海洋极端环境进行抗争的过程中无力实现自我救赎，验证了成功的道德意义；科利在航船等级社会努力向上攀登及失败后的因羞愧而死，揭示了个体的认知缺陷及社会的残酷。如果暂且抛开道德层面的意义不论，这种尝试虽然失败，却具有人类本质力量释放的意义，展现了人类比低等动物更高的精神追求，具有社会与自我认知的意义。而对那些在尝试中取得社会意义上的成功者来说，如拉尔夫、塔尔博特、萨默斯、贝内等，他们在各自的海洋经历中实现了身心的双重突破，实现了对自我与社会更深刻的认识，在拥有更宏阔视野的同时实现了

---

① 曲金良.海洋文化与社会[M].青岛：中国海洋大学出版社，2003：32.

灵魂上的升华，具有壮美的特征。这种壮美特征在某一时刻具有震撼人心的精神力量，如遭遇追杀的拉尔夫九死一生，他幸运地迎来巡洋舰的救援失声痛哭的时刻。塔尔博特读完科利写的信件后精神上受到震撼，发自内心地认同萨默斯"有特权就有责任"的主张而去舱房探望奄奄一息的科利的时刻是获得精神上启示的重要时刻。而在作者看来，多年恪尽职守的萨默斯获得晋升，他穿上多年前为自己准备的船长制服并不能给人以精神上的启示。相形之下，作者所认同的精神上的启示并没有承载太多现实利益关联，更多地指向生命的本然力量。

海洋对自由的限制为人物展现生命的本然力量与状态创造了独特条件。李徵指出了本然生命对审美艺术的重要意义："也只有源于本然生命，审美艺术才能保留着更多的灵魂与肉体的隐秘信息，保留着更多的灵魂与肉体的呼唤与颤动，才能拥有源源不断的能量，直至本然生命的停止。"[①] 这种限制也为戈尔丁涉海小说创作提供了极大的空间。不同艺术门类的创作与欣赏规律从本质上是相通的。著名指挥家斯特拉文斯基感悟到了创作与限制的辩证关系，认为无限制的自由会给创作者带来无限痛苦，创作者受限越多反而会拥有更大自由："无限制的自由将我投入一种痛苦……谁加给自己的限制愈多，谁就愈能使他自己从束缚精神的枷锁中解脱出来。我

---

① 李徵.植根于本然生命的审美主义诗歌：樊忠慰诗歌论[D].重庆：西南大学，2015：8.

周围的障碍物愈多,我的自由就愈充分愈有意义。"① 在戈尔丁涉海作品中,海洋环境从总体上说是对人类自由的限制,如《蝇王》中被海洋围困的荒岛限制了孩子们回归文明社会的自由、《品彻·马丁》中浩瀚汹涌的海洋限制了主人公求生的自由、《航海三部曲》中海上航行的航船也受制于海洋及各种不利的自然条件。然而,与之形成悖论的是,给笔下人物带来诸多限制、痛苦甚至绝望的海洋及不利的社会环境为人物生命本然力量的充分展现创造了绝佳的条件。这恰恰是戈尔丁选择海洋叙事的原因之一。

戈尔丁选择海洋叙事的另一重要原因是海洋与人类的哲思关联密切。大海以永恒的律动与蔑视一切的冷漠成为人类思考的天然参照物。美国哲学家戴维·法雷尔·克雷尔在《哲思与海》一书中认为人在身处大海时的被动性颇具哲学意义:"人体本身就像摇曳在海上的一叶扁舟,如同那时我仰浮在巴洛斯海湾上的身体。尽管这是任何人都可能有过的经历。但在我看来,人在身处大海时的被动性似乎颇具哲学意义。"② 这种哲学意义与戈尔丁涉海小说中的人物身处海洋时的被动状态相契合。戈尔丁是众多以海洋、航海为媒介思考人类、人生及社会问题的作家之一。《蝇王》《品彻·马丁》因反思二战而作,聚焦于人性本质的探寻;《航海三部曲》书写了英国一度辉煌的航海事业,再现了英国航海传统的辉煌图景。海洋

---

① 伊戈尔·斯特拉文斯基.音乐诗学六讲[M].姜蕾,译.上海:上海音乐学院出版社,2008:51.
② 戴维·法雷尔·克雷尔.哲思与海[M].陈瑾,译.北京:北京燕山出版社,2020:4(引言).

是人类反省自身的媒介，为人类的哲思提供了天然条件。戈尔丁笔下的海洋因承载了丰富的历史及文化意蕴而具有了传承的价值与美感。反思、感悟、启示是贯穿几部涉海小说的重要元素，不仅是戈尔丁涉海小说现代社会主题的重要特色，也可以说是其小说的出发点和落脚点。戈尔丁颠覆了英国传统小说"荒岛变乐园"的常规叙事模式，在对当代人类历史进行反思的基础上对人性进行了深入的剖析和批判，使涉海小说现代社会主题具备了一定的思想深度和哲理美。戈尔丁笔下的大海绝不仅仅是一种自然景物，其中的人物也绝不仅仅是一群儿童、一名军官和一个微型社会；人物与大海的互动，最生动和具象化地表达了戈尔丁的人生感悟和体现生命本然的哲理美。

　　涉海小说所蕴含的生命本然的哲理美与作者的生态意识密不可分。《蝇王》中人与自然的互动是作者鲜明的生态意识的生动体现。初登荒岛的孩子们在冒险与探索热情的驱使下登上制高点俯瞰脚下的荒岛："礁石内侧：海水绚烂，礁石林立、海藻丛生，就像水族馆里的生态展览一样。礁石外侧是湛蓝的大海。海潮滚滚，礁石那边拖着长长的银白色的浪花泡沫，刹那间他们仿佛感到大船正在稳稳地向后退着。"[1] 壮阔的海岛所呈现的原始生态美令人神往，当他们"感到大船正在稳稳地向后退着"的时候，已经不由自主地融入了自然，天真烂漫的英国男孩们似乎成为大自然不可分割的元素。小说中对人物情景交融的书写在小说的前半部分比比皆是。对于海

---

[1] 戈尔丁. 蝇王 [M]. 龚志成，译. 上海：上海译文出版社，2018：28.

岛壮美景色的书写展现了人类对大自然的热爱以及对自由的向往，也是作者生态自然观的流露。然而，小说结尾，民主派与野蛮派的矛盾逐步激化，杰克集团相继杀害了象征神启的西蒙和象征科学的猪崽子。为了追杀拉尔夫，他们还将原本葱郁、充满快乐的荒岛付之一炬。这时，荒岛上人物命运的悲壮之美在占小说较大篇幅的原始生态美的反衬下显得极为强烈。造成两种反差极大的美感给读者震撼的同时也令他们不禁反思人性和人类的前途命运。小说对西蒙死后"海葬"的书写深刻诠释了人与自然的有机整体性，其生态之美引发读者深思。

除此之外，《蝇王》还通过光影与色彩变幻所建构的视觉意象空间来激发读者的视觉思维而实现海洋主题的艺术美与感染力。这一点在刻画人物性格、渲染故事场景与人物心境方面最为显见的是对拉尔夫的书写。整体而言，小说前半部分景色明快，以明亮的暖色调为主，象征着文明与理性在海岛上占据着上风；后半部分景色阴郁，以阴暗的冷色调为主，象征着野蛮和蒙昧逐渐占据统治地位。拉尔夫初到海岛在环礁湖里快乐地游泳时，在他头脑中挥之不去的"就像缠绵脑际的蜃楼幻影正在同五光十色的环礁湖景致一比高低。"[1] 自然美景衬托出童心未泯的孩子在挣脱成人社会约束享受自由时刻的愉悦心情。在此，戈尔丁以"蜃楼幻影"与自然景色进行对比，喻示着这种美景不易捕捉、难以长久维系，象征回归文明社会的希望变得愈发虚无缥缈。以"阴影"般黑色斗篷装扮出场的"唱

---

[1] 戈尔丁.蝇王[M].龚志成，译.上海：上海译文出版社，2018：9.

诗班"后来被证明给海岛小社会带来了灭顶之灾。对他们的头领杰克的描写中也以冷色调词语为主，突出了人物的可怖："在拂动着的（黑色）斗篷里显出他是个大身架的瘦高个儿：黑帽子下露出红头发。他脸上长着鸡皮疙瘩和雀斑，长相难看，但并不带傻样。"①

当民主派与野蛮派就打猎或是维持火种发生争执时，海滩依旧"明亮"，海水依然"五光十色"，喻示此时孩子们的天性还占据着上风，双方的矛盾还未激化："他们困惑地相互瞅瞅，爱恨交加。洗澡水潭暖洋洋的咸水、嬉闹声、泼水声和欢笑声，这所有的一切刚刚足以把他们俩再连在一起。"② 随着孩子们对海岛生活逐渐适应，获救变得不再那么迫切，一切显得那么平静，他们见识了真正的海上蜃景。海市蜃楼并没有从根本上改变孩子们的脆弱心理，短暂美景预示着海岛和谐社会的脆弱。幼小的孩子们的恐惧尤其难以掩饰："他们感受到黑暗中的难以言传的种种恐惧，只好挤在一团互相壮胆。"③ 面对黑暗时的恐惧以及深藏于内心的控制与杀戮欲望促使他们在花脸（war paint）（改变本来面目，消除羞怯心理，使敌人产生恐惧）的装扮下偷盗火种和猎杀野猪，这也成为左右故事走向的关键因素。大海浪涛滚滚，看来就像巨兽在呼吸，每当夜幕降临，海洋似乎变得愈发神秘可怖，浩瀚无际的大海引发孩子们对海中怪兽的恐惧。在被海洋隔绝的孤岛上，杰克正是利用孩子们对黑暗与野兽的莫名恐惧及盲从心理怂恿他们去猎杀野猪，从而使潜藏

---

① 戈尔丁. 蝇王 [M]. 龚志成，译. 上海：上海译文出版社，2018：16.
② 戈尔丁. 蝇王 [M]. 龚志成，译. 上海：上海译文出版社，2018：58.
③ 戈尔丁. 蝇王 [M]. 龚志成，译. 上海：上海译文出版社，2018：62.

于他们内心的嗜血与杀戮欲望进一步得到激发,这也是他维持统治的重要手段。

即使是在民主派与野蛮派的矛盾日益激化时,拉尔夫的脑海中还是一如既往地呈现明快的色调。这从侧面反映了作者与别人赋予他的"悲观主义者"的标签不相符合。经过思考:"一幅三个男孩在明亮的海滩上行走的图画掠过拉尔夫的脑海。"[1]"明亮"说明他保持着对同伴命运的乐观心态。拉尔夫身处逆境所表现出来的乐观精神值得肯定与赞扬,但从故事的发展来看却存在一定的盲目性。以杰克为首的野蛮派不仅要杀猪吃肉,还要党同伐异,将对他们构成阻碍的民主派一网打尽。

西蒙遭同伴杀害是在一个电闪雷鸣的暴雨夜,恐惧与暑热使他们在杰克的召唤下跳起猎杀野猪的狂舞。在蓝色夜幕下的电闪雷鸣中他们反复呐喊着激昂的口号:"杀野猪呦!割喉咙呦!放它血呦!干掉他呦!"[2]情绪变得愈发失控后将西蒙围在正中当作野兽杀害。当西蒙的尸体漂入大海后,不知名的小生物为其镶上了银边,在月光的照耀下银光闪闪。作者以这种方式完成对人物的神圣化定格。"大海是人类的起源地,西蒙死后回归大海,类似耶稣死后复活,西蒙的精神在海洋的怀抱获得永生。"[3]

小说前半部分较为常见的是蕴含生命能量的海洋书写,如:

---

[1] 戈尔丁.蝇王[M].龚志成,译.上海:上海译文出版社,2018:89.
[2] 戈尔丁.蝇王[M].龚志成,译.上海:上海译文出版社,2018:175.
[3] 李雅婷.《蝇王》对荒岛文学的继承和发展[D].武汉:华中科技大学,2016:37.

"……此刻他以陆上人的眼光看到了滚滚波涛的景象，看来就像某种巨兽在呼吸。海水……露出了各种奇形怪状的生长物：珊瑚呀，珊瑚虫呀，海藻呀。海水退啊，退啊，退却下去，就像阵风吹过森林里的树梢那样沙沙地响……然后，沉睡的利维坦呼出气来——海水又开始上涨，海藻漂浮，翻腾的海水咆哮着卷上那像桌子似的礁石，几乎觉察不到波浪的经过，只有这一分钟一次的有规律的浪起浪落。"①

这是十二岁的英国男孩拉尔夫以陆地为视角描绘的一幅波澜壮阔的海景图。海洋的美体现在其潮起潮落的规律性、气势磅礴的壮观性和色彩斑斓的丰富性。无意识的特点是海洋意象与荒岛上儿童们的行为的相似之处。海洋生物的秩序存在和海洋有节律的无限运动与海岛上孩子们的无序和混乱的行为形成了鲜明的对比，似乎在表明大自然的智慧和伟大与人类的愚蠢和渺小。充满异域风情的海洋风光带给读者野性与原始力量的深切感受，一定的"审美距离"触发审美感受，由此也更能领会海洋主题的艺术内涵。海景的细致描绘是作者生态意识的自然流露，曾莉认为，《蝇王》展现了人性与自然结合的可能性，揭示了一种崭新的人生态度："威廉·戈尔丁关于人性与自然的关系是呈现多元性的，他否定自然人性中存在的善的因素，对文明抱有怀疑态度，希冀创造一种人性中的某些因

---

① 戈尔丁.蝇王[M].龚志成,译.上海：上海译文出版社,2018：117.

素与自然、文明的友好结合,从而促成崭新人生态度的产生。"[1]

小说结尾,以杰克为首的野蛮派为追杀拉尔夫而放火烧山,葱郁的山林付之一炬,"岛上升起的滚滚浓烟遮住了太阳"[2],"天空黑沉沉的"[3]。在这里,人类对自然的破坏与岛上的人道危机都达到了极点,岛上的浓烟引来了过往船只的救援。得救的拉尔夫虽感悲恸,但"一时他脑海里闪过一幅图画,一幅曾给海滩蒙上神奇魅力的图画。"[4]他内心闪过的神奇图画给读者留下了丰富的想象空间,也许是孩子们一起探索海岛的画面,可能是他们在海滩上玩耍的画面,展现了他在经历了身心痛苦与考验后看待过往的豁达心境,可见他在逆境中对回归文明信念执着坚守的精神境界。人物精神与海洋景色关联,从而形成精神境界与自然景色两种美的有机结合。

《航海三部曲》中,叙事主人公塔尔博特多次提到英国航海史上的威廉·福尔克纳,并借助他的《航海大辞典》学习"水手话"。戈尔丁的这部小说对航海的书写突出了人类对生命意义的探寻,也有向以福尔克纳为代表的航海先驱致敬的含义,体现了人类对崇高与壮美的意义追寻。福尔克纳无疑是人类航海事业的卓越贡献者,他的命运是人类在追求卓越与挑战未知过程中满足与失落的一种悖论。《启蒙之旅》中人物命运也无法摆脱类似悖论的牵缠。牧师科

---

[1] 曾莉.岛和登岛的人们:英国荒岛文学现代性研究[J].小说评论,2013（S1）：132-138.

[2] 戈尔丁.蝇王[M].龚志成,译.上海:上海译文出版社,2018:234.

[3] 戈尔丁.蝇王[M].龚志成,译.上海:上海译文出版社,2018:234.

[4] 戈尔丁.蝇王[M].龚志成,译.上海:上海译文出版社,2018:236.

利是一位颇具浪漫主义色彩的人物,其眼中所见和心中所想都深刻地反映了这一点,如他对海上日月同辉的景象的描绘展现了以陆地为中心的思想,也夹杂了人物的奇思妙想:"以前没有看到过这样的景象。历史上最伟大的艺术家也不能勾画出这种情景。我们这条大船一动也不动。它的帆仍然垂下来。她的右方,红日正在西沉;她的左方,正升起一轮明月,彼此各在天之一方,遥遥相对。这两个巨大的发光体似乎彼此凝视,把彼此的光都改变了。在陆地上,这样的奇观由于中间有山、树或是房屋掺杂着,不可能看得很明显。但是,在这里,我们可以由这一动也不动的船上向四面八方眺望到世界的边涯。在这里可以分明看出上帝的天平。"[①] 独特的海景书写蕴含了大自然的神奇伟力,也是作者对海洋深沉情感的写照,生态意义鲜明。

海洋自然景色的变幻常常引发航行人的沉思。与普通乘客相比,牧师科利面对海洋的沉思具有浓重的宗教色彩:"在祈祷之前,我到船腰甲板上,站在那里,终于自由了。现在毫无疑问的,船长会撤销他最初严禁我到后甲板的命令!我凝视着下面的海水:蓝的、绿的、紫的、雪白的、滑动着的水泡!我由船的木头边上,怀着新的安全感望着那水底长长的绿色的海草。我们穿上帆的桅杆似乎也有一种奇特的丰富感。现在正是时候,经过适当的准备,我会走到船的前面,去谴责我们造物主那些野性的但是真正可爱的孩

[①] 威廉·戈尔丁.启蒙之旅[M].陈绍鹏,译.北京:北京燕山出版社,2017:200.

子。"①科利的眼中所见和心中所想展现的海景是人海和谐相处的美好画面,是一种经历了人生困境后的开阔心境和信仰者的平和心态的写照。

三部小说所渗透的作者对真善美的追求让读者感受到自然之美、社会之美与哲理之美,使读者情操受到陶冶、灵魂受到震撼与洗礼、思想得到启迪。威廉·戈尔丁涉海小说现代社会主题揭示了在任何环境下都应保持本心的重要意义。戈尔丁与同时代的创作团体保持了较大的距离,不属于任何文学流派,他的小说创作具有独特性。"评论界普遍注意到戈尔丁在小说创作上独树一帜,他的早期创作尤其体现了与英国文学现实主义传统的断裂以及和当代英国小说整体上的差异。"②他从创作之初就将人类最普遍与最基本的问题作为关注焦点,敢于刀刃向内,剖析人类自身的缺陷。与传统海洋小说中倡导"放",即向外释放、扩张不同的是,戈尔丁涉海小说总体上侧重"收",即主张人类对欲望的节制与克制。在戈尔丁看来,善与恶是难以截然分开的,因其艺术创作上的独创性而受到不少评论家的推崇,其艺术独创性的一个鲜明体现就是以处在危机中的人作为书写对象。他善于把现实主义的场面、情节和完全出于虚构的幻想情境有机融为一体,通过对光怪陆离的魔幻世界进行折射来表现活生生的社会现实。戈尔丁笔下的环境是影响人性发展的重要因素,他将海洋作为人性书写的典型环境。其优势在于能为

---

① 威廉·戈尔丁.启蒙之旅[M].陈绍鹏,译.北京:北京燕山出版社,2017:211.
② 沈雁.戈尔丁的小说"神话"观[J].外国文学,2016(1):53-62.

人物创造独特的隔离与危机空间，有时海洋环境甚至成为叙事的主角，如《品彻·马丁》中马丁与之争斗的海洋，《航海三部曲》中使航程迟滞、使主人公束手无策的海洋。无论是将孩子们困于荒岛上的浩瀚海洋、造成海军军官溺水的汹涌澎湃的海洋，还是人们经历漫长海上航行的航船都具有隔离文明和制造危机的属性。严格说来，戈尔丁属于西方现代派，可以称为广义的荒诞派文学，荒诞性在作品中往往具体化为生活意义的虚无、和谐关系的丧失、人的异化等主题，从而使荒诞派文学中的审美意象具有了不同于传统文学的审美特质。

二、现实意义

戈尔丁在西方世界被誉为"寓言编撰家"。他的涉海小说以颇具后现代色彩的书写方式分别展现了儿童群体流落荒岛、个体生命困于礁石及社会群体经历漫长海上航行的不同图景。作为英国本土作家，戈尔丁不可避免地受帝国意识的影响。他的涉海小说是对当今人类生存困境的回应，也融入了后殖民时期对"英国性"的重新思考，展现了对在帝国全面衰落的背景下何以凝聚国家与民族认同的关切。同时，对西方优秀海洋文化的借鉴有利于丰富我国的海洋文化，这是我国海洋强国之路的重要途径。对威廉·戈尔丁涉海小说现代社会主题的研究，对以海洋为视角认知英国社会与文化以及丰富以海洋意识和海洋精神为内核的海洋文化有一定的现实意义。

第四章 威廉·戈尔丁涉海小说现代社会主题的意义

（一）海洋视角下英国社会文化的认知意义

对地理环境与英国文学关系的研究有助于深化对英国文化与社会的认知。戈尔丁小说中所呈现的多样的海洋地理景观是解读英国乃至西方价值观念的重要切入点。正如克朗（Mike Crang）指出："地理景观是价值观念的象征系统，考察地理景观就是解读人的价值观念的文本"[①]。近现代海洋史是不同文明相互依赖、相互影响的历史。戈尔丁涉海小说现代社会主题承载着英国在海洋霸权衰落背景下的人类生存困境、人类对自然的敬畏、抗争、适应与回归的渴望以及人类面对自然的反思和以西方文化为中心向外辐射的内在驱动力。洞悉戈尔丁涉海小说中海洋的多重意象有助于东西方文明相互借鉴与共同繁荣。

海洋在近现代西方文明的发展中扮演着至关重要的角色，海上航行深刻地改变着现代世界的版图。重视扩张与商贸是西方海洋文化的重要特点，丰富而频繁的海洋活动为西方海洋文学的产生与发展创造了得天独厚的物质条件。戈尔丁所处的文化圈隶属于西方的蓝色文明，变动不居是其区别于东方黄色文明的显著特点。近现代的发展历程中，英国的发展重心也逐渐由陆地转向了海洋，这种转变的关键在于英国人深刻地认识到，海上实力已成为决定国家地位的基础。海洋深刻地改变着英国人的生活与思维方式，英国成了从陆地转向海洋这一根本变革的承担者和中枢，吸收了当时海洋释放的能量，成了真正意义上的海岛。随着海洋在历史进程中扮演着越

[①] 麦克·克朗.文化地理学[M].杨淑华，宋慧敏，译.南京：南京大学出版社，2005：31.

来越重要的角色，英国人逐渐具备了"孤岛意识"。这种意识深刻地影响了英国的上层建筑，"当海洋这一根本能量在16世纪突然爆发后，其成果是如此深巨，以至于在很短的时间里它就席卷了世界政治历史的舞台。与此同时，它也势必波及到了这一时代的精神语言。"① 从某种意义上说，戈尔丁涉海小说中人物的海洋实践活动使得海洋文化的固有属性——交际性、外向性、冒险性展现为一种具有一定普适意义的文化精神，戈尔丁涉海小说是这种文化精神的有力注脚。

海洋辽阔深邃、变动不居，是激发作家创作的灵感源泉。英国的海洋地理环境深刻地影响着其民族品格的形成与文学创作主题的选择，"英国是一个岛国，历史上形成了具有航海传统特色的优秀民族品格。"② 被大海包围的荒岛是英国文学创作中的带有普遍性的故事背景。正如魏颖超所言："英伦三岛的地理位置决定了作家们想象的基础，而英国人特具的冒险精神则成为荒岛文学的动力。"③ 海洋、荒岛、冒险是英国叙事文学的重要传统，勇于冒险是包括英国人在内的海洋民族的共同特征，也是他们实现崛起的重要原因之一。海洋同文学的深厚渊源使涉海文学自然成为了解英国文化的一个窗口和镜鉴英国社会的一面镜子。

---

① C.施密特.陆地与海洋：古今之"法"变[M].林国基，周敏，译.上海：华东师范大学出版社，2006：49-50.

② 王松林.康拉德小说伦理观研究[M].武汉：华中师范大学出版社，2008：49.

③ 魏颖超.英国荒岛文学[M].北京：外语教学与研究出版社，2001：6.

第四章 威廉·戈尔丁涉海小说现代社会主题的意义

从某种意义上说，戈尔丁的涉海小说是西方视角下的海洋与人类文明相互关系的阐释。《蝇王》中的荒岛叙事展现了在微缩版的人类历史中文明如何被建构又何以被毁灭；《品彻·马丁》中的海难叙事展现了极端顽强与堕落的个体在与海洋的生死抗争中的自我救赎与执迷，可视作人与自然抗争的张力在瞬间地展现；《航海三部曲》通过展现人类在漫长航海历程中自我与社会认知的转变，阐释了作者知行合一的人生观。不可否认的是，《蝇王》中以拉尔夫和猪崽子为代表的孩子们主动寻求回归文明社会的出路、不断适应荒岛上各种恶劣环境的努力，《品彻·马丁》中主人公的顽强抗争，《航海三部曲》中以塔尔博特为代表的各色人物在道德与心智上的成长都是人类在逆境中自我本质力量的彰显，都是对顽强生命意志的礼赞。然而，戈尔丁涉海小说现代社会主题的侧重点在于对人性与社会的反思，以刀刃向内的勇气剖析人性的缺陷。从传承的意义上来说，不管时代如何变幻，戈尔丁涉海小说现代社会主题展现出的开拓进取、务实担当、命运与共的精神内涵是在新的时代背景下对西方海洋小说精神传统的承继。

如果说浪漫主义作家站在高处看海洋，在他们眼中，大海是浪漫与开放的象征，承载着人类对自由的向往；现实主义作家则从水平面看海洋，呈现更为真实的大海：辽阔、凶险、变幻莫测；那么，身为现代主义作家的戈尔丁则试图从海面之下看海洋，在他眼中，海洋的神秘、黑暗与不确定性与人类的欲望有着深层的关联。戈尔丁更关注人类精神层面的斗争。《近地点》与《甲板下的火》中关于本奈特与萨默斯对航线的科学与传统算法殊途同归的书写表达了作者对科学激进主义与传统的尊重，是对这一社会关切的回应。戈尔丁涉海小说中的海洋并非仅仅是一种实体存在的空间，更是一种历史文化空间和一种建构的风景。陈兵认为："风景从来不是独立的存在，而是风景观看者的阶级、民族、种族、文化等因素共同作用下的结果。"[1]

戈尔丁作品中的海洋书写既包括具象化极强的海景，如《蝇王》中对各种海洋景观的描绘与《航海三部曲》中对海洋的书写，又通过抽象的海洋意象表达复杂深刻的思想，如《品彻·马丁》中的主人公为了"提示"自我生存的事实，生死抗争之际在头脑中建构的海洋。《航海三部曲》中科利对海洋的印象提示其浪漫主义的人格。现实存在的海洋与抽象的海洋意象及人物的思想欲望在戈尔丁笔下自然切换的过程中实现有机融合，共同服务于作品主题的表达。实体的海洋为这种虚实转换与融合提供现实的支撑，戈尔丁涉海小说因海洋等因素与传统文学作品之间形成强烈的互文性，反映了主人公的身份与文化背景，为小说主题表达创造了精神上的条件。

在与传统海洋题材作品形成互文的同时，对传统意义的重构乃至颠覆是戈尔丁涉海小说创作的一大特色。这从某种意义上也是时代思想的折射，在一定程度上展现了二战后几十年间英国社会思想的矛盾状态和对传统的坚守。戈尔丁借用经典之名，重构读者认知，阐发更为复杂深刻的时代意义。《品彻·马丁》的创作源于戈尔丁的海军经历，此书名借用了英国作家塔夫雷尔（Taffrail）(1883—

---

[1] 陈兵.英国维多利亚时代历险小说中的异域风景与英国性建构[J].外国文学研究, 2019（4）: 89-100.

1968)有关海上生活小说的名称。"品彻"一词原意是"钳子、夹子或者虾蟹的螯",海军水手中经常用这个词给名字叫马丁的人起外号。《品彻·马丁》中主人公坠海后面对海洋带来的死亡威胁展开了普罗米修斯式的或曰鲁滨孙式的充满韧性的抗争。然而,拉长的死亡瞬间与不时闪现的回忆却印证了马丁极端自私与卑劣的本性。集顽强与卑劣于一身的矛盾形象重构了读者对传统经典的认知,也引发了读者对人性与信仰的深刻思考。《航海三部曲》中的叙事主人公塔尔博特在经历漫长海上航行后身心、道德与政治等实现的全方位成长可以在经典史诗《奥德赛》中找到源头。戈尔丁以互文与戏仿的方式致敬经典,在这部小说中,虽然普利特曼告诫塔尔博特不要将此次旅程比作奥德赛之旅,但他认为奥德赛的结局皆大欢喜,主人公历经艰险最终与家人团聚,找回了失去的爱。塔尔博特的经历从某种意义上可以称得上奥德赛之旅,是对务实协作与知行合一精神的传承与弘扬。然而,《航海三部曲》的故事却有着比其原型繁复得多的人物与情节,也有着与经典原型迥异的闹剧书写方式与时代意义:在英国社会思想迷惘的时代语境下对自我尊严的维护,对传统贵族精神与绅士风度的坚守与弘扬。

对宗教救赎主题的强化是戈尔丁小说对传统继承的独特方式。《品彻·马丁》以对《圣经·创世纪》戏仿的方式表达了人性的虚妄。马丁把自己等同于上帝,海上求生让马丁变成无所不能的英雄,这与英国荒岛文学经典《鲁滨孙漂流记》有着诸多相似之处。然而,戈尔丁再次以戏仿经典的书写展现了大相径庭的主题。裘小龙认为"两个主人公不仅仅在遭遇上有着相似之处,而且在遭遇中体现出来的精神,在本质上有接近的一面。只是两个作家观察的角度,认识的标准,评价的前提不一样,就出现了两部迥然不同的作品。"①这些差异产生的原因是多方面的,其中重要原因之一是二者所处时代背景和主题侧重的不同:处于资本主义上升时期的《鲁滨孙漂流记》更侧重表现资产阶级进取精神,而处于二战后西方现代资本主义危机时代大背景下的《品彻·马丁》更侧重表现人性的贪婪与罪恶,因而前者人性的伪善与后者对人性反思的深刻性在这种对照中显得较为鲜明,反映了英国社会思想的变迁。

从《蝇王》《品彻·马丁》到《航海三部曲》,戈尔丁涉海小说现代社会主题的显著变化是他对小说人物神恩救赎的放弃,折射了宗教在英国社会的日益式微。在其后期小说中,他更加相信人物的自身价值,希冀以社会个体的爱与社会责任担当实现个人和国家梦想。戈尔丁处于资本主义危机充分暴露的时代,他从当代西方历史情境出发进行小说创作,其涉海作品中鲜明的历史意识使这些作品具备了成为经典的潜质。他笔下的海洋可以帮助人类找到治愈自我与世界疏离病症的良药。因此,他以书写海洋的方式实现自我心灵的和谐,并以这种方式实现对当代社会深刻的批判和对未来社会的执着探索。

从某种意义上说,戈尔丁是现代与传统的集大成者。航船即舞台是西方航海叙事中的传统意象,《航海三部曲》在沿用这一意象的同时也展现了诸多独到之处,实现了传统与时代的对话。戈尔丁

---

① 裘小龙.传统神话的否定:评戈尔丁的一组小说[J].外国文学研究,1985(2):27-37.

将航船的舞台意象融入了以船喻国、以航程比拟人生的西方航海叙事传统。从主人公塔尔博特的视角来看,《启蒙之旅》的航海与成长主题值得关注。这一自《奥德修斯》以来西方海洋小说的重要主题,在他的笔下象征着从一个世界向另一个世界的转变。《航海三部曲》中,戈尔丁用"保卫者号"来命名航船并以此来象征等级僵化的英国社会。《近地点》和《甲板下的火》两部小说借航海反思社会文化,揭示了作者在古稀之年对科学与传统、精神信仰与责任担当等问题的看法,是对当时社会文化危机的回应。

戈尔丁的涉海小说在特定时代语境下介入了有关"英国性"问题的讨论。"英国性"是一种作为英国人或体现英国人特征的性质或状态,是民族身份的表征之一。《蝇王》是在当代语境下,当英国人的优越感逐渐消失并对自我的生存状况充满疑虑的背景下,对"英国性"问题的再讨论。陈彦旭认为:"《蝇王》使用反乌托邦叙事方式消解了英国人通过想象邪恶的'他者'来建构自身形象的合法性,这与二战后英国难以维系其全球殖民霸主帝国的窘境有关,也与二战后大批涌入英国的有色人种移民有关,从这一角度而言,《蝇王》介入了英国二战后所面临的独特的'英国性'这一议题的讨论。"[①]与《蝇王》相比,《品彻·马丁》中的主人公性格更加复杂:既是鲁滨孙式的英雄,又是不折不扣的恶棍。戈尔丁对人性问题的探讨更加复杂,更有深度了。《航海三部曲》与普通航海小说的不同之处在于它是没有风暴的海洋小说:"怎么,它也许已经变成一种航海故事,

---

① 陈彦旭.《蝇王》中的"邪恶"与"英国性"问题[J].当代外国文学,2019(5):102-111.

但这里没有暴风雨,没有失事,没有沉没……"[①] 通常来说,对暴风雨的书写是西方传统海洋小说的重要主题,目的多是通过描写海上风暴展现大自然的伟大力量及与之抗争的人类的坚忍。这从一个侧面展现了西方哲学将人类置于与自然对立的位置,强调人类对自然的征服。从海上风暴与人类抗争长期占据海洋叙事的中心到"没有风暴的海洋小说"的转变反映了英国社会文化的变迁,折射出航海技术进步后西方社会对人与海洋关系认知的变化。

戈尔丁在继承英国小说传统的基础上又在一定程度上摆脱了传统的束缚。其涉海小说既包括书写个人发展与局限、社会现状为基础的现实主义小说写作模式和标准,又展现他自己偏爱的、更能剖析人类灵魂的寓言、讽喻和神话的创作风格。在"人应该如何生存"和"应该成为怎样的人"这两个问题上,戈尔丁选择了后者,他更关心更大、更根本、更抽象的问题。戈尔丁比他的前辈更接近欧洲最伟大的小说家陀思妥耶夫斯基(Dostoevski)和卡夫卡(Kafka),他的涉海小说准确无误地触及了人类存在的本质,堪称"拷问灵魂"的作品,诠释了一位有高度社会责任感的当代作家对现代社会问题的深刻思考。

(二)丰富以海洋意识和海洋精神为内核的海洋文化

在西方蓝色文明浸染下,戈尔丁与海洋结下了不解之缘。戈尔丁丰富的海上经历及海洋(航海)书写反映了其知行合一的人生态

[①] 威廉·戈尔丁.启蒙之旅[M].陈绍鹏,译.北京:北京燕山出版社,2017:239.

度以及人与海洋和谐相处的生态意识。传统文化与个人经历的积淀使海洋成为戈尔丁创作灵感的重要源泉。他一生共创作了13部小说，其中5部涉及海洋，质量与影响力俱佳。戈尔丁对海洋的神秘性保有一贯的关注，不管在其成名作《蝇王》中，在其晚年创作的《航海三部曲》中，还是在其1983年诺贝尔文学奖授奖词中都有关于海洋神秘性的书写。在他的笔下，海洋是一个远离现实世界的、充满自由的乐园。海洋辽阔深邃，是人性得以展现的舞台，海洋犹如一面镜子，镜鉴纷繁复杂的社会，不仅如此，戈尔丁还通过其涉海小说在二战后新的时代背景下参与了整个英国海洋意识的建构。

古希腊战略家狄米斯·托克利早在2 500年前就曾预言：谁控制了海洋，谁就控制了一切。古希腊人的这句名言，在后来的历史进程中不断得到印证。"背海而衰，向海而兴"已是得到世界历史验证的真理。习近平指出："纵观世界经济发展的历史，一个明显的轨迹，就是由内陆走向海洋，由海洋走向世界，走向强盛"[①]。随着近年来世界各个沿海国家调整海洋战略，不断加大对海洋的投入，"蓝色圈地运动"的展开，使提升全民的海洋意识变得迫在眉睫。"需要通过多种形式的教育和宣传手段，普及海洋知识，发展海洋文化，让海洋意识植根于普通民众，这样海洋强国的建设才能得到更多人的理解和支持。"[②]海洋文学在提升全民海洋意识方面发挥着重要作用。

[①] 习近平. 干在实处　走在前列：推进浙江新发展的思考与实践[M]. 北京：中共中央党校出版社，2014：126.

[②] 李双建. 主要沿海国家的海洋战略研究[M]. 北京：海洋出版社，2014：56.

海洋意识从微观层面来看是对海洋的价值和作用的认识，如刘文霞认为："海洋意识是指人类对海洋战略价值和作用的反映和认识，即对海洋在人类历史、现实和未来发展中的地位、作用和价值的理性认识。"[1] 从宏观层面来看是对海洋主权的关注意识，同春芬认为："将海洋意识视为一种新时期下国民应具备的海洋战略思想，是对海洋领土主权的关注意识。"[2]《蝇王》中流落荒岛的孩子们在登岛之初对于获救有一种自信的认识，因为他们清楚地知道英国女王的大房间里有世界各地岛屿的地图，他们所在的荒岛一定会被囊括在内。孩子们这种简单的认识实际上是对海洋在现实中作用的认识，是海洋意识的鲜明体现。事实上，海洋国土意识只是海洋意识的内容之一，海洋意识有着更为丰富的内涵："……海洋意识教育，要从海洋国土意识、海洋资源意识、海洋经济意识、海洋环保意识、海洋权益意识和海洋合作意识等方面探索和建构。"[3]

对西方优秀海洋文化的借鉴有利于丰富我国的海洋文化，这是我国海洋强国之路的重要途径。沈佳强认为："21世纪中国海洋文化将有很大的发展和创新，这是中国从海洋大国走向海洋强国的

---

[1] 刘文霞.大海的回响：西方海洋文学研究[M].北京：中国社会科学出版社，2017：28.

[2] 同春芬，张绍游.海洋意识研究的回顾与展望[J].大连海事大学学报，2015（2）：78-85.

[3] 郑跟娣.通识教育视野下如何加强大学生海洋意识教育[J].海洋开发与管理，2018（3）：72-75.

第四章 威廉·戈尔丁涉海小说现代社会主题的意义

精神力量和物质力量。"[1]戈尔丁涉海小说创作是其鲜明海洋意识的体现，这类小说的传播与消费以叙事文学的特有形式参与了后殖民时代撒克逊民族海洋文化及海洋意识的建构，彰显了深刻的国家意识，也凝聚了普遍的民族认同。在中国向海洋强国迈进的历史大背景下，以海洋视点解读戈尔丁小说中的殖民与霸权对于提升全民海洋意识，尤其是提升海洋战略意识以及弘扬海洋精神意义重大。

《蝇王》与《品彻·马丁》分别发表于1954和1956年，彼时英国的海外殖民地纷纷独立，殖民体系日趋瓦解，两部小说反映出了对于英国殖民与帝国建构充满嘲讽与质疑意味的海洋意识，是这种国际大趋势在文化上的反映。《品彻·马丁》中，马丁在与海洋进行生死抗争的迷离之际给幻化的海中孤礁上的各个地点命名，试图占有其地表及周围的一切附属物。这与《鲁滨孙漂流记》中主人公的行为似乎异曲同工，实际上都是一种试图将荒岛改造成独立王国的殖民行为，是英帝国发展历程片段的艺术再现。如果说《鲁滨孙漂流记》在鼓动英国人向外扩张方面发挥了积极作用的话，那么，《品彻·马丁》则从侧面批判了殖民者在扩张成功后对殖民地无所不用其极的剥削行为，这一行为所承载的是一种个体受极端强烈控制欲所支配的海洋意识。戈尔丁的作品是殖民思想在后现代延续中以及在时代大环境影响下而产生的不同声音。无疑，戈尔丁对人类的这种虚妄行为是持批判态度的，反映了其以极端自私虚伪的生命个体为视角对英国殖民史所进行的深刻反思与批判。

---

[1] 沈佳强.海洋社会哲学：哲学视阈下的海洋社会[M].北京：海洋出版社，2010：147.

然而，戈尔丁涉海小说反映了作者具有杂糅特点的海洋意识和海洋战略意识，前后期作品中的海洋意识并非始终一致，甚至是充满矛盾的。在其创作生涯后期作品《航海三部曲》中，作者借叙事主人公塔尔博特之口表达了建立一支强大海军、控制海上航线与加强海外贸易的强烈意愿，强化了读者的海权意识。虽这部航海小说中的英国军舰未与想象中的法国军舰开战，但战前的准备与战斗气氛的厚描展现了同仇敌忾的英勇气概，具有浓重的海权意识与重温帝国昔日辉煌的色彩，彰显了作者的帝国情结，从某种程度上迎合了部分读者的阅读期待。

除海权意识外，海洋生态意识是戈尔丁涉海小说现代社会主题给人类的启示意义，有助于人类克服以自我为中心的片面认识，是海洋意识提升和可持续发展的必然要求。《蝇王》《品彻·马丁》反映的生态问题既包括人类面临的社会生态问题，也包括海岛的自然生态问题。从前者对大自然美丽景色的书写，后者对马丁企图占有礁石上的一切的行为的嘲讽中隐含着一种将包括海洋与荒岛在内的环境视为平等主体的生态意识，是作者发自内心的保护海洋生态的呼声。正如薛家宝所认为的："在荒岛叙事的过程中，戈尔丁以荒岛环境的前后变化暗喻了人类掠夺自然、破坏自然带来的生存危机，对人类征服自然的行为进行追问和反思，在反思中表现出关爱自然、尊重生命、寻求与自然和谐共存的生态伦理情怀。"[①]

这种海洋生态意识在人类长期的海洋实践中形成并日臻成熟。

---

① 薛家宝. 现代性视野下英国荒岛文学叙事的自然图式 [J]. 外国文学研究，2014（5）：110-116.

第四章 威廉·戈尔丁涉海小说现代社会主题的意义

航海大发现后,原始财富和各种生产资源如磁石般吸引着西方列强不惜一切代价进行海上远航及新大陆的开拓。近代以来,航海促进了英国外拓型文化的形成与发展,海外殖民使其最终确立了长期的海上统治地位,成就了"日不落帝国"的辉煌。纵观英国的近现代历史,海洋扮演了不可或缺的角色,海洋属性是"英国性"最显著的特征之一。资本主义在英国的发展与繁荣使航海这一英国实现对外交流的手段日益重要。纵观英国航海史,15至19世纪,英国人对世界的探索从未停止,从处于世界舞台边缘到逐渐占据这个舞台的中央,航海成为解决国内问题的重要出路。以拿破仑战争(1803—1815)为背景的《航海三部曲》的故事记述了一艘英国军舰在19世纪初艰难航行至澳大利亚的非凡故事。这艘古船上日益紧张的局势和日益增长的不幸使其成为海洋文学经典之作,也是戈尔丁最杰出的成就之一。故事的空间是封闭和充满风险的,正如米歇尔·福柯所说:"船就是一个漂浮的空间,不是地方的一个地方,它独立存在,自我封闭,同时把自己交予无限的大海……"[1] 故事的主人公之一牧师科利形容航船是"树枝上的干果"和"池塘里漂浮的一片叶子",展现了人类在大自然面前的微小与无力。这既是在等级森严的社会中对自我存在价值的怀疑,也是对渺茫前途的无奈感叹。这里的海洋精神突出体现在人类在面对自然时对自我本质力量的正确认知以及对海洋的敬畏。

对英国来说,海洋(航海)是国家精神与意志的体现。人类对

---

[1] 约翰·迈克.海洋:一部文化史[M].冯延群,陈淑英,译.上海:上海译文出版社,2018:178.

自然的探索从未停步，特别是自1492年地理大发现后，人类认知的边界被大幅度地拓展。作为一个岛国和资本主义最早萌芽及发展最为完善的国家之一，英国经济的发展对海外市场及原料产地的探索起到了巨大的推动作用。西方殖民扩张背景下的远洋航行本质上是海外探险与开疆拓土，是资本扩张属性的彰显，也是国家实力使然。英国统治者曾这样为侵略行为辩解："海洋是开放的，从这个意义上讲，没有一个民族可以排斥别国在海洋上的任何可延伸区域的拓展"①。《航海三部曲》中的远洋航行的目的是去澳大利亚进行殖民统治，承载着国家意志，小说中的航船是国家之船，航船的国家意象体现了戈尔丁对西方航海传统的继承，其中蕴含的航海精神是作家家国情怀的写照。

在英国航海事业曲折发展的过程中，综合国力与航海始终是相互促进的。航海的历程既是对未知世界的探索与劫掠，也始终充满着与自然的较量、与异族的竞争，甚至是残酷的战争。《航海三部曲》的故事发生在拿破仑战争（1803—1815）期间，在有可能遭遇法国舰船时全体船员展现出了绝不回避、战斗到底，誓与航船共存亡的无畏精神。航行中有关英法战争的想象及船员应对风暴时团结协作、忘我拼搏的书写目的是通过建构他者与艰难险阻来展现齐心协力应对挑战的命运共同体精神，展现每一个个体的家国情怀与责任担当意识，这也正是小说写作年代英国社会所欠缺的一种精神，表明了作者希望以书写战争的方式唤醒本国民众深埋于意识深处的

---

① ROWSE A L. The expansion of elizabethan England[M]. New York, London: Scribner, Macmillan, 1981: 292.

第四章 威廉·戈尔丁涉海小说现代社会主题的意义

国家认同。

小说中,叙事主人公塔尔博特多次表达建立一支强大海军与国家航线的强烈愿望,并展现了来自世界各地的植物,如天竺葵等,是作者对海权与帝国建构的想象,也是对昔日帝国旧梦的重温,从某种意义上契合了小说创作时代的精神趋向。涉海小说中的人物构建了相互依存、命运与共的社会,其中的海洋承载着命运共同体的意象,昭示着人类共同应对风险挑战,相互协作的精神力量。然而,不可否认的是,受限于自身的民族身份与思想环境,戈尔丁涉海小说中所蕴含的命运共同体意识有着明显的帝国意识的烙印与排外色彩。海上航行展现了戈尔丁鲜明的命运共同体意识,也是对人类命运的探寻与思考。这为曾艳钰教授有关文学与人类命运关系的论述:"一部文学史就是一部关注人类命运、寻求人类命运建构的文明发展史,一代代作家致力于对人类命运的解读促进了人类对共同命运的探索。"[①]

作者的海洋意识以让人物经历海洋为特色,人物的海洋经历是人类本质力量的彰显。《蝇王》中的英国男孩流落荒岛后先是在岛上嬉戏玩耍,尽情展现孩子们热爱自由的天性。尔后,孩子们发挥主观能动性,适应和改变环境,生火求援、搭窝棚、规范如厕、发言等行为的举动都是他们意图以英国文明社会为蓝本来重建荒岛的体现。荒岛环境的制约促使拉尔夫和杰克两位"首领"选择了重归文明与返回野蛮两种截然不同的发展道路。孩子们分化成两派后,

---

[①] 曾艳钰.流散,共同体的演变与新世纪流散文学的人类命运共同体书写[J].当代外国文学,2022(1):127-134.

荒岛社会陷入逐渐失序的状态，重建荒岛的努力化为泡影，野蛮派将葱郁的荒岛付之一炬标志着这种努力彻底失败。孩子们荒岛求生行为的本质是将荒岛作为人类的征服对象，这一过程反映的是孩子们头脑中的主客二分的哲学观，即将大自然置于人类的对立面加以征服，荒岛环境就自然成为人类本质力量彰显的载体。戈尔丁对孩子们行为的书写是充满活力的，展现了人类对大自然的向往和对人类本质力量的肯定，但从故事结尾对西蒙和猪崽子殉难的同情态度来看（海洋发出了哀鸣和西蒙尸体的神圣化处理），他对这种主客二分的哲学观显然是持否定态度的，反映了戈尔丁的生态主义哲学观。"西蒙之死象征着尊重自然、人与自然和谐共生的生态道德被扼杀。"[①] 由此可见，戈尔丁所提倡的是人与自然和谐相处的生态观。孩子们天真的丧失是小说《蝇王》的重要主题之一。人性中潜藏的邪恶是人类天真丧失的根本原因，外部环境因素在整个过程中起到了推波助澜的作用。海洋的阻隔、荒岛远离文明约束的特性是诱发潜藏于人性中的愚昧与恐惧的重要因素，导致人性之恶的最终爆发。暴力是这种人性之恶的表现形式——人对人的暴力与人对大自然的暴力，也是困扰20世纪乃至当今世界的一大难题，是人类天真丧失的重要表现。从这种意义上来说，小说中对天真丧失问题的反思在当今社会仍有现实意义。

《品彻·马丁》中的主人公马丁坠海后与海洋环境进行的抗争是个体人类在极端条件下与生存逆境进行的殊死搏斗，分为身体与

[①] 姜峰.《蝇王》中的后现代生态伦理意识[J].南华大学学报（社会科学版），2021（5）：103-109.

第四章 威廉·戈尔丁涉海小说现代社会主题的意义

精神两个层面,彰显了人类应对自然极端逆境的勇气、力量与智慧。坠海初期的抗争以身体上的挣扎为主,是人类在死亡极端环境中受潜意识的支配进行的自然选择。坠海后期的抗争以精神上的想象为主,其核心是通过想象维系人物固有身份标签来维持人物的生存,虽主观而牵强,却反映出主人公紧握生命一线希望不放的任性与韧性。两种抗争虽都以失败而告终,但从揭示人类精神意志的意义上来说,过程远比结果更重要,因为这一过程更能反映人类忘我的精神境界,虽不乏虚妄与矫揉。抛开人物道德层面的固有缺陷(这当然是作者竭力批判的),客观来说,这种抗争展现的是人类面对自然逆境时的一种永不服输的精神力量,是人类得以生生不息、传承发展的内在精神动力。戈尔丁以一种看似矛盾的态度演绎了一位精神虚妄者及道德卑劣者的人生终结,同时也塑造了一个在人类精神传承方面有负面价值的扭曲形象。

如果《品彻·马丁》是对个体生命的静态刻画,《航海三部曲》则是对群体生命的动态呈现,其中的远洋航行象征着不同人生的多种转变。作者借海上航行展现人生悲喜与人类生存困境。这在东西方文化中都十分常见,可见人类生存体验的普遍性和文化的共通性。《航海三部曲》中的乘客大都怀着对新世界的美好憧憬踏上航程,将这次航行看作由旧世界向新世界的过渡及实现人生积极转变的重要契机,塔尔博特此行是受了其爵爷的关照,去殖民地担任要职,科利试图到新世界传播基督教思想以成就事业,平民出身的大副萨莫斯则以这次航程为契机,凭借勤勉尽责实现社会地位的攀升。因此,从个人成长的角度来看,小说中的航船是主人公实现命运转变的人生之船。然而，由于漫长航程中的种种不确定因素，人生的转变可能无法实现，这不正是人生的真实写照吗？航海是人类历史上大规模的探险活动，对未知环境的适应即是人类成长的写照。《航海三部曲》突出表达了知行合一的人生观，人类对自然的探索与对自我的认知是同步的。《航海三部曲》的首部《启蒙之旅》的主人公塔尔博特与科利近乎相反的命运轨迹深刻揭示了自我认知与自律的重要意义。从这个意义上说，小说中的航船又是灵魂之船，通过对航程中人性、等级、欲望等书写实现了对灵魂的一次次拷问。从本质上看，戈尔丁与康拉德对航行的看法极为相似："他（康拉德）在别处还说过，航行能够使你达到心如止水和道德自律的境界。"[1]

风帆时代的航行面临诸多的不确定性，航海即命运是人生之船的另一重要意象。牧师科利的悲剧警醒世人等级社会的残酷性和越界的惨重代价。玛丽恩·查姆利意味深长地告诉塔尔博特："年轻人就像船只，既不能决定自己的命运，也不能决定航行的终点。"[2]船只航行途中遭遇风暴，不仅使主桅受损，船只也一度偏离了航线。贝内计划通过烧红的铁条遇冷收缩的方法来固定基座，然而可能带来航船起火的风险。萨莫斯对这种冒险的方法表示反对，主张以保守的方法解决问题；贝内通过测定天体距离的方法确定了经度，而萨莫斯获取实时位置却是依靠传统方法和多年航行的经验。两位大

---

[1] 约翰·迈克.海洋：一部文化史[M].冯延群,陈淑英,译.上海：上海译文出版社,2018:174.

[2] GOLDING W. Close quarters[M]. London: Faber &Faber, 2013:343.

第四章　威廉·戈尔丁涉海小说现代社会主题的意义

副的鲜明对比展现了理性与感性两种不同理念的较量，也充分体现了人类把握自己命运的主观能动性。作者在对当代人类与科学关系回应的同时也表达了对人类自我本质力量的充分尊重。

　　海洋是全人类具有共通价值的文化资源。戈尔丁涉海小说中的各种仪式都与海洋有着直接或间接的联系，是海洋社会文化的组成部分，也是人类社会问题的突出反映。《蝇王》中猎杀西蒙的仪式是由猎杀野猪的游戏一步步演化升级而来，反映了人类控制与嗜杀的欲望，也反映了人类潜藏于内心的欲望与群体无意识的精神状况，这与小说中儿童视角下"蛮横""愚钝"的海洋的特征相契合，正如周彦渝、王爱菊所认为的："从海洋到陆地，从潮涨潮落到阴阳岛屿，戈尔丁从宏观的角度呈现了一个混沌的大自然，这既呼应了宇宙混沌（cosmic chaos）的理念，也以自然的混沌为底色，强化和衬托了小说所着力表达的社会的混沌。"[①]这里的"混沌"并非完全的无秩序，也绝非有秩序，而是一种介于有序与无序之间的中间状态。马丁在生命迷离之际模仿上帝创造世界以及占领海中礁石的行为是一种另类创造与占有的仪式，反映了人类虚妄自大，试图占有一切的自我中心主义特征。《航海三部曲》中穿越赤道的仪式和海上的狂欢反映了人类以愚弄同类为乐的扭曲心理、旁观者的冷漠心态以及向往自由、颠覆等级秩序的期待。

　　戈尔丁涉海小说中所蕴含的丰富海洋文化因子是对西方海洋文化，尤其是海洋文学传统的承继，也是在特定社会历史条件下个

[①] 周彦渝，王爱菊.论威廉·戈尔丁作品中的混沌书写[J].西北民族大学学报（哲学社会科学版），2022（3）：180-188.

体生命体验与感悟的写照，是文化遗传与变异的有机整体。从某种程度上契合易小明认为的文化遗传的普遍性与特定条件下的变异倾向："文化如同一种生物，它同样具有遗传与异变两种倾向。文化一旦产生，它就会不断延续自己的'基因'，规定后来文化的大体发展，这就是文化的遗传。同时，由于一切皆以时间条件的变化为转移，一种既成文化不可能总是适应不断变化了的社会现实，它对自身结构、功能进行调整以保证与现实的切合，这就是文化的变异。"[1] 海洋联通世界，同世界文明的渊源关系密切。戈尔丁小说中蕴含的海洋精神与西方文明中的开放包容、竞争冒险、探索进取文化特征以及乐观、积极、浪漫的性格特征相契合。航海是近现代文明传播的主要途径，与人类思想进步密切关联。罗伯特·福柯在《航海叙事》中谈到了航海叙事中不断沉思的重要性，人类因沉思及启示而不断进步。不仅如此，《航海三部曲》有助于人类对西方海洋文化的认知："西方的海洋文化一直是一种集贸易、掠夺、殖民为一体的侵略性的文化。"[2] 其中的航船即国家的思想有助于对"人类命运共同体"及全球海洋治理理念的理解与认知。在此背景下，各国应通过有效的国际规则和广泛的协商合作来共同应对全球海洋问题，努力实现全球范围内的人海和谐以及海洋的可持续开发与利用。

国家如船、航海即人生，通过运用航行与航船的多重象征意义，

----

[1] 易小明.文化差异与社会和谐[M].长沙：湖南师范大学出版社，2008：103.

[2] 刘家沂，肖献献.中西方海洋文化比较[J].浙江海洋学院学报（人文科学版），2012（5）：1-5.

戈尔丁将遥远的时空叙事与对当时世界的评论相关联，展现了一幅丰富多彩而又意蕴深邃的人生画卷。团队协作是航海精神的重要方面，在这一点上，戈尔丁与康拉德如出一辙："对康拉德而言，航海令人着迷之处在于它既需要船员们自力更生，也需要他们相互帮衬。他说航海是一种"质朴的道德美"。《航海三部曲》中所展现的勇于探索开拓、担当作为、开放包容、知行合一等精神以及人类自我本质力量的彰显汇聚成为具有"普世价值"的航海文化，代代传承，对增强全民海洋意识，繁荣海洋文化，建构国家海洋话语权有一定的启示和借鉴意义。

结　语

英国在地理上临海的特征使得海洋注定成为这个国家思想意识、文学与文化中的关键因子。海洋是戈尔丁涉海小说现代社会主题建构的关键元素，其辽阔深邃造就了戈尔丁涉海小说的宏阔视野与思想深度。威廉·戈尔丁涉海小说以海洋为载体和媒介反思人类本质以及二战后英国乃至西方世界所面临的社会文化问题，含混的多义性和从不同视角解读的可能性增添了作品的艺术魅力。戈尔丁的涉海小说以大海为主要的叙事背景，以处于海边、海中及海上航船的人物为主要角色，生动地展现了人类与海洋，人类与社会以及人与人之间的复杂关系，是以独特方式对英格兰民族海洋生活历程的再现。戈尔丁涉海小说现代社会主题中的海洋书写是英国海洋文化记忆的重要组成部分。这几部小说无论在主题思想、情节架构还是语言表现方面都代表了当时英国小说的较高成就。在《蝇王》《品彻·马丁》《航海三部曲》所开启的人类自我发现与救赎的神秘旅程中，海上荒岛、海中孤礁和漂浮在海中的航船象征着人类对自我本性与精神的执着探寻。从国家层面看，航船如国家的思想意识贯穿其涉海小说创作的始终，海洋是戈尔丁追忆逝去辉煌的历史表征空间，是反思国家及社会问题的重要媒介。戈尔丁将航海视作一种

结　语

国家行为，在他看来，开拓海上航线和建设强大海军是国家走出困境的必由之路，英雄人物的觉醒和全方位成长是重塑国家精神的必要条件。从个体层面看，戈尔丁涉海小说中的海洋是人类自我发现之镜鉴。其涉海小说以海洋内部视角观察海洋，探究人类欲望与海洋的隐秘关联，海洋即命运、航海即人生的意识尤为突出。《蝇王》和《航海三部曲》的成长主题意蕴突出，海洋不仅是青少年身体、心智、道德成长的背景，也是参与成长主题与思想建构的重要元素，这对我国青少年教育有一定的启示与借鉴意义。英国民族性格中不可忽略的海洋基因在建构男性气概中发挥着重要作用，戈尔丁涉海小说的男性气概主题蕴含铸就国家荣耀的责任担当意识和开拓进取、务实包容、知行合一的海洋精神，寄托了一位具有强烈忧患意识的作家对国家和民族未来的希冀。

20世纪是海洋的世纪，海洋为解读戈尔丁涉海小说现代社会主题提供了一种独特的视角。二战后，英国的全面衰落及因此而面临的时代困境、作者身处的西方海洋文学传统、"诺亚方舟"情结以及其在皇家海军服役的二战经历及海上航行的人生经历共同成就了其涉海小说追忆逝去辉煌的国家主题、寄托未来希望的成长主题、隐含救赎意识的人性主题和蕴含海洋基因的男性气概主题。戈尔丁热爱海洋与航行，受到西方文学尤其是海洋及航海小说传统的深刻影响，在其涉海小说中揭示人类及社会的普遍本质，全方位地呈现了"海是真正的世界"的思想，以人海互动彰显海洋精神与一名二战老兵的家国情怀，从某种程度上迎合了读者对荒岛、海洋及航海小说的阅读期待。戈尔丁的涉海小说将海洋作为彰显男性气概、凝聚国族认同、探索人类本质力量、自我发现与自我救赎的试验场。《蝇王》《品彻·马丁》《航海三部曲》作为其总体小说创作的重要组成部分，所呈现的主题映射了英国文化传统和内在价值信仰赓续的问题，是当代西方信仰危机大背景下对人类生存困境的思考。他的涉海小说从某种意义上是以海洋这一既真实可感又承载丰富意象的文化空间为媒介对人类自我与社会的历史性反思。戈尔丁涉海小说现代社会主题所体现出的以人物某一时刻顿悟而非物质上的获取作为成功标志的思想倾向对当今人类构筑健康的精神世界有一定的启示意义。

戈尔丁涉海小说的现代社会主题价值与影响主要体现在两个方面。首先，在社会思想方面，戈尔丁涉海小说诠释的不同主题及思想积极参与了英国战后社会文化意识的建构。他的早期小说中既有对儿童眼中的太平洋小岛优美风景的书写，也有对极端邪恶个体心中的大西洋浩瀚波涛的描绘。在后期鸿篇巨制的小说中，他主张国家应建立强大的海军威慑力量，控制海上航线，倡导海上贸易，并鼓吹"大不列颠统治海洋"的帝国思想，总体上展现了其对英国殖民霸权既有自觉反思批判又极力宣扬的矛盾心态，也折射了英国社会对帝国传统与遗产的两难态度。其次，在文学传统方面，戈尔丁充分汲取西方海洋文学传统的养分，在创作思想、艺术手法等方面都实现了较大突破。他的涉海小说以西方传统海洋小说为契机，以海洋为主要故事背景，以被动面对极端自然环境和积极投身远洋航行的人物为主要角色，生动地展现了因人物心境而变幻的自然美、向上与向善的社会美和展现生命本然的哲理美。戈尔丁通过二元对立及体系化象征建构小说结构，以带有戏谑色彩的深沉伦理意识展开叙事,以设计精巧的涉海空间布局彰显小说主题。他敏锐而又精准地把握时代脉动,借代、戏仿、讽喻等修辞艺术具有明显的后现代色彩,彰显了植根传统而又锐意进取的艺术匠心。其涉海小说以冷峻的眼光审视这个多彩而纷乱的世界,又以多元的艺术手法再现人类在极端环境下的所思、所欲、所为,具有深刻的教育意义和独特的审美意义,不仅是对"英国性"中海洋属性的生动诠释,也是对文学时代精神的积极回应,展现了自我剖析的勇气和对人类前途与命运的忧患意识。对戈尔丁涉海小说现代社会主题的研究,有助于以海洋视角深化对英国社会与文化的认知。在海洋强国的时代语境下,此研究对提升全民海洋安全、生态与战略意识,弘扬知行合一、开放包容、开拓进取的海洋精神有一定的促进作用。

本研究的创新之处主要体现在以下几方面。

(1)选题新。本书较为系统地将戈尔丁的涉海小说现代社会主题作为一个宏观整体加以透视,深入挖掘其内涵意义,拓宽了对戈尔丁及其小说文本的研究视域,丰富了西方涉海文学的研究。本书所涉及的戈尔丁涉海小说现代社会主题追忆逝去辉煌的国家主题、隐含救赎意识的人性主题、寄托未来希望的成长主题和蕴含海洋基因的男性气概主题是对戈尔丁小说研究中的薄弱环节进行的突破性尝试,丰富了其小说本体的研究,有助于更深入地理解戈尔丁及其小说创作、解读英国社会发展、认识英国国民特质以及大不列颠民族的海洋观。在建设海洋强国的时代语境下,此选题对丰富以海洋意识和海洋精神为内核的海洋文化具有一定的现实意义。

(2)观点新。戈尔丁涉海小说的主题书写植根于西方海洋文学悠久传统，与其所处时代语境密不可分，在"消费"历史的演绎中迎合了读者的阅读期待。戈尔丁涉海小说有其人生经历的鲜明印记，揭示了国家、人性、成长、男性气概等丰富内涵，具有鲜明的问题意识与较高的审美价值。

（3）方法新。本研究采用了文献细读法、文本细读法、影响研究法，并结合世界史、英国社会史以及海洋社会学等基本理论，具有一定的跨学科研究属性。对戈尔丁涉海小说现代社会主题进行全方位和多角度的研究有助于不同学科互鉴，提升研究结论的科学性和严谨性。

（4）在理论创新方面，综合运用文学批评、新海洋学等相关理论指导研究。威廉·戈尔丁涉海小说现代社会主题研究从文学的视角探索海洋与人类文明的互动关系问题，延展了海洋文化研究的理论边界。

本研究的不足之处主要体现在：

（1）文献搜集不够全面。由于技术及资源所限，未能获取涉及戈尔丁与海洋关系的所有资料，未能穷尽国外戈尔丁研究的全部资料，因此，所下结论不免有偏颇之处。

（2）欠缺对戈尔丁涉海小说与同时代作家类似题材作品的横向对比研究。

（3）语言表达的条理性、逻辑性还需进一步提升，本书的观点还需进一步凝练。

（4）对《航海三部曲》中的后两部《近地点》和《甲板下的火》研究偏少，需要强化。